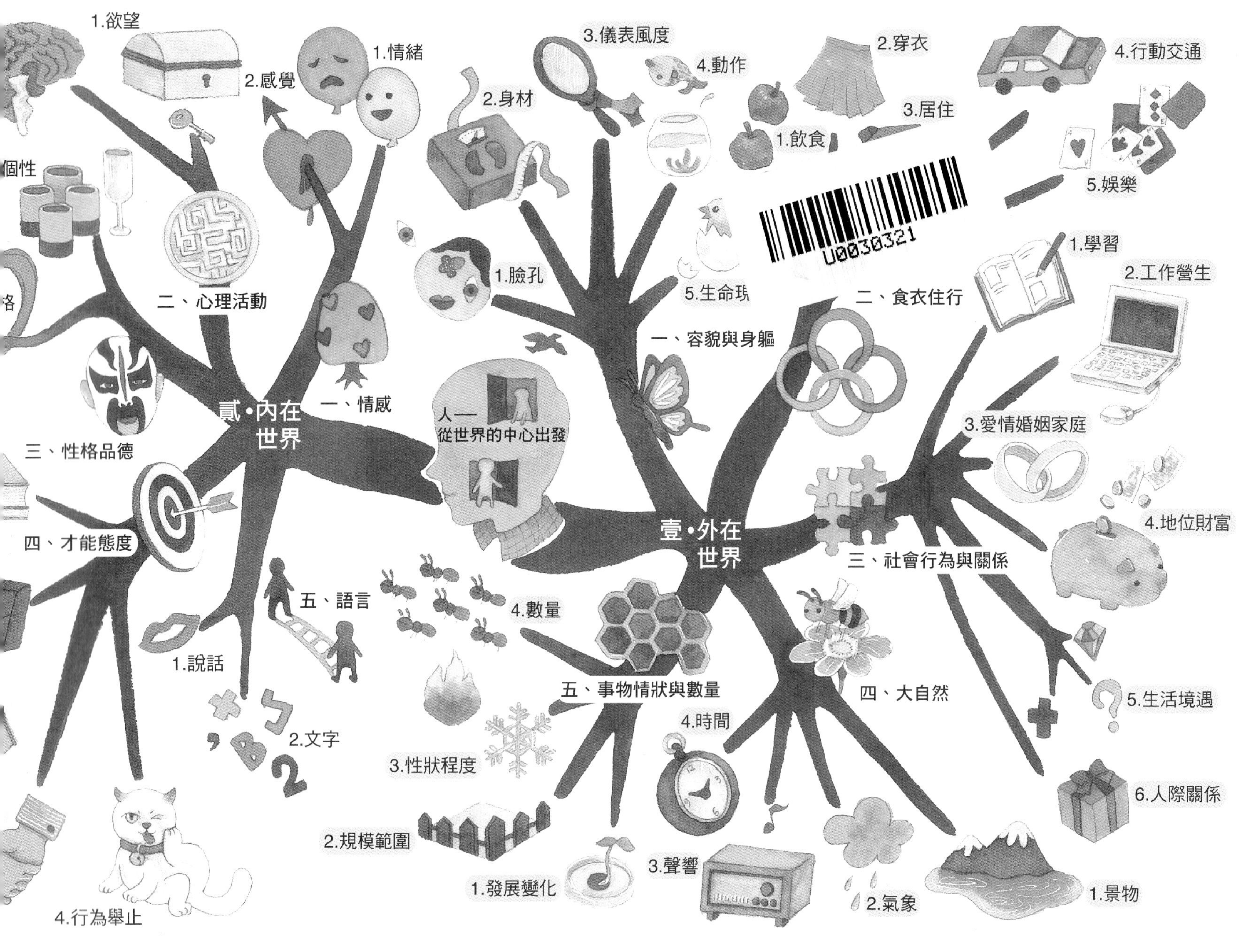
人——
從世界的中心出發
壹•外在
世界
一、容貌與身軀
1.臉孔
2.身材
3.儀表風度
4.動作
5.生命現
二、食衣住行
1.飲食
2.穿衣
3.居住
4.行動交通
5.娛樂
三、社會行為與關係
1.學習
2.工作營生
3.愛情婚姻家庭
4.地位財富
5.生活境遇
6.人際關係
四、大自然
1.景物
2.氣象
3.聲響
4.時間
五、事物情狀與數量
1.發展變化
2.規模範圍
3.性狀程度
4.數量
貳•內在
世界
一、情感
1.情緒
2.感覺
1.欲望
二、心理活動
個性
三、性格品德
四、才能態度
4.行為舉止
五、語言
1.說話
2.文字

人·世界·成語心智圖

2.思想
1.才智見識
2.求學做事

中文可以更好 47

如何捷進寫作詞彙
成語應用篇

馮昭翔 編

編輯說明

一、本書是寫作撰稿時的輔助工具書，依照事物的概念類別及實用原則，分為十大類、三十六小類，每一小類底下再根據詞義相近或對立關係，分列出兩百三十六個詞組，每組都有代表性詞語，表明收詞範圍，經由此路徑查詢，即可找到合適可用的成語。

二、詞組之下蒐羅的成語約有兩千條，盡量根據詞義正反、褒貶、深淺、輕重、順序等發展變化排列，每條成語皆附有精簡解釋，並針對偏僻難字，標示注音，方便讀者口語使用，並了解成語詞義，辨別其中差異，在寫作時能夠加以篩選。

三、條列成語之後，全書精選三百多位古今作家，合計八百句佳句範例，提供讀者在欣賞觀摩之餘，透過作家的實際使用和寫作技巧，體會語境，學習用法與變化，提高自我寫作與表達能力。

四、閱讀是擴增修辭應用的最佳法門，本書除滿足查詢功能，也期望能夠協助學生和讀者們透過平日閱讀，加強修辭敏感度。

五、本書成語分類概念，可參照書前彩色拉頁「人・世界・成語心智圖」。並在詳細目錄的代表性詞語下方，列有關鍵詞，可供檢索參考，加速查詢。

編者馮昭翔與商周出版編輯部

目錄

貳、內在世界 183

壹・外在世界

一 容貌與身軀

1 臉孔

臉

【慈眉善目】形容慈祥、和善的容貌。

【杏眼桃腮】形容女子眼如杏子，臉頰粉紅，姿色美麗。

【濃妝淡抹】女子或豔麗或淡雅的妝扮。

【六朝脂粉】比喻婦女盛妝的儀容。

【素面朝天】形容未施脂粉的臉龐。

【平頭正臉】形容容貌端正，也作「平頭整臉」。

【臉欺膩玉】形容容貌細緻柔美，臉彷彿比玉的質地還更柔滑細膩。

【灰頭土臉】形容人蓬頭垢面，滿面風塵的狼狽模樣。

【蓬頭垢面】形容人頭髮散亂、面容骯髒的樣子。

【頭蓬眼瘇】瘇，ㄓㄨㄥˇ。人精神渙散，頭髮散亂，眼睛紅腫的樣子。

【碧眼童顏】形容人雖年紀老大，但容貌未衰。

【綠鬢朱顏】比喻青年人的容貌，鬢髮烏黑，臉色紅潤，充滿青春之氣。

【朱唇榴齒】女子容貌美麗，雙唇紅潤，貝齒如同石榴子一般整齊。

【日角珠庭】形容男子容貌不凡，額角寬闊、天庭飽滿。

【燕頷虎頸】形容男子容貌威嚴、有威儀，是尊榮富貴之相。也作「燕頷虎頭」、「燕頷虎鬚」。

【青面獠牙】形容面貌凶惡可怕，臉色青綠，長牙外露。

【面圓耳大】形容臉肥胖、耳朵肥大的樣子。

【面有菜色】形容因為飢餓而面黃、營養不良的樣子。

【鳩形鵠面】人因過度飢餓而消瘦，面容憔悴不堪。

因為就在這一刻，李政男在蒜臭之中聽見對方說：「沒事了，應該只是一場誤會而已。這些日子委屈你了。」李政男也在這一刻明白：當年的彭明進在那一次神祕失蹤之後成為一個因悔愧、歉疚而突發溫情、偶現慈眉善目的人，因為他自己也是這樣。（張大春〈撒謊的信徒〉）

她的杏眼桃腮和飽滿稍闊的嘴唇都是獨一無二，但是這些也只能形容她百分之一千分之一的美，她有一種精神的美，模糊不定的神祕感，只有她能感覺。（周芬伶〈汝身〉）

那是沙塵暴和楊柳飛絮成災的季節，風極大，吹得人人灰頭土臉，很有幾分悲壯神色。（馬世芳〈一萬匹脫韁的馬〉）

她老子看見她一句話都沒有說，她娘卻狠狠的啐了一口：「該呀！該呀！我要她莫嫁空軍，不聽話，落得這種下場！」說著便把朱青蓬頭垢面的從床上扛下來，用板車連鋪蓋一齊拖走了。（白先勇〈一把青〉）

走在閱覽室裡，小鹿會感受到從四面八方聚集而來的目光，多半是男生的。她有些不自在，讀中學的時候，她每天素面朝天穿著灰暗的校服在校園裡穿梭，就像穿了隱形衣一樣，無法引來關注，可是到了大學，她會穿上符合自己的氣質的衣服，她會弄一個乾淨舒服的裝扮，居然就有了不小的回頭率。（龐婕蕾〈那年的情書〉）

眼睛

【黑白分明】黑色、白色區分明顯。比喻是非清楚或形容眼睛清澈明亮。

【雙瞳翦水】形容眼睛清澈明亮，如含水光。

【眼如秋水】形容女子眼睛清亮如水。

【明眸善睞】女子目光明

亮靈動，流轉動人。

【杏眼桃腮】 形容女子眼如杏子，臉頰粉紅，姿色美麗。

【明眸皓齒】 明亮的眼睛，潔白的牙齒。形容女子容貌明麗。

【火眼金睛】 比喻具洞察力，能分辨真偽的眼睛。

【目無流視】 人的眼珠不四顧流轉，形容態度端莊。

【目光如炬】 眼光如火炬般光亮有神，或比喻見識高明遠大。

【目光如電】 形容眼光如閃電般銳利有神。

【炯炯有神】 眼睛明亮有精神的樣子。

【眉清目秀】 眉目雋朗清秀，形容面貌清明俊秀。

【眉開眼笑】 眉頭舒展，眼含笑意。形容愉悅欣喜的神情。

【朗目疏眉】 眼睛明亮，眉毛秀麗的樣子。

【濃眉大眼】 形容人眉目分明，帶有英氣。

【金剛怒目】 原指寺院護法菩薩睜目凸眼的樣子。後引申為凶怒時的表情或威猛的形象。

【橫眉豎目】 形容面貌凶惡，或用來比喻生氣的模樣。

盧會長是個高胖子，眼睛亮得可愛，像小娃娃的那樣黑白分明。臉上都很發展，耳朵厚實長順，耳唇像兩個小毛錢似的。見了文博士，他的雙手都過來握著，手極白淨綿軟。把文博士拉到屋中，趕緊遞過來炮台煙，然後用水桶大小的茶壺給倒上茶。（老舍《文博士》）

牠們也不呼嘯，也不焦躁，一隻隻選定位置坐定，一雙雙火眼金睛在微闇的院子裡灼亮。（柯裕棻〈街巷之貓〉）

他提劍凝立，目光如炬，突然舉起玄鐵重劍，「噹」的一聲巨響，火花一閃，竟爾將他適才躲藏在內的石棺砍為兩段。（金庸《神鵰俠侶》）

見那女子又換了一件淡綠印花布棉襖，青布大腳褲子，愈顯得眉似春山，眼如秋水。（清．劉鶚《老殘遊記．第九回》）

小蠻本是慕容珊珊的貼身丫頭，小仙女到了之後，就服侍小仙女了，她明眸善睞，看來必定能說會道。可是小仙女問得實在太快，也太多了。（古龍《絕代雙驕》）

穿著節日盛裝的苗家姑娘端米一盆盆熱水，送上灑了香水的新手巾帕子，請客人一一洗手淨面。姑娘們個個明眸皓齒，再雙手捧上清香撲鼻的新茶，同新聞記錄影片裡看到過的首長訪問一模一樣。（高行健《靈山》）

圓潤的臉頰、鮮紅的嘴唇、彈性的肌膚，就代表青春嗎？真正的青春是指豐富的情感，活潑的想像，以及靈明的心所組成的綜合體，表現於外的，是一對清澈而且炯炯有神的眼睛。（吳燈山〈青春〉）

眉毛

【螓首蛾眉】語出《詩經．碩人》。女子的額頭如螓首般廣而方正，眉毛如蛾鬚長而纖細，形容女子貌美。

【眉似春山】形容女子眉毛長得好。

【眉如墨畫】形容眉毛如墨畫一般，濃黑分明，模樣美好。

【朗目疏眉】眼睛明亮，眉毛秀麗的樣子。

【眉清目秀】眉目雋朗清秀，形容面貌清明俊秀。

【濃眉大眼】形容人的眉目分明，帶有英氣。

【眉分八彩】眉毛好似有八種顏色一樣，顯得光彩奪目。

【春山八字】形容女子的眉毛嬌美。

【眉橫丹鳳】形容女子眉毛美麗。

【龐眉皓首】形容老人眉髮盡白。

【眉宇舒坦】眉額之間平坦無皺紋，形容適意。

【眉開眼笑】眉頭舒展，眼含笑意。形容愉悅欣喜的神情。

【一顰一笑】顰，眉毛蹙起的樣子。指臉上或悲或喜的表情變化。

【單眉細眼】形容人眉目清秀，眉毛淡且稀疏，眼睛細小。

【畫黛彎蛾】形容女子的眉毛畫得彎彎細細，彷彿蠶蛾一般。

【愁眉不展】雙眉緊鎖，神色憂愁的樣子。

【蹙額愁眉】咒著眉頭，模樣憂愁。

【紫芝眉宇】唐人元德秀字紫芝，樣貌靈秀，見之忘俗。後以此稱讚他人相貌脫俗。

我們細看他，那左半臉眉清目秀，不瘋不傻，也無殺氣鬼氣，也不故弄玄虛。（柯裕棻〈月牙少年（清明）〉）

後來他認識了呂芳，發覺她並沒有他想像得那麼美，她是一個濃眉大眼，身材修長的北方姑娘，帶著幾分燕趙兒女的豪俊。（白先勇〈夜曲〉）

「螓首蛾眉，齒如編貝」這八個字，就恰恰的可以形容她。她是北方人，皮膚很白嫩，身材很窈窕，又很容易紅臉，難為情或是生氣，就立刻連耳帶頸都紅了起來，我最怕的是她紅臉的時候。（冰心〈我的老師〉）

嘴巴

【櫻桃小口】形容女子的嘴脣如櫻桃一般小巧紅潤。亦作「櫻桃小嘴」。

【血盆大口】形容血紅又大如盆口的嘴。

【朱脣皓齒】脣色嫣紅，牙齒潔白。形容美人面貌姣好的模樣。

【脣紅齒白】脣色朱紅，牙齒雪白，形容貌美。

【脣如塗朱】形容嘴脣豔紅。

【朱脣粉面】嘴脣紅潤，臉龐白皙透粉。形容女子貌美或代指美女。

【齒若編貝】形容人的牙齒如海貝般整齊排列，顏色潔白。

【努牙突嘴】形容人的模樣凶狠，張牙鼓嘴的樣子。

【搬脣撅嘴】搬弄脣舌，撅起嘴巴，形容人生氣不悅的樣子。

銀娣走到紅木臉盆架子跟前，彎下腰草草擦了把臉，都來不及攘水冷。在手心調了點水粉，往臉上一抹，撕下一塊棉花胭脂，蘸濕了在下唇塗了個滾圓的紅點，當時流行的抽象化櫻桃小口。（張愛玲《怨女》）

按照常規，雪豹的血盆大口一旦咬住獵物的嘴巴，這場狩獵就算大功告成了。獵物無法正常呼吸，最多兩分鐘時間，便會因窒息而癱倒在地，四肢抽搐，嗚呼哀哉。現在已經一分半鐘過去了，梅花鹿四條腿劇烈顫抖，已快支撐不住了。（沈石溪《雪豹的眼淚》）

覺新驚喜地側頭看淑英：她的臉上沒有一點悲哀和憂愁的痕跡。瓜子臉帶著酒微微發紅，一張紅紅的小嘴含著笑略略張開，一股喜悅的光輝陪襯著她的明眸皓齒，顯得十分耀眼奪目。覺新覺得眼前忽然一亮，他不覺開顏笑了，他點了點頭。（巴金《春》）

玩藝耍完，女郎和老頭收拾攤子要走，小男孩戀戀不捨地看著她。她會意地笑了笑，唇紅齒白，面若桃花，端的是勾魂攝魄。她說：小兄弟，只有你敢吃我的桃子，可見咱倆緣分不淺吶。這樣吧，我給你留個地址，什麼時候想我了，就按著這個位址去找我。（莫言《酒國》）

鬚髮

【牛山濯濯】原指山上沒有樹木，後用以戲稱人禿頭無髮。

【鬢染如漆】人的鬢髮鬍鬚就像黑漆一樣烏黑。

【尨眉皓髮】尨，ㄆㄤˊ。形容老人眉毛與頭髮盡白。

【雞皮鶴髮】皮膚皺如雞皮，頭髮白如鶴毛。形容老人的形貌。

【鶴髮童顏】有孩童般紅潤的臉色，白鶴般的白髮。形容老人氣色好，有精神。

【首如飛蓬】頭髮散亂如飛散的蓬草，比喻女子儀容不整或無心打扮。

【風鬟霧鬢】形容婦女的頭髮非常好看。或形容頭髮蓬鬆散亂。

【披頭散髮】頭髮散亂，儀容不整的樣子。

【沈腰潘鬢】沈腰，沈約，南朝梁人，因病日瘦，腰帶逐漸寬鬆。潘鬢，潘岳，西晉時人，美姿儀。潘岳鬢髮中年已斑白。比喻男子的身體瘦弱，早生白髮。

此人兩撇八字眉活似戲台上專扮贓官的三花臉，卻長了隻又挺又長的懸膽鼻，鼻根發自眉心，眉毛以上寸髮未生，現成是個牛山濯濯的禿子，正扯直嗓子同他對面一人在爭議著：「我不過是依天象說人事，天象所布列的是什麼，我便說什麼。你信便信了，不信也就不信；怎麼誣我造謠？如今咱們『身在曹營』，這不是陷我入罪麼？」（張大春《城邦暴力團》）

收徒儀式很正式，投資方老總在四星級酒店包了個小禮堂，有嘉賓有記者，杜易非主持儀式。秋小蘭穿了條顏色很深的真絲裙子在仿明式圈椅上坐著，頭髮略長了些，潔淨蓬鬆，卻有了些風鬟霧鬢的味道。韓月在紅墊子上磕頭，這個頭磕下去，韓月就成了小依蘭。（許文君〈天河〉）

令人難解的是一身漬泥兒的各行各業的工人也蓄起長髮了。尤其是所謂不良少年和作奸犯科的道上人物也幾乎沒有一個不是長毛兒。我看見一位青年從女子美容院出來，頭髮燙成了強力爆炸型，若說是首如飛蓬，還不足以形容其偉大，幸虧是在光天化日之下出現，否則會嚇煞人。（梁實秋〈頭髮〉）

惠嘉也逃出來，披頭散髮，睡夢中驚醒。她站在學校的操場上，試著撥手機給認識的每一個人，但手機斷訊，無法通往世界的任何一端。人像宇宙荒漠中一顆孤單的星球。（許正平〈光年〉）

肌膚

【冰肌玉骨】形容美人體膚白皙晶瑩。
【吹彈可破】形容皮膚之嬌嫩。
【香肌玉體】形容女子肌膚、身體溫香柔嫩。
【珠輝玉麗】如珠玉般晶瑩亮麗。形容女子肌膚潔白，富有光澤。
【軟玉溫香】形容女子芳香柔軟的肌體。
【玉肌花貌】形容女子膚色潔白，容貌豔麗。
【體無完膚】受傷慘重，身體沒有一塊皮膚是完好的。也比喻被人批評，一無是處的樣子。
【雞皮鶴髮】皮膚皺如雞皮，頭髮白如鶴毛。形容老人的形貌。

項少龍見她冰肌玉骨，皮膚晶瑩通透，豔色雖比不上趙雅，嬌俏遜於烏廷芳，清麗及不上三公主趙倩，但卻另有一種楚楚動人的優嫻嫵媚，教人傾倒，這時反希望那不是誤會了。（黃易《尋秦記》）

不過平心而論，她臉龐的線條還是那麼優美，抽離出來的話，從頸背線條委婉細膩的節奏到可人的嘴唇像花瓣一樣吹彈可破，再到鼻子隆起的一座小山鼻結清晰可見，像那座山裡一處無人知曉的小山谷，裡頭到處是鳥語花香，清晰的湖泊水草悠悠。（許竹敬〈菲力那菲戀人〉）

空谷幽蘭、暗香浮動、軟玉溫香，都是女性的意象。女性，似乎總必然，或必須，是香的。（張讓〈裝一瓶鼠尾草香〉）

黃蓉道：「可以拆開那黃色布囊啦。」郭靖道：「啊，你若不提，我倒忘了。」忙取出黃囊拆開，只見囊裡白紙上並無一字，卻繪了一幅圖，圖上一個天竺國人做王者裝束，正用刀割切自己胸口肌肉，全身已割得體無完膚，鮮血淋漓。（金庸《射鵰英雄傳》）

美麗

【人面桃花】形容女子容貌美麗，可與桃花爭豔。或形容景色依舊，而人事已非的感傷。

【如花似玉】女子姿容如花如玉般美好。

【朱脣粉面】嘴脣紅潤，臉龐白皙。形容女子貌美或指美女。

【朱脣皓齒】脣紅齒白。形容美人面貌姣好。

【螓首蛾眉】女子的額頭如螓首般廣而方正，眉毛如蛾鬚長而纖細，形容女子貌美。

【千嬌百媚】形容女子容貌、體態姣好。

【天生麗質】比喻人天生容貌美好。

【秀外慧中】形容女子外貌秀美，內心聰慧。

【秀色可餐】女子的姿色秀美。

【明眸皓齒】明亮的眼睛，潔白的牙齒。形容女子容貌明麗。

【花枝招展】女子打扮美麗、婀娜多姿的樣子。

【花顏月貌】形容女子容貌美麗嬌媚，如花似月，也作「花容月貌」。

【桃羞杏讓】形容女子容貌美麗。

【月貌花龐】形容女子美好的臉龐。

【玉貌花容】形容女子美好的容顏。

【綺年玉貌】年輕漂亮。

【國色天香】原指花中之王牡丹，後指女子容貌姿態如牡丹般嬌豔美妙。

【傾國傾城】古人以為女子美豔招致滅國之禍，後以此形容女子極為美麗動人。

【沉魚落雁】形容女子美貌出眾，令魚雁也見之沉淪。

【閉月羞花】形容女子美貌出眾，花月都自慚形穢。

【亭亭玉立】女子身材修長美麗。

【一表人才】形容人相貌俊秀，儀態翩翩。

【面如冠玉】形容男子面貌如帽上裝飾的美玉一般俊美。

【側帽風流】形容人長得好看，連不合宜的動作都讓人覺得瀟灑。

【傅粉何郎】三國何晏的面色白淨，魏明帝以為他抹粉。後用以稱美男子。

【潘安再世】潘安，西晉著名美男子。比喻男子非常英俊。

【擲果盈車】典出《世說新語》，形容男子貌美，受女子愛慕的情形。

試想林黛玉的花顏月貌，將來亦到無可尋覓之時，寧不心碎腸斷。（清．曹雪芹《紅樓夢．第二十八回》）

天生麗質的母親唯一不美的是名字，她滿腦子羅曼蒂克的細胞在這時發揮作用，一再堅持使用她喜愛的電影明星的名字來稱呼自己的女兒。（周芬伶〈問名〉）

她不知那就是《枕中記》裡的魔枕，一覺醒來，竟在陌生的老舊公寓，六七十年驚滔駭浪全然不知，流年偷換，花容月貌變成風中蘆葦。（簡媜〈在街頭，邂逅一位盛裝的女員外〉）

陳家的前三房太太中，梅珊離頌蓮最近，但卻是頌蓮最後一個見到的。頌蓮早就聽說梅珊的傾國傾城之貌，一心想見她，陳佐千不肯帶她去。他說，這麼近，你自己去吧。頌蓮說，我去過了，丫鬟說她病了，攔住門不讓我進。陳佐千鼻孔呼哼了一聲，她一不高興就稱病。（蘇童《妻妾成群》）

廟公和他老伴眼看圓仔花一天天長大，十七一過就十八，夫妻倆正愁著要找什麼樣機緣才能把破相的女兒嫁出門，沒想到如今真有人願意娶她，卻偏偏是個比女兒足足大了二十幾歲的男人。廟婆則擔心，指揮官長得一表人才，年輕時肯定娶過太太，說不定唐山還留有兒子女兒，足以當圓仔花的兄姊。（吳敏顯〈圓仔花〉）

醜陋

【其貌不揚】 形容人面貌不顯眼或醜陋。

【面目可憎】 容貌難看，令人覺得厭惡。

【尖嘴猴腮】 尖嘴瘦面。形容人長相極為醜陋。

【臼頭深目】 頭頂凹入，兩眼深陷。形容人的面貌極為醜陋。

【青面獠牙】 臉色青綠，長牙外露。形容面貌非常凶惡可怕。

【賊眉鼠眼】形容人神情鬼祟奸詐。

【獐頭鼠目】獐頭小而尖，鼠目小而凸出。形容人相貌鄙陋，令人生厭。

【鷹鼻鷂眼】形容人的相貌如鷹鷂般凶狠醜惡。

【疢頭怪腦】疢，ㄔㄣˋ。形容人的面目醜陋、怪異。

【鼻偃齒露】形容人的面貌醜陋，鼻子扁塌、鼻孔上仰，牙齒暴露在外。

【妝嫫費黛】嫫，音ㄇㄛˊ，嫫母，傳說是黃帝的次妃，西陵氏之女，雖然醜陋但德行兼備，以賢德著稱。黛，是古代女子畫眉的青黑色顏料。形容女子容貌醜陋，即使化妝也是浪費脂粉，難以使其成為美人。

伊接著一攞手，紫藤便在泥和水裡一翻身，同時也濺出拌著水的泥土來，待到落在地上，就成了許多伊先前做過了一般的小東西，只是大半呆頭呆腦，獐頭鼠目的有些討厭。（魯迅〈補天〉）

嬌嬌眼睛盯在軒轅三光旁邊一個人的身上，白開心終於也隨著她目光望了過去。只見這人果然是又黑又瘦，其貌不揚，可是一雙滿布血絲的眼睛，看來卻仍然是炯炯有光。（古龍《絕代雙驕》）

他還是在外面吃了晚飯，約了幾個朋友上館子，可是座上眾人越來越變得言語無味，面目可憎。振保不耐煩了，好容易熬到席終，身不由主地跳上公共汽車回寓所來，嬌蕊在那裡彈鋼琴，彈的是那時候最流行的《影子華爾茲》。振保兩隻手抄在口袋裡，在陽臺上來回走著。（張愛玲〈紅玫瑰與白玫瑰〉）

笑

【巧笑倩兮】形容女子美好的笑容。

【嫣然一笑】女子甜美嫵媚的笑容。

【忍俊不禁】忍不住笑出來。

【啞然失笑】情不自禁的發出笑聲。

【撫掌大笑】非常歡欣或得意的拍掌大笑。

【捧腹大笑】用手捧著肚子大笑。

【哄堂大笑】眾人同時大笑。

【眉開眼笑】眉頭舒展，眼含笑意。形容愉悅欣喜的神情。

【笑容可掬】笑容滿溢，似乎可用雙手捧取。形容笑容滿面的樣子。

【笑逐顏開】笑容隨著顏面舒展開來。

【相視而笑】互相對視而笑。

【笑裡藏刀】笑容的後面藏著刀。形容人外貌和善可親，內心卻陰險狠毒。

【強顏歡笑】勉強假裝高興的樣子。

【滿面春風】形容滿臉笑容，喜悅或得意的情狀。

【嘻皮笑臉】笑裡透著頑皮耍賴等不莊重的態度。

【音容笑貌】人的聲音與微笑。常用於表示懷念。

【一顰一笑】顰，皺眉。指臉上或悲或喜的表情變化。

【哭笑不得】令人又好氣又好笑的感覺。也可形容處境尷尬。

【破涕為笑】停止哭泣，轉為喜笑。比喻轉悲為喜。

【啼笑皆非】哭笑不得，不知如何是好。

【談笑自若】在緊急情況下，仍如往常一樣鎮定談話說笑。

站在這座半隱半現的拱門前，我感到啼笑皆非。同伴不理解我為何興高采烈執意前往，到此竟然痴立無語。（齊邦媛〈追憶橋〉）

學生的笑明顯帶著強烈的悲憫。大概每個人都覺得有義務對強顏歡笑前來授課的老師做某種程度的回報吧！（廖玉蕙〈人情味兒〉）

看到阿公笑容可掬，我也心滿意足的坐下來。今天阿公鋸木頭的聲音，愈發低沉有力，響徹整座森林。（劉克襄〈一顆紅柿〉）

這個作家自會有魔力吸引他，而他也樂自為所吸；過了相當的時候，他自己的聲音相貌，一顰一笑，便漸與那個作家相似。這麼一來，他真的浸潤在他的文學情人的懷抱中，而由這些書籍中獲得他的靈

魂的食糧。（林語堂〈讀書的藝術〉）

「什麼像？」坐在一旁的男主人陸永棠忽然對算自己姪女的老太怒喝一聲。又瞬間換了張嘻皮笑臉，大聲而誇張地說：「她就是明星嘛！」一桌人都為高齡九十六的老牌花花公子的做作和幽默而哄笑了。只有蘭熹不為丈夫的老把戲所動，依舊只懶懶地微笑著。（蔣曉雲〈百年好合〉）

我很詫異，一問才知道，原來縣令之前吩咐她，不許午夜之前離開，否則就當服侍不周，定有重責。我雖然哭笑不得，但也沒怎麼放在心上，最多我給塗文綬說一聲，不予責罰就是了。但素娘後面的話卻讓我憤怒，因為她說，縣令密囑她，午夜後要確定我睡熟，然後再去欽差大臣的房間裡侍寢。（彭寬〈禁武令〉）

鄉土的可愛，見仁見智，時空距離，增益其混亂。後來我每次看北平人寫文章說北平叫賣市聲如何如何美妙，而臺灣的叫賣市聲又如何如何不美妙。總不免啞然失笑，稱之為「花蓮菜市場後面那條排水溝之情意結」。（楊牧〈六朝之後酒中仙〉）

哭

【喜極而泣】因過度歡喜而忍不住哭泣。

【熱淚盈眶】形容心情激動得眼眶充滿了淚水。

【感激涕零】因感激而激動落淚。

【聲淚俱下】一邊哭泣一邊訴說。

【涕泗滂沱】鼻涕眼淚流得像下大雨一樣，形容哭得很傷心。

【淚如雨下】哭得非常傷心，淚水如同下雨一般。形容十分傷心。

【痛哭流涕】盡情哭泣，流淚出涕。形容非常悲痛、極度傷心。

【哭哭啼啼】形容悲傷，不停哭泣。

【嚎啕大哭】大聲哭。

【鬼哭神號】形容悲慘恐怖的哭吼聲。
【泣下如雨】低聲哭泣，眼淚如雨般不停滴落。

【泣不成聲】十分悲傷，哭得發不出聲音。
【椎心泣血】自捶胸脯，哭的眼中流出血來。形容哀痛到了極點。

【飲泣吞聲】噙著眼淚，強忍悲傷，不哭出聲音。
【啼笑皆非】哭笑不得，不知如何是好。

【哭笑不得】令人又好氣又好笑的感覺。也可用以形容處境尷尬。

有人把收音機放在郡役所前庭，到了中午時分，郡守以下每一個人都跪在地上聆聽天皇陛下的玉音。收音機的效果並不好，雜音太多，而且天皇陛下的聲音在顫抖，顯得已泣不成聲了。（鄭清文〈三腳馬〉）

長城當然也非常偉大，不管孟姜女們如何痛哭流涕，站遠了看，這個苦難的民族竟用人力在野山荒漠間修了一條萬里屏障，為我們生存的星球留下了一種人類意志力的驕傲。（余秋雨〈都江堰〉）

而產房只能以地獄來形容，到處是鬼哭神號，等待床位的孕婦被棄置在走廊上，高高擎起的雙腿和巨腹，令人想到刀俎上的雞鴨，床位與床位之間，只有一條布簾相隔。（周芬伶〈汝身〉）

我們所看所聽所聞所熱淚盈眶大小便失禁親身經歷在眼前歷歷發生的一切，皆只能就在那感性發生的同時頃刻消滅。無法被記錄下來讓後人破譯理解了。（駱以軍〈神棄〉）

惟有那馬師爺忙著拾掇帳簿子，落後了一步，看看屋裡人全走光了，單剩下二奶奶一個人坐在那裡搥著胸脯嚎啕大哭，自己若無其事地走了，似乎不好意思。（張愛玲〈金鎖記〉）

秀潔早已淚如雨下，她覺得她的軀體已經不屬於她了，這一切的一切，都不是她的。她一路唱一路搖，淚水崩潰似的灑個不停，好不容易唱完了，找個藉口，慌忙下台。（洪醒夫〈散戲〉）

也許，父親是一邊強打精神處理債務，一邊強顏歡笑張羅她的婚事吧。那臨出門時父親的淚，與其說是因嫁女喜極而泣，毋寧是悲從中來更為真切吧。（高自芬〈地圖〉）

沒五歲的兒子成天哭哭啼啼要媽媽，吵得他心煩意躁，索性騙兒子說媽媽死了上天堂，變成神在天上保護他們，兒子聽了還真信得一愣一愣。他隨手丟一只父親以前刻壞的觀世音菩薩像給兒子，兒子每天要抱著才肯睡。（謝文賢〈鏡子〉）

害羞

【面紅耳赤】形容人因緊張、焦急、害羞等情緒，滿臉發紅的樣子。

【滿面紅脹】因為害羞或著急，滿面紅暈的樣子。

【手足無措】形容人惶恐不安，不知如何是好。

【不知所措】形容人惶恐不安，不知道怎麼辦才好。

【薄面含嗔】形容女子嬌羞面色中帶憤怒。

這次徐壯圖的慘死，徐太太那一邊有些親戚遷怒於尹雪豔，他們都沒有料到尹雪豔居然有這個膽識闖進徐家的靈堂來。場合過分緊張突兀，一時大家都有點手足無措。（白先勇〈永遠的尹雪豔〉）

此時腳邊的肥皂水漫了出來，弄溼了腳底。我面紅耳赤。洗衣機轟隆隆地大聲嘶吼，一邊用力絞著我的衣服和思緒，一邊不賞臉地繼續漏水。雖然地上的肥皂水只有一公分高，我卻覺得整個人都即將滅頂，嘴裡無聲地囁嚅，在尷尬的水裡吐著困窘的泡泡。（謝子凡〈住院〉）

做作

【無病呻吟】比喻人故作憂戚狀或無端發牢騷。

【裝腔作勢】故意裝出某種腔調或姿態。

【裝模作樣】刻意做作，不是出於自然的表現。

【虛情假意】虛偽做作，而無真實的情意。

【矯揉造作】形容裝腔作勢、刻意做作的模樣。

【做張做致】裝模作樣，亦作「做張做勢」。

【喬張做致】裝模作樣。

【惺惺作態】故意裝模作樣，虛情假意的樣子。

【附庸風雅】缺乏文化修養的人，裝腔作勢的從事有關文化的活動。

【搔首弄姿】形容故意賣弄風情。

【矯言偽行】矯飾虛偽的言論行為。

【矯情立異】故意違反常情，以此表示自己的超凡脫俗。

你看著他們，心想：一人一款，人各有體。腦裡還在想，就聽見阿貓喊：「該笑的笑，該叫的叫，來，一、二、三，camera！」果然，立刻各自裝模作樣，人人妖嬌美麗，世界大不同。（林宜澐〈狹縫〉）

七巧身子一向硬朗，只因她媳婦芝壽得了肺癆，七巧嫌她喬張做致，吃這個，吃那個，累又累不得，比尋常似乎多享了一些福，自己一賭氣便也病了。（張愛玲〈金鎖記〉）

運河灘的老樹濃蔭下，歇息著默默吸煙的窮苦農民，使戲著天真無邪的窮家孩子；這裡的花前樹下，是滿口陰陽怪氣的外國話的少爺小姐，嘰哩咕嚕地念書。運河灘的大片草地上，是一群群黑的、白的、花的牛羊和光著膀子，頭戴破草帽的打柴、割草、挖野菜的村人；這裡的綠茵草坪上，是油頭粉面、搔首弄姿的男女洋學生，三三兩兩散步，扭扭捏捏，笑聲刺耳。（劉紹棠《蒲劍》）

看不慣裝模作樣，又明白所謂的老，終不免在朽壞的說帖下，廢棄淘汰或置換更新。好在這座市場的爐灶還熱著，動心起念時，到這兒尋一兩味代代相傳的故事。（賴鈺婷〈臺中老式繁華〉）

有些人略讀，做為精讀的妥協，許多大學者也不免如此。有些人只會略讀，因為他們沒有精讀的訓練或毅力。更有些人略讀，甚至掠讀，只為了附庸風雅。這種態度當然會產生弊端，常被識者所笑。（余光中〈開卷如開芝麻門〉）

呆愣

【目瞪口呆】受驚或受窘以致神情呆愣的樣子。

【呆若木雞】愚笨或因受驚嚇而發愣的樣子。

【木頭木腦】形容人呆板遲鈍，呆呆愣愣的樣子。

【愣頭愣腦】痴痴愣愣的樣子。

【張口結舌】形容慌張或理屈，說不出話來。

【瞠目結舌】睜大眼睛說不出話來的樣子，形容吃驚、受窘的反應。

【目瞪舌僵】因為驚愣或恐慌，眼睛睜大，口舌僵滯，說不出話來。

【啞口無言】遭到別人質問或駁斥時，無言以對的樣子。

阿童生母呆若木雞面對小女兒冷漠複雜、五味六色交織的臉龐。立刻就後悔時隔太久讓阿童有了想法，阿童還擲地有聲說道：「拿我當人質？奉勸你想都別想。現在看到我，可以走人了。要不走，等著我告你遺棄！」沒什麼既定母女相認號啕大哭然後敘舊的場面。（蘇偉貞〈日曆日曆掛在牆壁〉）

大家千萬不要以為我的高足都是好吃懶做之徒，其實一談到學術，他們毫不含糊，對新的論文發表情形，更是暸如指掌，一些才考入我們研究所的同學，接觸到我們的博士班同學，無不對他們佩服得五

體投地，因為他們引經據典的談學問，使這些菜鳥目瞪口呆。（李家同〈吾愛吾徒〉）

尹雪豔凝著神，斂著容，朝著徐壯圖的遺像深深地鞠了三鞠躬。這時在場的親友大家都呆如木雞。有些顯得驚訝，有些卻是忿憤，也有些滿臉惶惑，可是大家都好似被一股潛力鎮住了，未敢輕舉妄動。（白先勇〈永遠的尹雪豔〉）

2 身材

高

【虎背熊腰】形容人的體型魁偉。

【魁梧奇偉】形容身材雄偉高大，風格非凡。

【高頭大馬】形容人身材高大。

【彪形大漢】形容身材高大，健壯如虎的男子。

【人物軒昂】形容人的儀表高大而雄偉。

大伯南人北相，身材魁梧，長得虎背熊腰，一點也不像江浙人，尤其是他那兩刷關刀眉，雙眉一聳，一雙眼睛炯炯有神，頗有懾人的威嚴。（白先勇〈骨灰〉）

他們父子倆這麼大山坡小土坡的追上跑下，阿稻雖然手腳靈活，終於還是跑不過高頭大馬的父親，眼看竹片就要揮下了，阿稻使盡全力地大聲說：「你不要再打我了啦！你再打我，我就要去橋上寫字。」（張友漁〈誰在橋上寫字〉）

矮

【嬌小玲瓏】小巧靈活而可愛的樣子。

【五短身材】形容四肢、身軀都很短小的身材。

【眇小丈夫】眇，ㄇㄧㄠˇ。指矮小的男子。

【短小精悍】形容身體矮小而精明強悍。

喬峰初時認定止清奸詐陰毒，自己父母和師父之死，定和他有極大關連，是以不惜耗費真力，救他性命，要著落在他身上查明諸般真相，心下早已打定主意，如他不說，便要以種種慘酷難熬的毒刑拷打逼迫。哪知此人真面目一現，竟然是個嬌小玲瓏、俏美可喜的小姑娘阿朱，當真是作夢也料想不到。（金庸《天龍八部》）

這一天，學園的朋友說白采要搬來了；我從早上等了好久，還沒有音信。正預備上車站，白采從門口進來了。他說著江西話，似乎很老成了，是飽經世變的樣子。我因上海還有約會，只匆匆一談，便握手作別。他後來有信給平伯說我「短小精悍」，卻是一句有趣的話。這是我們最初的一面，但誰知也就是最後的一面呢！（朱自清〈白采〉）

胖

【心寬體胖】心境坦蕩開朗，體貌自然舒泰，也作「心廣體胖」、「心寬體肥」。

【大腹便便】大肚顯得肥胖而凸出的樣子。

【腦滿腸肥】頭部豐滿，肚腹肥胖。

【肥頭大耳】形容體態肥胖的樣子。

【環肥燕瘦】唐代楊玉環與漢代趙飛燕，一肥一瘦，各因此稱美一時。後比喻不同體態的美人各具其美。

【肌理豐盈】形容人的體態圓潤豐滿。

所以當我看到一個焦慮神經質，手上點著香菸，不愛運動的大胖子老男生，挾起一塊紅燒蹄膀，又鄙夷地放下筷子時，我就有點同情我的朋友詹固醇。我同情我的朋友是隻代罪肥羔羊，並且非常懷念我的另一位胖子朋友法斯塔夫。我寧可和兩位腦滿腸肥的朋友，一起被罵個肉食者鄙，也不願畫清界線分道揚鑣。（莊裕安〈膽固醇與法斯塔夫〉）

剛來港去探視父親時，他才做完十二次的化療，戴頂帽子，看起來仍然像一個英俊的蒙古戰士，他有張男性倔強的臉，那張臉害死了多少女人？我母親，以及無數的外遇，他一生只對女人感興趣，各種女人，奇怪的、矮小的、精悍的，環肥燕瘦，無一不可，而母親是那個受苦的人，她一輩子受這種苦，但她仍舊不死心，她永遠不死心。（陳玉慧《書迷》）

瘦

【骨瘦如柴】 人身瘦得連如木材的骨架都顯露出來。形容非常消瘦的樣子。

【形銷骨立】 形容人極其瘦弱。

【形容枯槁】 外貌乾瘦，神情憔悴。

【瘦骨嶙峋】 形容人身體枯瘦、骨骼突出可見。

【藥店飛龍】 飛龍是指中藥藥材龍骨。藥店裡的龍骨，比喻人消瘦嶙峋的樣子。

【面黃肌瘦】 形容人營養不良以致面色蠟黃、身體消瘦的樣子。

【香消玉減】 形容女子日漸消瘦。

【弱不禁風】 柔弱、瘦弱得禁不起風吹。

【裊裊婷婷】 女子體態纖秀柔美的樣子。

【蜂腰削背】 形容女子身材瘦弱，腰肢纖細。

【弱不勝衣】 體弱無力，連衣服的重量都承受不住。

【環肥燕瘦】 唐代楊玉環與漢代趙飛燕，一肥一瘦，各因此稱美一時。後比喻不同體態的美人各具其美。

【鶴骨松姿】 形容人身體清瘦，外表與氣質仙風道骨。

【神清骨秀】 氣質秀美，神態清朗。

她知道她兒子女兒恨毒了她，她婆家的人恨她，她娘家的人恨她。她摸索著腕上的翠玉鐲子，徐徐將那鐲子順著骨瘦如柴的手臂往上推，一直推到腋下。（張愛玲〈金鎖記〉）

二人形容枯槁，三餐不繼，相對泣血，終於貧賤夫妻百事哀，脾氣日壞，身體日差，變成怨偶。一點點意見便鬧得雞犬不寧，各以毒辣言語去傷害對方的自尊。於是大家在後悔：我為什麼為你而放棄錦衣玉食嬌妻愛子？我又為什麼為你而虛耗芳華謝絕一切恩客？（李碧華《胭脂扣》）

老總姓范，除了少數幾個跟她關係比較好的主管，其他員工都叫她范總，是這家「貳弎」日本外商公司臺灣分部的最高主管。雖然瘦骨嶙峋、兩頰凹陷，但在那件剪裁合宜的高檔黑色套裝下，卻擁有一副比現場所有男性都要精壯的身材。（黃唯哲〈河童之肉〉）

適中

【穠纖合度】身材適宜，胖瘦恰到好處。

【肥勻明秀】人的體型肥瘦均勻，模樣明亮秀麗。

【肥瘦相和】形容身體胖瘦均勻。

【纖穠中度】形容身材美好，肥瘦相宜。

多少樣不知名的小鳥，在枝頭跳躍，有的曳著長長的尾巴，有的翹著尖尖的長喙，有的是胸襟上帶著一塊照眼的顏色，有的是飛起來的時候才閃露一下斑爛的花彩。幾乎沒有例外的，鳥的身軀都是玲瓏飽滿的，細瘦而不乾癟，豐腴而不臃腫，真是減一分則太瘦，增一分則太肥那樣的穠纖合度，跳盪得那樣輕靈，腳上像是有彈簧。（梁實秋〈鳥〉）

3 儀表風度

儀態

【亭亭玉立】女子身材修長美麗。

【風姿綽約】形容人的風采姿容非常優美。

【婀娜多姿】形容女子儀態柔美。

【嫋嫋婷婷】女子姿態優雅輕盈的樣子。

【雍容華貴】溫和大方，氣質端莊矜貴。

【相貌堂堂】儀表壯偉的樣子。

【彬彬有禮】形容人的禮貌恰到好處，不至於矯情多禮，也不至於粗魯無禮。

【落落大方】舉止自然坦率，毫不扭捏造作。

【道貌岸然】形容外表莊重嚴肅的樣子，亦用以諷刺表裡不一的偽君子。

【老成持重】形容人成熟老練，處事沉著穩重。

【一表人才】形容人相貌俊秀，儀態翩翩。

【文質彬彬】舉止文雅，態度端莊。

【玉樹臨風】形容人年少才貌出眾。

【風流倜儻】英俊瀟灑，不拘禮法。

【英姿煥發】英俊威武，神采煥發。

【衣冠楚楚】服裝整齊而鮮明出眾。

【醉玉頹山】男子醉後風姿俊秀的風采。

【龍行虎步】比喻帝王般莊重威嚴的儀態。

【邋裡邋遢】形容人不整潔。

【蓬頭垢面】形容人披頭散髮、面容骯髒，不修邊幅。

我常躲在眾堂兄弟之後仔細觀看亭亭玉立的親戚家許多姊妹，有些端莊秀麗，有些雍容華貴，有些弱不禁風，但都帶有靈秀之氣，那嫵媚柔和的體態打動了我的心弦。（葉石濤〈府城鎖憶〉）

酒實在是妙。幾杯落肚之後就會覺得飄飄然、醺醺然。平素道貌岸然的人，也會綻出笑臉；一向沉默

寡言的人，也會議論風生。（梁實秋〈飲酒〉）

哈代有一首小詩，寫孩子初生，大家譽為珍珠寶貝，稍長都誇做玉樹臨風，長成則為非做歹，終至於陳屍絞架。（梁實秋〈孩子〉）

我們兄弟姊妹一致認為，父親年輕時候的相片，真是英姿煥發，非常好看；中年時期的相片，則一如平日實際生活中那般耿直而有威儀，又自然流露出無比的可親。（吳晟〈遺物〉）

氣質

【蕙質蘭心】比喻女子品德、心地如蕙蘭般高雅芳潔。或作「蘭質蕙心」。

【秀外慧中】形容女子外貌秀美，內心聰慧。

【林下風致】形容婦人舉止嫻雅，風韻脫俗。或作「林下風範」、「林下風氣」、「林下風度」。

【楚楚可憐】形容姿態嬌柔纖弱，惹人憐愛。

【纖纖弱質】柔弱的氣質，多指女性。

【雍容爾雅】神態自若，舉止儒雅。

【風度翩翩】形容人文采風流，舉止瀟灑。

【溫文爾雅】形容人態度溫和典雅。

【風流蘊藉】形容人風流瀟灑，含蓄有致。

【一代風流】風雅超俗而為時人景仰的人物。

【俗不可耐】形容言語舉止庸俗得使人難以忍受。

夏天薄暮，這個有教養又能自食其力的、富於林下風度的中年婦人，穿件白色細麻布舊式衣服，拿把蒲扇，樸素不華的在菜園外小溪邊站立納涼。（沈從文〈菜園〉）

她默默地跟我數條街巷，幹什麼？我誤會自己真有點吸引力，但不。莫非她要打劫？也不，以她纖纖弱質，而且還學人趕時髦，穿一件寬身旗袍。別說跑，連走幾步路也要將將就就。（李碧華《胭脂

扣》）

果然，才念國中，就有許多女孩子寫信給他，在這些女孩子中，他只喜歡鳳子。鳳子是個極標致的女孩，高眺的身材，皮膚又白又細，一雙鳳眼笑起來彎彎的，只是嘴角有些歪撇，看來楚楚可憐的樣子。有人說鳳子一臉薄命相，不是端正的女孩。我才不相信，美麗的女孩總是遭嫉的。（周芬伶〈小王子〉）

她的臉塗抹描畫得很仔細，身上緊緊箍著一件大紅旗袍。她的耳朵、手指和手腕上，都戴著從她媽那兒借來的假寶石首飾，俗不可耐的閃閃發光。（老舍《鼓書藝人》）

氣勢

【血氣方剛】 形容精力旺盛，容易衝動。

【氣宇軒昂】 形容神采飛揚，氣度不凡。

【英姿颯爽】 英挺矯健，神采煥發，也作「英姿煥發」。

【意氣風發】 形容精神振奮，志氣昂揚的樣子。

【意氣軒昂】 神采煥發，氣度豪邁昂揚的樣子。

【威風凜凜】 氣勢威武逼人，令人敬畏的樣子。

【叱吒風雲】 形容氣勢威風，足以左右世局。

【色厲內荏】 形容人外表嚴厲而內心怯懦。

【氣焰熏天】 比喻人的氣勢如火焰般逼人。

【氣沖斗牛】 氣勢極勝，上衝星空。

【氣貫長虹】 形容氣勢旺盛，能貫穿長虹。

【盛氣凌人】 氣勢傲慢迫人。

【外強中乾】 看似充實強盛，實則空虛衰弱。

在金字塔面前，聯想到我們平日經常見到一些無所不知的評論家，多少有點可笑。當年拿破崙如何氣

焰熏天，但當自己的軍隊抵達金字塔的時候。也突然感受到自己的渺小。（余秋雨〈巨大的問號〉）

尹雪豔站在一旁，叼著金嘴子的三個九，徐徐地噴著煙圈，以悲天憫人的眼光看著她這一群得意的、失意的、老年的、壯年的、曾經叱吒風雲的、曾經風華絕代的客人們，狂熱的互相廝殺，互相宰割。（白先勇〈永遠的尹雪豔〉）

我望著床上的老人。我的英雄挽花。他張大歪斜、合不攏的嘴，話都講不清。但在我的眼中，他還是當年意氣風發、顧盼豪雄但又謙遜低調的樣子。（沈默〈晚年〉）

神情

【眉飛色舞】 形容非常喜悅得意的神情。

【容光煥發】 形容人精神飽滿，生氣蓬勃。

【神采奕奕】 形容人精神飽滿，容光煥發。

【紅光滿面】 形容人的精神、氣色極佳。

【神采飛揚】 活力充沛，神色自得的樣子。

【神清氣爽】 神氣清朗，心情舒暢。

【生龍活虎】 比喻如龍虎一般活潑勇猛，生氣勃勃。

【得意洋洋】 形容十分得意的樣子。

【意氣洋洋】 形容自滿自得的樣子。

【意氣風發】 形容精神振奮，志氣昂揚的樣子。

【得意忘形】 因心意志趣獲得滿足而物我兩忘。或指創作上取其精神而捨其形式。

【趾高氣揚】 形容人驕傲自滿、得意忘形。

【從容不迫】 沉著鎮定不慌張。

【悠然自得】 神態從容，心情閒適的樣子。

【神色自若】 神情態度自然、鎮定的樣子。

【好整以暇】 形容在紛亂、繁忙中顯得從容不迫。

【心曠神怡】 心胸開朗，精神怡悅。

【失魂落魄】 形容人極度驚慌或精神恍惚、失其主宰。

【喪魂落魄】 形容極為驚

懼害怕。

【魂不守舍】比喻心神恍惚不定。

【垂頭喪氣】形容失意沮喪的樣子。

【無精打采】沒精神，提不起勁的樣子。

【行色匆匆】出發或走路的神色匆忙。

【不動聲色】一聲不響，面上不流露感情。形容人遇事不張揚的冷靜態度。

【槁木死灰】形容人如枯槁的樹木或灰燼般消沉，對外物無動於衷。後比喻灰心絕望的樣子。

【面有難色】臉上表現出為難的神情。

他在永州待了十年，日子過得孤寂而荒涼。親族朋友不來理睬，地方官員時時監視。炎難使他十分狼狽，一度蓬頭垢面，喪魂落魄。但是，炎難也給了他一分寧靜，使他有足夠的時間與自然相晤，與自我對話。（余秋雨〈柳侯祠〉）

他們離開的時候，郭軫把朱青扶上了後車座，幫著她繫上她那塊黑絲頭巾，然後跳上車，輕快的發動了火，向我得意洋洋的揮了揮手，倏地一下，便把朱青帶走了。朱青偎在郭軫身後，頭上那塊絲巾吹得高高揚起。（白先勇〈一把青〉）

我們進入一個極窄極扁的空間。雖然如果曠野上有其它人看著我們，會以為那是一群失魂落魄的夢遊者。（駱以軍〈神棄〉）

然而這竟是兜頭一桶冷水，使兩個人同時打了一個寒噤，但仍然不動聲色，謝過老人，向著他所指示的路前行。（魯迅〈採薇〉）

走開又回來。再是私人國度私人時間，終歸在人間掙扎。於是你總是行色匆匆，急於趕到一個封鎖的時間特區。（蘇偉貞〈時間特區〉）

然後我就好整以暇坐在客廳看報紙，喝咖啡，歪坐沙發上，發呆。早起的腦子那麼舒坦，朝生暮死，做任何事都太可惜了。（柯裕棻〈清晨〉）

這對祖孫著實笑得合不攏嘴，張小嚕還會忘了阿嬤千萬交代不可說溜嘴，他忍受不住內心龐大的喜悅，得意忘形地：「爸比，我和阿嬤偷吃糖果喔！」——不用說也知道，糖果的滋味已經加倍，因為祖孫倆並肩躲過「糖果惡魔」的禁止與阻攔，他們倆是最佳夥伴，最佳戰友，也是最甜蜜的祖孫。（張輝誠〈糖果的滋味〉）

我不遺憾，甚至還該為此高興，當叔叔容光煥發地來拜訪父親時我就知道了，那片雲裡霧裡的茶園一定變得相當熱鬧。那是二〇〇八年，我十四歲，從門縫中看見從來都是汗衫配牛仔褲的叔叔一身筆挺西裝，熱情地要父親收下禮盒。（盧羿樺〈潛水練習〉）

叔叔接著又滔滔不絕講起茶園的生意，神采飛揚地邀請父親和他討論未來展望，或是回到貓空，一起經營爺爺傳下的產業。書架擋住了父親的身影，我只能聽見他啞著嗓子道賀，然後婉拒叔叔的要求和他的禮盒。（盧羿樺〈潛水練習〉）

一幅幅照片掠過投影幕，像是重新演練一遍歷來的家族聚會，照片中人正是女友跟我說過無數次，回憶中長輩風華正盛的樣貌。阿嬤姨婆穿著溫雅日式套裝掩嘴巧笑，舅公們神采奕奕，女友母親和表姨們彼時仍是時髦少婦，年幼的女友和表弟妹依偎大人腿邊。（廖梅璇〈當我參加她外公的追思禮拜〉）

他每來都行色匆匆，好像這兒是他養的小公館，生怕東窗事發，所以未敢久留。當然爽然得空兒時總多耽耽，可是寧靜不明原委的老覺得萬般委屈：他，那個野人，在她生命中這樣名分不確，心意難

測；然而如今她魂魄皆附到他身上似的。（鍾曉陽《停車暫借問》）

他告訴我們同一天動手術割胃的人有六個，另外五人均恢復良好，現在各個紅光滿面。我們覺得這說辭可疑，他在醫院連隔壁老先生歪著頭看我們的電視都不許人家，怎麼可能一進手術房立刻弄清楚有幾個人開胃，還取得對方的聯繫方式，而知道各個恢復良好？（宇文正〈來自大食帝國的人〉）

4 動作

手部

【左右開弓】 形容雙手同時或輪流做某一動作。

【摩拳擦掌】 比喻準備行動或動武。

【揎拳捋袖】 伸出拳頭、捲起衣袖，形容人粗野、準備動武的樣子。

【比手畫腳】 以手腳比畫，幫助意思的表達，以求對方了解。

【額手稱慶】 舉手齊額，表示慶賀、高興。

【手舞足蹈】 揮手舉足，舞動跳躍。形容高興到了極點。

【拳打腳踢】 用拳頭和腳踢打。

【偏袒搤腕】 露出手臂，用另一隻手抓住，以示憤慨不平的樣子。

【查手舞腳】 揮舞雙手、腳步凌亂，表示慌張的模樣。

【擎拳合掌】 拱手為禮，以示恭敬。

【口講指畫】 一邊說話，一邊用手指比畫，幫助講解。形容人講演或說話時的舉動。

洋人很努力地一邊說，一邊彎下腰在左腿上比一比，在右腿上比一比，然後點點頭，這時很出乎大家的意外，啞巴女孩似乎聽懂了什麼，走到洋人面前，拍拍洋人的腿，咿啞地比手畫腳起來。洋人微笑

著向她點頭。（黃春明〈蘋果的滋味〉）

有一次，我給五、六年級的學生出了一道作文題目，「背崩通路與我的小小夢想」，這是一次有獎徵文比賽。孩子們個個摩拳擦掌，準備來一場紙上較量。三天之後，我收到一疊作文。幾乎所有孩子都盼望墨脫早日通路。（顧野生〈野火在青春的路上〉）

腳部

【金雞獨立】一種武術姿勢，以單腿站立。也指人用單足站立的樣子。

【手舞足蹈】揮手舉足，舞動跳躍。形容高興到了極點。

【拳打腳踢】用拳頭和腳踢打。

【比手畫腳】以手腳比畫，幫助意思的表達，以求對方了解。

【踉踉蹌蹌】步伐不穩，跌跌撞撞的樣子。

【趔趔趄趄】形容人走路時腳步不穩，身體歪歪斜斜的樣子。

【鴨行鵝步】形容人走路緩慢的樣子。

【健步如飛】形容人步行的速度像飛行一般快速。

【大步流星】形容步伐大而快速的走路。

【躡手躡腳】放輕手腳走路，行動小心翼翼，不敢聲張的樣子。

【躡足潛蹤】放輕腳步，隱藏行蹤，形容行動小心隱密。

【凌波微步】女性步履輕盈的樣子。

【查手舞腳】揮舞雙手、腳步凌亂，形容人神情慌張的模樣。

【拊膺頓足】形容人拍捶胸膛、雙足跺地，形容悲憤難以自制的樣子。

【披頭跣足】跣，ㄒㄧㄢˇ。披頭散髮，光著雙腳，形容人衣衫不整、不修邊幅的樣子。

在別的地方，你可以蹲下身來細細玩索一塊碎石、一條土埂，在這兒完全不行，你也被裹挾著，身不由主，踉踉蹌蹌，直到被歷史的洪流消融。（余秋雨〈莫高窟〉）

我們都知道，貓的行走是有其方法與氣度的，牠是慢且優雅，舉止有其思維和步驟的；而狗則可能聽到主人出聲召喚，就健步如飛，一股腦兒往主人身上撲去，其熱情感性與貓的冷漠理性，有著天壤之別。（張尚為〈向毛小孩學習〉）

耳朵

【交頭接耳】湊近頭耳，形容低聲私語。

【洗耳恭聽】專心、恭敬地聆聽。

【充耳不聞】塞住耳朵，裝作沒聽見。

【口耳相傳】口頭傳授，以耳接收。

傳說中的鴿子不是帶有什麼可怕的病菌嗎？是致命的吧？——醫生說得沒錯，在母親的心底，一般來說都是口耳相傳的偏方最有效，又屬傳說中的病最可怕。和平的象徵，也不可掉以輕心。（包子逸〈鴿子〉）

這半年來，不知怎的連養老堂裡也不大平靜了，一部分的老頭子，也都交頭接耳，跑進跑出的很起勁。（魯迅〈採薇〉）

眼睛

【擠眉弄眼】擠弄眉毛眼睛以向人暗示或表情意。

【眼神傳達情意。】

【暗送秋波】女子暗中以眼神傳達情意。

【眉開眼笑】眉頭舒展，眼含笑意。形容愉悅欣喜的神情。

【瞠目結舌】睜大眼睛，說不出話的樣子，用以形容吃驚受窘的情況。

【面面相覷】相視無言，不知所措的樣子。

【左顧右盼】左右四處觀察、張望，或指有所顧慮而猶豫不決的樣子。

【探頭探腦】四處張望、窺探。

【東張西望】四周探望。

【另眼相看】以特別的眼光或態度相待，以示重視或歧視。

【刮目相看】形容用新的眼光來看待人。

【高瞻遠矚】形容往遠處眺望，看得更全面。或形容見識遠大。

【冷眼旁觀】用冷靜的眼光在旁觀察。

【怒目而視】因發怒而圓睜兩眼瞪視對方。

【虎視眈眈】如老虎般貪狠地注視，伺機掠奪。

【目不轉睛】眼睛動也不動。形容凝神注視的樣子。

【視若無睹】看見當作沒看見一般。或形容對事物毫不注意。亦作「視而不見」。

【眾目睽睽】眾人都睜大眼睛注視著。

【目不妄視】眼睛不隨便亂看。形容遵守禮制，不逾矩的模樣。

水在這裡，吃夠了苦頭也出足了風頭，就像一大撥翻越各種障礙的馬拉松健兒，把最強悍的生命付之於規整，付之於企盼，付之於眾目睽睽。（余秋雨〈都江堰〉）

我真沮喪。結果也不知如何，在小熊攤前流連，我可沒有像小孩那樣纏著大哭大鬧，總之依依不捨就是。兩位姑娘面面相覷，其中一個對我說：你這麼喜歡，我就送你一隻銀色的。（西西〈我的玩具〉）

這是不同的，在文明的社會裡，因為太複雜了，我不會覺得其他的人和事跟我有什麼關係，但是在這片狂風終年吹拂著的貧瘠的土地上，不要說是人，能看見一根草，一滴晨曦下的露水，它們都會觸動我的心靈，怎麼可能在這樣寂寞的天空下見到蹣跚獨行的老人而視若無睹呢！（三毛〈搭車客〉）

這樣不堪入目不堪入口的末流菜色，不用說吃，看了傷眼，聞了傷氣，想了傷心。這種館子，就是倒貼我也不來了。（張讓〈我的菜裡有根頭髮〉）

人們連她百年都等不及了，士林的正廳還有圍籬擋住，幾處賓館就更不堪聞問。夫人想像人們對她住宿的臥房也要探頭探腦，她覺得十分窘迫，好像用過的被單沒有換掉，渾身上下適時地癢了起來。

（平路〈百齡箋〉）

陡徑攀登，不敢分心看山，就算站穩了看，也不能只是左顧右盼，還得瞻前顧後，甚至上下求索，到了盪胸決眥的地步。（余光中〈黃山詫異〉）

在某一類端正的餐廳裡我總在東張西望。衣冠與飲食，餐巾與刀叉，看著是天衣無縫，其實多矛盾啊。畢竟沒有什麼比畫皮著衣這件事更遮掩心腸，但又沒有比什麼張嘴露舌這件事更暴露底細了。

（黃麗群〈餐桌阿修羅〉）

眉毛

【擠眉弄眼】擠弄眉毛眼睛以向人暗示或表情意。

【眉開眼笑】眉頭舒展，眼含笑意。形容愉悅欣喜的神情。

【一顰一笑】顰，皺眉。一顰一笑指臉上或悲或喜的表情變化。

【愁眉苦臉】眉頭緊皺，苦喪著臉。形容憂傷、愁苦的神色。

【斂首低眉】垂頭皺眉，形容失意的樣子。

【愁眉不展】形容情緒幽悶，眉頭緊鎖。

【丟眉弄色】用眉目挑逗傳情。

【怒目橫眉】瞪大眼睛，眉毛橫豎，形容人滿面怒容。

【立眉嗔目】眉毛豎起、瞪大眼睛，形容憤怒與生氣。

【柳眉倒豎】形容女子發怒的樣子。

好寂靜而漫長的一分鐘，正行偷偷睜開眼睛，看著他旁邊的余守恆，余守恆一點也不像平常那樣對他擠眉弄眼扮豬頭扮鬼臉，臉上是正行陌生的表情，幾行亂七八糟的眼淚，瑟縮的身體顫動著，卻怎樣

也不敢哭出聲來。正行知道，守恆就是那個活下來的中年級小孩。守恆是得救的孩子，也是罪魁禍首。（許正平〈光年〉）

這個作家自會有魔力吸引他，而他也樂自為所吸；過了相當的時候，他自己的聲音相貌，一顰一笑，便漸與那個作家相似。這麼一來，他真的浸潤在他的文學情人的懷抱中，而由這些書籍中獲得他的靈魂的食糧。（林語堂〈讀書的藝術〉）

鼻子

【嗤之以鼻】用鼻子哼氣以表示不屑、鄙視。

【屏氣凝神】屏住呼吸，集中精神。謂專心一意。

【氣喘吁吁】大聲喘氣、呼吸急促的樣子。

【氣喘如牛】形容呼吸急促，像牛一般大聲喘氣。

【攢眉蹙鼻】眉頭、鼻頭緊皺，形容神情痛苦。

【鼾聲如雷】形容人在熟睡時發出的響亮鼻息，彷彿雷鳴般響亮。

【掩鼻偷香】摀著鼻子偷正在燃燒的香。比喻自欺。

來到佛蒙特州的山林以前，每當觀看國外恐怖懸疑影片安排主角步行於森林時，不免嗤之以鼻。尤其導演偶爾安排手持鏡頭，在主角奔跑時，觀眾亦跟隨鏡頭左晃右晃。（陳育萱〈秋是拿來相見或相愛〉）

事實當然已經不是這樣。眼前的老人家拚命勞動了大半輩子後，還剩下講話經常重複，臟腑機能頻拉警報，東西丟三落四，幹活不多時便氣喘如牛。是什麼時候開始的，依稀記得是幾年前父親住了幾天醫院之後；那時白髮和皺紋忽然逢春般，一下子抽長、綿延了許多，像勉力垂掛枝頭的枯葉，深怕一

陣風雨無來由地吹著下著，葉片提前墜地。（黃志聰〈採果〉）

這是四月初的時候，清晨近五點，我第一次登上玉山主峰頂。當我正是**氣喘吁吁**，驚疑的心神仍來不及落定時，山頂上那種宇宙洪荒般詭譎的氣象，剎那間就將我完全震懾住了。（陳列〈玉山去來〉）

嘴巴

【瞠目結舌】睜大眼睛，說不出話的樣子，用以形容形容吃驚受窘的情況。

【嘖嘖稱奇】咂嘴作聲，表示驚奇、讚嘆。

【齜牙咧嘴】張嘴露牙。形容面目凶狠，或因痛苦、驚恐而面部扭曲變形。

【狼吞虎嚥】形容吃東西又猛又急。

【咬牙切齒】咬緊牙齒，表示非常悲痛憤恨。

【怒目咬牙】瞪著眼睛、咬緊牙關，形容人憤怒的樣子。

【裂眥嚼齒】形容人極為憤怒時，眼眶張裂，咬牙切齒的樣子。

【張口結舌】張開嘴巴，但舌頭彷彿打結說不出話來。形容人恐懼慌張，或理屈說不出話的樣子。

【緘口不言】閉上嘴巴，不說話。也作「緘舌閉口」。

【哈哈大笑】張開嘴巴大聲發笑。

【口耳相傳】口頭傳授，以耳接收。

念初中的時候，放了學還要補習，等補完習坐車回家已是華燈初上，匆匆**狼吞虎嚥**了一番就回房啃書，飯的香，菜的香，都不大有心緻品味了。（方杞〈母親的切菜聲〉）

我亦吃芒果之佼佼者。甫入小學就敢一次吃三斤，大人為之**嘖嘖稱奇**，但未嘗患痧，唯手腳頭面時或浮現瘡腫，試敷以破布子果漿，稍有效，但用狗皮膏藥較快痊癒。（阿盛〈土廁與洋食〉）

已近黃昏，有點風，一陣又一陣地把繩子吹的綳綳響，把那人頭髮颳得一起一落，褲管灌滿了風，不住往上掀。下邊的人，一個個張口結舌，屏息靜觀，只有讓心跳得像幫浦，頸子仰著發痠得份兒。（林懷民〈穿紅襯衫的男孩〉）

那時與父親親近，記得有一回感冒，發燒了也沒告訴媽媽，一直等到父親回來了才跟父親講。媽媽為此氣得咬牙切齒。這事，早該已經忘了，卻在自己有了小孩之後，偶爾逗弄孩子：「比較愛爸爸還是愛媽媽？」才悠悠記起，也才明白一個孩子不跟媽媽親近，對母親是多大的刺傷。（宇文正〈來自大食帝國的人〉）

身體

【正襟危坐】端正身子坐著的樣子。

【席地而坐】古人鋪席於地坐臥，後來指人就地坐下。

【卑躬屈膝】低身下跪，奉承別人的樣子。

【跛立箕坐】站立時重心偏於一腳，站姿歪斜，坐著的時候兩腳張開有如畚箕，形容人站立或坐姿不正，態度無禮。

【趔趔趄趄】趔，ㄌㄧㄝˋ；趄，ㄐㄩ。形容人走路時腳步不穩，身體歪斜的樣子。

【小鳥依人】形容女子或小孩依傍他人而嬌弱可愛的樣子。

【筋不束骨】形容人軀體柔軟的樣子。

【紋絲不動】絲毫不移動。

【紋風不動】一點也不動。形容鎮靜、沉著的態度。

【前合後偃】身體前後俯仰晃動，站立不穩的樣子。

【前仰後合】身體前後晃動，多用來形容大笑、酒醉或困倦時站立不穩的模樣。

【身輕體健】身體健康，動作靈活的樣子。

我寫過一些不錯的文字，也寫了不少爛文章，無論狀態起伏，無論風格轉變，都是一個人的成長歷程，誰人能在十四年的青春裡保持紋絲不動。（韓寒〈寫給每一個自己〉）

因此這幾年我接受攝影，常要對方省掉這記舊招，而改為我望向別處，只等他一聲叫「好」！我就驀然回首，注視鏡頭。（余光中〈誰能叫世界停止三秒？〉）

卓雲的容貌有一種溫婉的清秀，即使是細微的皺紋和略顯鬆弛的皮膚也遮掩不了，舉手投足之間，更有一種大家閨秀的風範。頌蓮想，卓雲這樣的女人容易討男人喜歡，女人也不會太討厭她。頌蓮很快地就喊卓雲姊姊了。（蘇童《妻妾成群》）

5 生命現象

睡與醒

【鼾聲如雷】 熟睡時發出的鼻息聲，像雷聲般響亮。

【呼呼大睡】 形容熟睡時發出鼻息。

【眉垂目合】 形容閉目養神或睡覺時的樣子。

【高枕而臥】 墊高枕頭，安心睡覺的樣子。比喻太平無事，沒有什麼好顧慮的。也作「高枕而眠」。

【抵足而眠】 同榻而眠。形容雙方情誼深厚。

【枕戈待旦】 睡時枕著武器，以待天明，比喻時時警醒警惕，隨時都準備要作戰。

【輾轉反側】 因心事重重而翻來覆去睡不著覺。

【臥不安枕】 躺臥在床上，不得安眠的樣子。形容心神不寧、睡不安穩。

【翻來覆去】 輾轉不安，睡不著覺。或指不斷變化。

【目不交睫】 比喻人忙碌或心情不安而不能入眠。

【寢不能寐】 躺著但睡不著叫的樣子，比喻人心事重重的樣子。

【大夢初醒】比喻從錯誤、迷亂或沉睡當中覺醒。

【夙興夜寐】早起晚睡。形容終日勤勞。

【宵衣旰食】旰，ㄍㄢˋ，日落之後。天未明就披衣起床，日暮才進食。形容勤於政事。

【夢夢銃銃】銃，ㄔㄨㄥˋ。形容人剛睡醒時的迷糊、恍惚之態。

【睡眼惺忪】剛睡醒，神智模糊，眼神迷茫的樣子。

【昏昏欲睡】精神恍惚很想睡覺。形容非常疲累。

【立盹行眠】無論站著或是走動，都顯得昏昏欲睡的樣子。比喻人極度疲倦。

【不省人事】昏迷而失去知覺。

【昏昏沉沉】形容昏迷不清醒的樣子。

【鬢亂釵橫】形容女子睡醒時妝容未整、髮髻凌亂簪釵橫斜的樣子。

【寢苫枕塊】苫，ㄕㄢ，草墊。睡在草墊上，以土塊為枕頭。這是一種居父母喪的禮節。也作「寢苫枕草」。

這不知是一天裡的第幾次了，我從昏昏沉沉的睡夢中醒來，張開眼睛，屋內已經一片漆黑，街道上沒有人聲也沒有車聲，只聽見桌上的鬧鐘，像每一次醒來時一樣，清晰而漠然的走動著。（三毛〈哭泣的駱駝〉）

過去，你是頂怕打針的。又在臨終前，你已經是不省人事了，還應了媽媽的大聲激勵，困難地把嘴張開，強把最後一粒雞角丸咬碎了嚥下去。（鍾理和〈野茫茫〉）

在一陣濃香息集中，令月妹難捨的是，夢裡舉筷的那個，是自己，還是燈娘？她恨不得要端給那老人，吃了好安心，於願足矣，可惜啊不能。月色倒是很清明，落輕紗似的平躺在洋灰地上，月妹翻來覆去，好不容易才聽見遠遠有雞鳴。（李天葆〈燈月團圓〉）

那年，她初學日文，抄得一段語錄寫再給父親的生日卡，文意為：「人生行路，有山有谷；道途艱險，決不認輸！」父親捧著卡片，吟哦了一遍又一遍。後來具母親轉述，那晚臨睡前父親猶將卡片塞

入枕底，當晚輾轉反側，竟夜未眠。（高自芬〈地圖〉）

一大早，八斗子的天氣仍然是又風又雨，海浪像一片灰色的鋼板掀起來又蓋下去，混濁冰冷，發出一陣轟轟的巨響。冷風像兩面鋒利的刀刃刮在臉上，直鑽進骨頭裡。但是，一到了基隆的街市，太陽卻又懨懨地露出臉來，照在港口一排排灰暗的屋頂與市街。空氣裡飛揚著灰濛濛的塵埃，使人感到一種大病後昏昏欲睡的倦怠。（王拓〈金水嬸〉）

生養

【呱呱墜地】比喻誕生。

【嬌生慣養】在備受寵愛縱容中成長。

【殺彘教子】指父母言行一致地教導子女。

【含辛茹苦】形容受盡各種辛苦，多用於父母拉拔子女。

【舐犢情深】比喻父母疼愛子女之深情。

【顧復之恩】形容父母養育子女的恩德。

【罔極之恩】指父母養育子女的恩惠，無窮無盡。

【慈烏反哺】比喻子女報答父母的養育之恩。

【毓子孕孫】生養子孫，繁衍後代。

【生息蕃庶】生養繁衍後代。

【綿綿瓜瓞】瓞，ㄉㄧㄝˊ，小瓜。子孫繁衍昌盛之意，祝頌之詞。

【潑丟潑養】形容養育兒女時，如果不過分呵護，孩子反而容易長大。

你雖不是什麼闊小姐，可也是自小嬌生慣養的，做起主婦來，什麼都得幹一兩手；你居然做下去了，而且高高興興地做下去了。（朱自清〈給亡婦〉）

當我們呱呱墜地，來到這個世界，睜開眼，那些五光十色的、光怪陸離的東西就這麼開始在腦海中留

下烙印。隨著日子一天天過去，所有曾讓我們興奮的或恐懼的新奇玩意兒，都變得平凡普通，變得理所當然。（那多《紙嬰》）

我的世界楚河漢界黑白分明，裁定爸爸和阿珍是偷情者，敗德者，在邪惡的誘惑下毀滅了我們家庭的完整。媽媽含辛茹苦，完美無瑕，值得整個世界的敬重。（陳俊志《台北爸爸，紐約媽媽》）

成長

【牙牙學語】形容嬰兒初學說話的聲音。

【黃口小兒】幼兒。

【黃口孺子】指兒童。

【駒齒未落】幼馬的乳牙尚未脫落，比喻孩子年幼。

【總角之年】古時未成年孩童紮髻如兩角，稱總角，指年幼孩童。

【乳臭未乾】嘴裡還有奶腥味。譏諷人年紀輕，沒有經驗與能力。

【慘綠少年】比喻青春年少，亦可指風度翩翩、意氣風發的青年才俊，或指彷徨苦惱的少年。

【及笄之年】女子十五及笄已示成年，指女子約十五歲的年華。

【豆蔻年華】形容年輕未婚的少女。多指女子十三、四歲之時。或作「荳蔻年華」。

【瓜字初分】「瓜」字可拆成兩個八，指女子十六歲。亦作「破瓜之年」

【二八年華】年齡正當十六歲的少女。

【黛綠年華】比喻少女時代。

【花信年華】一年有二十四花信，以此指女子二十四歲。

【雙十年華】女子二十歲。

【待字閨中】指成年未婚的女子。

【摽梅之年】典出《詩經．摽有梅》，比喻女子已到適婚年齡。

【志學之年】十五歲少年。

【少不更事】年紀輕，經歷世事少，尚欠缺經驗。

【弱冠之年】古代男子二十加冠，指男子二十歲。

【而立之年】三十歲的代稱。

【不惑之年】四十歲。

【強仕之年】男子四十歲，成熟可以出仕的年紀。

【春秋鼎盛】正當壯盛之年。

【知命之年】五十歲。

老王傻笑了起來，讓我想起他的兩個 baby，放假的時候我曾看過幾次，還在牙牙學語的階段，童言童語非常可愛，如果能帶他們去玩，那些孩子一定會笑得非常開心，成為一輩子的重要回憶吧，一想到就讓我羨慕起來，因為我，此時連對象都還沒有。（張英珉〈有塵室〉）

那時當然沒有電腦打字，稿子得手寫在六百字的稿紙上，但是我怕編輯從字上認出我是個乳臭未乾的國中生，精采文章連看都不看就退稿，還特別請高雄女中畢業的姑姑幫我重謄一遍，信封一併寫好。（王聰威〈文青〉）

在巴黎，荳蔻年華的女主角蘿絲瑪麗徹夜狂歡的宴會後，坐著堆滿胡蘿蔔的貨車回飯店，在胡蘿蔔的清香中難過地想著自己的戀情。（柯裕棻〈秋風（秋分）〉）

少不更事的我們，哪能了解母親的心比我們更苦，哪能了解唯有番薯在我們最苦難的日子支撐著我們。（蕭蕭〈番薯的孩子〉）

已經是不惑之年，何以反而惑然？合應深思，甚至不免憂心關於最現實裡的健康抑或是生計的問題，屬於純粹私我的利己和規畫……但是捫心自問：還可利己什麼？如何規畫只是安頓一種存活下去的微渺祈盼，似乎僅僅數著日子。（林文義〈酒的遠方〉）

衰老

【花甲之年】六十歲。

【古稀之年】七十歲。

【懸車之年】指官員告老引退的年齡，通常為七十歲。

【致事之年】《禮記·曲禮》：「大夫七十而致事。」指退休的年紀或七十歲。

【耄耋之年】耄ㄇㄠˋ，八九十歲。耋ㄉㄧㄝˊ，七八十歲。比喻年紀極大的老人。

【日薄西山】比喻人已近老，生命將盡。

【年高德劭】指年紀大而品德好。

【老大無成】年紀已大卻毫無成就。

【老當益壯】年紀雖大但身體仍然強健，且志氣豪壯。

【老而彌堅】雖年老但仍身體強健。

【老態龍鍾】形容年老體衰，行動遲緩不靈活。

【老驥伏櫪】比喻雖年老仍胸懷壯志。

【行將就木】指年紀已大，壽命將盡。

【尨眉皓髮】尨ㄆㄤˊ。形容老人眉髮盡白。

【風中殘燭】比喻人已衰老，行將不久於世。

【風燭殘年】比喻人的生命如風中的燭火一般垂危欲滅。

【倚老賣老】自以為年紀大，閱歷豐富，而看不起別人。

【桑榆晚景】日暮斜陽映照在桑榆間，比喻人晚年、年老。亦作「桑榆暮景」。

【耆年碩德】年高而有才德。

【馬齒徒長】自謙年歲徒增而毫無建樹。

【期頤之壽】長壽、高壽。

【黃髮鮐背】老年人頭髮由白轉黃。，背上的斑點如鮐魚背般。泛指老年人。

【雞皮鶴髮】白髮皺皮。形容老人的形貌。

【寶刀未老】比喻人的精神或技能不因年老而衰退。

【鶴髮童顏】如鶴毛般的白髮，孩童般紅潤的臉色。形容老人氣色好、有精神。

【人老珠黃】比喻年老色衰，如同珍珠年久變黃而價值漸失，多用於女性。

【徐娘半老】風韻猶存的中年女子。

【春歸人老】形容女子青春消逝，容顏蒼老。

【美人遲暮】美人晚年。比喻年華老去，盛年不再。

最感性的愛書人會如痴似醉地向你解釋：一本好書的書脊、花紋、題字如何觸動眼睛；一本好書的書頁可以撫慰你的手指；書頁翻動的唰啦聲如何必不可少；書本身的香味仿若蘅芷清芬。一本翻熟的書又如何與新書不同，熟書的書頁會不那麼挺括但襯貼手指，就像徐娘半老、風韻猶存的女人。（張佳瑋〈電子閱讀與紙閱讀之愛〉）

此刻嬸婆依舊梳著嚴整的髻，不過髮絲早已全白，鶴髮童顏，瘦小的個子微微佝僂，走在京都的街上跟這城市的女人很相似。（周芬伶〈絕美〉）

原本在街上看到他那有點僵硬的步伐——四十不到竟有幾分老態龍鍾——好像被一雙操偶的手牽著的牽絲傀儡，我心底其實也有幾分憐憫。（黃錦樹〈在馬六甲海峽〉）

寧靜梳好頭，即到母親處。母親房裡終年是桑榆晚景的悽惻，傍晚殘陽落在簷前，是迴光返照。老傭永慶嫂朝夕在此照料，一切乾淨，倒像在與死者沐浴更衣。（鍾曉陽《停車暫借問》）

老黃狗知道自己能活得和祖母一樣年高德劭，完全是拜祖母之賜。我們喜歡在十二月和一月的雨季裡進補狗肉，少壯時代的老黃狗就是在祖母寵惜下，躲過父親和兩位叔叔聞名鄉閭的狗肉烹煮術。（張貴興〈沙龍祖母〉）

或許老闆就是要挑學姊不在的時候做做實驗，證明一下自己仍寶刀未老，免得大家認為他已經是個手藝廢人了。後來，那兩個實驗還衍生出一篇IF高於八的文章，讓老闆在學校的首頁風光了好幾天。（蔡孟利《死了一個研究生以後》）

生病

【犬馬之疾】謙稱自己的疾病。

【負薪之病】背負薪材疲累，體力沒有恢復，引伸為生病的謙詞。

【病入膏肓】指病情危重，無藥可救。

【藥石罔效】形容病情非常嚴重。

【厥疾勿瘳】病得嚴重，不得痊癒。

【不可救藥】病重無藥可醫治。比喻到了無法挽救的地步。

【諱疾忌醫】指不承認有病，害怕去治療。

【對症下藥】針對病症開方用藥。

【久病成醫】人病久則熟知藥性及醫理。

【回天乏術】比喻無法挽救嚴重的情勢或病情。

侯后毅早已病入膏肓。他患的是前列腺癌，已經臥床多日。通常情況下，我每天都要往他家裡跑兩趟，早晚各一次。早上去，是想看看他是否已經在晚上死掉；晚上去，是想知道他是否又活了一天。（李洱《遺忘》）

那年我才四歲，母親因腹膜炎導致併發，治療了一段時間，依然回天乏術，彌留時從醫院送回家裡；母親即將離訣之際已是深夜，睡夢中我被長輩喚醒，見母親最後一面，聽她最後一句叮嚀。（路寒袖〈夢中，發光的溪〉）

死亡

【回光返照】人臨死前短暫的精神興奮。亦作「返照回光」、「迴光返照」。

【命在旦夕】生命非常急迫危險，隨時都可能死去。

【氣若游絲】氣息微弱，接近死亡。

【奄奄一息】僅存微弱的一口氣。形容生命已到了最後時刻。

【一命嗚呼】指生命結束。

【與世長辭】與人世永遠告別，指死亡。

【撒手人寰】比喻人去世。

【死生契闊】指生死離合。

【含笑入地】比喻欣慰無憾的死去。

【天人永隔】比喻人死亡，與現世之人相隔。

【駕鶴西歸】比喻人過世。

【粉身碎骨】身子、骨頭都粉碎，比喻犧牲生命。

【死於非命】遭受意外危害而喪生，不是自然的死亡。

【死不瞑目】指人抱恨而死，心有未甘。

【馬革裹屍】指英勇作

戰，戰死沙場。

【壽終正寢】指男子享盡天年，在家中自然死亡。

【天年不遂】人沒有終壽而早死。

【壽滿天年】人以自然壽數而死。

【魂飛魄散】魂魄離開身體，可指死亡。

【蘭催玉折】比喻賢才亡逝。

【香消玉殞】比喻女子死亡。

【駕返瑤池】哀輓老年女喪通用的輓辭。

【英才早逝】哀輓男性喪者通用的輓辭。

【溘然長逝】謂人死亡。

得某年臥病醫院中，同室為一青年詩人，彼此其實均未到奄奄一息的程度。但，不知怎麼，有一晚淒風苦雨，相對憮然，竟討論到蕭條的後事上去了。（吳魯芹〈懶散〉）

我執著國祥的手，送他走完人生最後一程。霎時間，天人兩分，死生契闊，在人間，我向王國祥告了永別。（白先勇〈樹猶如此〉）

西施是中國四大美女之一，生於春秋末期的越國，被越王勾踐獻給吳王夫差，使夫差無心政事，終致亡國。河豚魚白以「西施乳」為名，固然是因為它的美味無與倫比，但另一方面，也是意指只要稍有不慎，它的劇毒就會讓人魂歸九泉、一命嗚呼。（既晴〈禍從口入〉）

朱青聽了我的話，突然顫巍巍地掙扎著坐了起來，朝我點了兩下頭，冷笑道：「他知道什麼？他跌得粉身碎骨哪裡還有知覺？他倒好，轟地一下便沒了——我也死了，可是我卻還有知覺呢。」（白先勇〈一把青〉）

惠嘉轉開水龍頭洗臉，一隻蟑螂活生生從排水孔鑽飛出來，嚇得她奪命連環叫，野夏的蟑螂從浴室逃進房間。一陣手忙腳亂東拍西打，啪，終於，蟑螂在惠嘉的拖鞋下駕鶴西歸。麗仕小姐惠嘉甩甩髮，no problem。（許正平〈光年〉）

偶爾我也入房探妳，妳又恢復往昔的親暱，親我，抱我，握我的手，氣若游絲地對我說妳想死，說那樣對妳才是好，才是解脫。妳要我別害怕，妳說自己死後要做了神，也會保佑我的一生平安順遂。（姚秀山〈紙足記〉）

無奈這白日的隧道沉沉烙在背上，幾乎要把身體的邊界蝕光。這見光死的夢境每被曝曬一次就驚嚇得魂飛魄散，彷彿它們其實只是一群無能瞑目的鬼魂。（言叔夏〈賣夢的人〉）

我瞠目結舌看著她。她狡猾地笑起，靠躺在椅背上，咬著手中的湯匙，眼睛呈半月型。像愛麗絲夢遊仙境裡那隻亦正亦邪，總在愛麗絲碰到難以解決困境時，出現給予建議的貓。沒有那隻貓，愛麗絲早在夢裡死於非命了吧？（鍾旻瑞〈醒來〉）

二 食衣住行

1 飲食

吃喝

【細嚼慢嚥】仔細咀嚼、吞嚥食物的樣子。

【口腹之欲】指對飲食的欲望。

【淺斟低酌】斟著茶酒，低聲吟唱。形容悠然自得，遺興消閒的情景。

【狼吞虎嚥】形容吃東西又猛又急。

【囫圇吞棗】形容吃東西又快又急，不加咀嚼，直接吞下。

【風捲殘雲】比喻進食速度飛快，一下子就吃得乾乾淨淨。

【食指大動】指面對美食而食欲大開。

【垂涎三尺】口水流下三尺長。形容非常貪饞。

【大快朵頤】愉快、痛快進食的樣子。

【津津有味】形容食物味道好，吃得很起勁。

【酒酣耳熱】形容酒喝得意興正濃的暢快神態。

【淺嘗輒止】原指做事態度不夠徹底，不肯深入研究。在飲食方面形容稍微吃一點，嘗點味道就不再吃了。

【食不下嚥】因為憂愁煩惱或是悲傷、壓力等等因素，導致人不思飲食，或吃不下。

【酒到杯乾】酒水剛剛注入杯中，就立刻被喝乾。

但是想吃，怎麼辦？去皮後切成小段小片，細嚼慢嚥，一樣好，不夠爽快俐落就是了。再不，何以解

饞，唯有榨汁。（阿盛〈土廁與洋食〉）

饞字從食，本義是狡兔，善於奔走，人為了口腹之欲，不惜多方奔走以膏饞吻，所謂「為了一張嘴，跑斷兩條腿」。真正的饞人，為了吃，決不懶。（梁實秋〈饞〉）

憶起父親孤獨坐在夜晚的後院淺斟低酌，偶爾便吟著日本歌謠，那分情景於今仍然使我感到心痛。（陳芳明〈相逢有樂町〉）

可是，你在哪裡？立兒，你在哪裡？你為什麼不像平常日子那樣狼吞虎嚥地吃給我們看呢！還有那束鮮花，你看見了嗎？那裡面有你喜歡的石竹呀！（鍾理和〈野茫茫〉）

在湖艇上吃螃蟹饒富情趣，氣氛之好，味道之鮮，岸上館子望塵莫及。可惜李氏弟兄自幼茹素，葷腥不沾，我雖然食指大動，也不便一個人獨啖，只好雖入寶山，空手賦歸。（唐魯孫〈蟹話〉）

因我小時家貧，一年只有大拜拜和過年才有雞吃，因此對雞一項垂涎三尺。這毛病到美國念書，由於那裡雞價最賤，一年吃下來便望雞生畏，總算徹底治療好了。（陳若曦〈酒和酒的往事〉）

我甚愛玉荷包，吃時不知節制，動輒嘗上百顆，不怕火氣上升，就怕吃不過癮，也只有生在寶島，才能這麼放肆，如此大快朵頤，真是何其有幸。（朱振藩〈勾人垂涎玉荷包〉）

她擠柚子汁撒在上面，抬頭說：「請盡情品嘗。用手撕是要讓纖維參差不齊，容易散發香澤；備長炭的熱力比較溫和，也少吐火苗，省卻烤得焦焦又薰染炭臭的顧慮。請試試看，不同部位的香氣和咬勁互異其趣，一定要大快朵頤，才能真正領略松茸的奧妙喔！」（林嘉翔〈松茸芳澤〉）

美食與粗食

【瓊漿玉液】比喻香醇的美酒。

【山珍海味】泛指豐盛的食物。

【龍肝鳳髓】比喻難得珍美的餚饌。

【炊金饌玉】形容飲食的豐盛美味。

【炮鳳烹龍】豪奢的珍饈。亦作「烹龍炮鳳」。

【殊滋異味】特別的滋味，指佳餚美食。

【水陸雜陳】水陸所產的各種美味無不具備。形容佳餚豐盛。

【食前方丈】吃飯的食物擺滿一丈見方那麼廣。形容菜餚甚多或生活奢侈。

【食不厭精，膾不厭細】比喻食品精緻，飲食講究。

【飫甘饜肥】飽吃甘甜肥美的食物。

【三茶六飯】眾多且齊備的茶水和飯菜。

【粗茶淡飯】簡單清淡的飲食。

【簞食豆羹】一竹器飯食，一木碗羹湯，指少量飲食，也指簡陋的食物。

【飯蔬飲水】吃蔬菜，喝冷水，形容清心寡欲、安貧樂道的生活。

【齋居蔬食】粗茶淡飯度日，形容人生活儉樸。

【家常便飯】家中的日常飯食。亦比喻常見或熟悉的事情。

【濁酒粗食】指粗糙的酒食。

【糲食粗餐】以粗糙的食物為餐飯，形容人生活清苦。

飲食這種東西，本來就應該要有點變化才好。同樣的東西，天天吃，頓頓吃，再怎麼樣山珍海味也免不了要吃膩呀，更何況每一隻都給煮成了麻油酒雞，足足吃了兩個月！（柯翠芬〈酒與補品的故事〉）

有天到申府上替申老伯請安，申老伯攔著我的手，說道：「你們小孩子家，第一總要做好人；做了好人，終究有返本的。你想，我公公手裡是什麼光景？連頓粗茶淡飯也吃不飽。自從做了善事，到我手裡，如今房子也有了，田地也有了，官也有了，家裡老婆了孩子也有了，伺候的人也有了，哪一樁不是做善事來的？」（李寶嘉《官場現形記·第三十四回》）

宴請

【弄盞傳杯】傳弄酒杯。比喻擺設筵席飲酒歡娛。

【杯觥交錯】酒席間舉杯互敬暢飲的情形。借以形容酒席進行的熱烈氣氛。

【觥籌交錯】酒器和酒籌錯雜相交。比喻暢飲。

【酒過三巡】宴會中向同桌的人敬酒三遍。

【金谷酒數】晉代石崇於金谷園宴請賓客，賦詩不成者則罰酒三杯，後泛指宴會上罰酒之數。

【杯盤狼藉】形容酒席完畢，杯盤散亂的情形。

【殘餚將盡】指宴席將要結束。

【賓主盡歡】主、客間相聚融洽，都能盡興、歡愉。

【探春之宴】春天時在郊外遊玩開的宴會。

【椎牛饗士】殺牛犒賞軍士。後指慰勞軍士。

唐魯孫的父親過世得早，他十六七歲就要頂門立戶，跟外交際應酬周旋，**觥籌交錯**，展開了他走出家門的個人飲食經驗。（逯耀東〈饞人說饞——閱讀唐魯孫〉）

有一次筆者在上海過農曆新年，因為隻身在外的關係，一進臘月門，就有相熟的友好，開始請吃年夜飯了，吃年夜飯有個不成文的規矩，無論你多忙，都不能點到為止，淺嘗告辭，非要吃得**杯盤狼藉**，不醉無歸才夠意思。（唐魯孫〈獻歲幾樣吉祥菜〉）

味道

【味如嚼蠟】比喻沒有味道。亦可用於指文章無味。

【味如雞肋】比喻沒有味道或少有實惠。

【食之無味】吃起來無聊、沒有滋味。

【淡而無味】清淡而沒有味道。

【五味雜陳】酸、甜、苦、辣、鹹五種味道混雜，形容味道或感受複雜，無法說清。

【易牙之味】易牙是春秋時期齊桓公的廚子，以善於烹調著稱。形容食物鮮美，彷彿經過易牙調味。

【味勝易牙】形容食物美味至極，更勝易牙所烹調的美食。

【齒頰生香】吃了美味食品後，牙齒和兩頰逐漸感到香甜的味道。後比喻美好的詩文意味深長，令人讀後津津有味。

【津津有味】形容興味濃厚的樣子。亦形容食慾盎然或食物的美味。

【殊滋異味】特別的美味，指美食佳餚。

最盛大的外食，是出外去吃的婚喪桌筵，那些冷盤、甜湯、海綿蛋糕和黑松汽水，足夠鄉下的小人兒回味幾天。自辦桌宴席分得的菜尾，混煮一鍋，**五味雜陳**，也是平日少有的外食菜餚。（何川〈城市外食二三事〉）

多年後事實的印證——我的評論與觀察、質疑和隱憂竟然是圖窮匕見的，一語成讖！那餐**食之無味**的「鴻門宴」不傷我絲毫，反而舊識瞠目結舌的自我矛盾深為我所不忍……兩者難得交換彼此意見，一再被打斷、插話的卻是那不熟裝熟、主動安排聚餐的中間人。（林文義〈複製〉）

所謂的美食家自標身價，專挑貴的珍饈美味吃，饞人卻不忌嘴，什麼都吃，而且樣樣都吃得**津津有味**。（逯耀東〈饞人說饞——閱讀唐魯孫〉）

飽與餓

【酒醉飯飽】形容吃喝非常痛快而滿足。

【酒足飯飽】形容吃喝足的樣子。

【含哺鼓腹】嘴裡含著食物，因為吃飽而鼓著肚子，形容吃飽喝足、毫無憂慮的生活。

【飢火燒腸】比喻飢餓如火燒肚腸般難以忍耐。

【饔飧不繼】三餐不繼。形容生活十分困頓。

【飢腸轆轆】轆轆，形容空腹的鳴叫聲。形容非常飢餓的樣子。

【枵腸轆轆】枵，ㄒㄧㄠ。極為飢餓，肚子餓得咕咕作響。

【蟬腹龜腸】古人以為蟬食露、龜飲水，借此比喻腹中飢餓空虛。

【飢不擇食】飢餓的人不挑揀食物。

【渴不擇飲】口渴得不挑剔飲食。

【啼飢號寒】因飢餓寒冷而啼哭。

【飢寒交迫】飢餓和寒冷交相逼迫。也作「飢凍交切」。

【并日而食】兩天只吃一天的食物，形容人因貧窮而難以食飽。也形容因為公務繁忙，導致無暇飲食。

如果Knowledge頻道的旅遊節目有此智慧，幫每個地方風俗特色都做成一首歌謠，相信會增進地球村民的互相了解。又如果你不開車，也不必保持頭腦清醒，來「勺勺客」用餐時，可以點一盅他們自家釀的「西桂稠酒」來喝，如店家所建議，在酒足飯飽之際，豪邁地擊壤而歌！（江映瑤〈說食在的之勺勺客〉）

停在某個已然不知何處的街口時，感到飢腸轆轆，胃壁有塊熱石在處罰他，燒灼他的胃。但他要找到她。他想起該去她家巷口，她這時也許又跳上另一部公車，或走路回家，無論如何總會回家吧。他催加油門，又騎上大馬路，往她家巷口去。（蔡素芬〈往事〉）

一早起身什麼也沒吃，鍾玲正待訴苦飢寒交迫，雨卻轉小而停。高島支起三腳架，準備照陰天清晨的潮水，和太平洋上的兩隻船影。君鶴則選定一個較高且平的立腳點，開始潤筆調色，要速寫一幅水墨海景。（余光中〈龍坑有雨〉）

2 穿衣

剪裁製作

【量體裁衣】本指依照身材縫製衣服，後來比喻按照實際情況處理事物。

【飛針走線】比喻縫紉、刺繡速度迅速而精妙。

【布線行針】原本指裁縫衣服的技術，後來比喻行事縝密，規畫周詳。也作「行鍼布線」。

【縫針補線】指縫補衣服。

只見薛永去了兩日，帶將一個人回到莊上來拜見宋江。宋江便問道：「兄弟，這位壯士是誰？」薛永答道：「這人姓侯，名健，祖居洪都人氏；做得第一手裁縫，端的是飛針走線；更兼慣習槍棒，曾拜薛永為師。人見他黑瘦輕捷，因此喚他做通臂猿。見在這無為軍城裡黃文炳家做生活。小弟因見了，就請在此。」宋江大喜，便教同坐商議。那人也是一座地煞星之數，自然義氣相投。（明・施耐庵《水滸傳・第四十回》）

穿戴

【衣冠楚楚】形容人穿著齊整鮮麗。

【衣冠濟楚】形容人穿著服飾整齊漂亮。也作「衣冠齊楚」。

【周周正正】形容衣著整齊端正。

【衣衫不整】衣著隨便、不整齊。

【不修邊幅】不修整布帛邊緣，任其雜亂不齊。用以形容不講究衣飾儀容，或引伸形容不拘形式小節。

【寬衣解帶】褪下衣物。

【一絲不掛】赤身裸露。

【袒裼裸裎】赤身露體。

那一天多美妙。那幾個衣衫不整，愛流鼻涕的小毛頭竟然為我冠冕。（簡媜〈一瓢清淺〉）

「我餓了，能吃些東西再走嗎？」她坐上流理台，浴袍內一絲不掛，腰間只鬆鬆地打了個結，不像德齡，兩襟交疊，死結，乏味，十年多來她的身體我明明都摸遍了，洗完澡仍得防衛。（周丹穎〈前夏之象〉）

潮流

【不合時宜】不符合時勢趨尚。

【明日黃花】比喻過時的事物。

【日新月異】形容發展或進步快速，不斷出現新事物或新現象。

【風起雲蒸】大風吹起，雲霧蒸騰。比喻事物迅速興起，聲勢浩大。

這位欽差大臣姓溫，名國，因是由京官翰林放出來的，平時文墨功夫雖好，無奈都是紙上談兵，於外間的時務依然隔膜得很。而且外洋文明進步，異常迅速，他看的洋板書還是十年前編纂的，照著如今

的時勢是早已不合時宜的了，他卻不曉得，拾了人家的唾餘，還當是「入時眉樣」。（清．李寶嘉《官場現形記．第五十六回》）

他們都追求名妓，這些名妓都起的是古時風雅名妓的名字，但是她們卻連報紙上登載的她們自己的新聞，都幾乎看不懂。那一代的人都失去了心靈，在日新月異的物質文明的麻醉之下，生活在「租界」的不自然的社會安全之中。（林語堂《京華煙雲》）

樣式

【衣不完采】衣著簡單樸素，不加彩飾。

【不修邊幅】形容不講究衣飾儀容，或形容不拘形式小節。

【衣不蔽體】衣服破爛短少，遮蔽不住身體。

【衣衫襤褸】衣服破爛。

【荊釵布裙】指貧窮或節儉婦女粗劣的服飾。也作「布裙荊釵」。

【鶉衣百結】衣服像鶉鳥的尾巴一樣，短禿不全。形容衣服破爛不堪。

【韋布匹夫】指穿著粗陋衣裳的平民或老百姓。泛指普通民眾。

【奇裝異服】不同於社會風尚，造形奇特的服裝。

【衣冠楚楚】指服裝整齊而鮮明出眾。

【花枝招展】比喻女子打扮美麗、婀娜多姿的樣子。

【珠翠羅綺】形容華麗的服飾或盛裝的婦女。

【如花似錦】比喻衣著好像花朵、錦緞那般耀眼華麗。亦比喻風景或前程美好光明。

【繡衣朱履】穿著繡花衣裳、腳上是紅色的鞋子，形容人穿著華麗。

【輕裘緩帶】穿輕暖的皮衣、繫著寬大的衣帶，形容態度從容悠閒的樣子。

【高冠博帶】高大的帽子，寬大的衣帶，是古代儒生的穿著，後指穿著禮服。

【高冠敝袖】高帽子、寬袖子，形容道士的穿著。

窮時受人白眼是件常事，狗不也是專愛對著鶉衣百結的人汪汪嗎？人窮則頸易縮，肩易聳，頭易垂，鬚髮許是特別長得快，擦著牆邊逡巡而過，不是賊也像是賊。（梁實秋〈窮〉）

我懷疑水上人家的孩童是否從來不梳洗？每天早晨我們經過運河的橋上時，橋上、船中的孩童，往往互相好奇的睇望。有的時候，他們正每個人捧著一只碗，啜飲著碗中的粥汁或是什麼。衣衫襤褸、頭髮枯黃紊亂，面孔腌臢，但對著上學途中的我們舉手招呼，如果我們也搖手，他們會露齒高興地笑，牙齒卻是白的。（林文月〈江灣路憶往〉）

這時我才恍然大悟，沒錯，每個女同學都穿著禮服，打扮得花枝招展、花團錦簇、花樣百出，恨不能讓白雪公主見到她們馬上回去吞五百顆安眠藥，而我親愛的男同學呢？哎，有穿球鞋的、穿涼鞋的、穿拖鞋的，還有人剛從宿舍的床上醒來，連頭也沒梳的幌著頭皮屑就來啦。（張國立〈選貨、挑貨，更要驗貨〉）

有兩種行走的人。一種是旅人，帶著眼睛，行走是為了觀看四方。一種是遊行的人，行走是為了展示自己的身體、自己的理念。旅人通常是低調的，以期能融入在地的日常。遊行的人則奇裝異服，或以標語、面具壯大聲勢，唯恐不被注目。（鴻鴻《晒T恤》）

王處一與沙通天都是當世武林中的成名人物，素知對方了得，這時一個出掌，一個還掌，都已運上了內勁，豈知竟有人能突然出手震開兩人手掌。只見那人一身白衣，輕裘緩帶，神態甚是瀟灑，看來三十五六歲年紀，雙目斜飛，面目俊雅，卻又英氣逼人，身上服飾打扮，儼然是一位富貴王孫。（金庸《射鵰英雄傳》）

3 居住

居住環境

【安身立命】 指居處得以容身，生活便有著落，精神上亦有所寄託。

【安家落戶】 到一個新地方建立家庭，長期居住。

【同居各爨】 爨：ㄘㄨㄢˋ，煮食。指一家人分開煮食但不分居。

【寄人籬下】 寄居他人屋下生活，不能自立。

【比鄰而居】 形容住得很近。

【里仁為美】 選擇住處應挑有仁風的地方。後指敦親睦鄰。

【居大不易】 比喻居住在大城市生活不容易。

【櫛比鱗次】 比喻建築物排列密集。

【鍾靈毓秀】 形容能造育傑出人才的環境。

【人文薈萃】 人類文化所集中表現的地方，比喻傑出人物會聚的所在。

【蘭芷之室】 蘭、芷，皆香草。蘭芷之室比喻良好的環境。

【門庭若市】 門庭間來往的人很多，像市集一般熱鬧。比喻上門來的人很多。

【門可羅雀】 門前冷清，空曠得可張網捕雀。泛指一般來客稀少、門庭冷清的景況。

升中學，我搬離舅舅的家，不再寄人籬下，終於回到母親的身邊。返家讓我舒坦，覺得有了自己的空間。一年裡的一些日子，我們還是相聚的，像是中秋，像是過年。（姚秀山〈紙足記〉）

男孩的姊姊嚇得要死，她膽子很大但是怕鬼，她說她爸爸是個大笨蛋，竟然和壽衣店比鄰而居。其實，壽衣店為蘇華照相館帶來了不少生意，有些死去的人需要翻拍遺像，就在照相館裡辦了。（路內《花街往事》）

好久好久以前，祖先們以劫後餘身，漂流曠野，尋找一塊合適的地方安身立命，也不知走了多少年、多少里，也不知流了多少汗、多少淚，終於來到這塊高地。（王鼎鈞〈瞳孔裡的古城〉）

江南一帶，人文薈萃，其園林藝術在民間庭園上佔有特別重要的地位，是無可置疑的。（漢寶德〈中國人的庭園〉）

修蓋裝潢

【家徒四壁】形容家境極為貧困。

【斷垣殘壁】形容建築物倒塌殘破的景象。

【蓬門華戶】形容貧苦人家簡陋的居室。亦作「華門蓬戶」

【環堵蕭然】家中除了四面圍繞的土牆，別無他物。形容居室簡陋，十分貧窮。

【大興土木】大規模興建土木工程。通常指蓋房子。

【富麗堂皇】形容富偉美麗、氣勢宏偉。

【八面玲瓏】原用以形容屋子四面八方敞亮通明。後形容人言行處世十分圓融巧妙。

【古色古香】形容具有古舊典雅色彩和情調的書畫、或造型仿古的器物、建築、藝術品等。

【瓊樓玉宇】形容精美華麗的樓閣。亦用以指月宮或神仙住的地方。

【美侖美奐】形容房屋規模高大、裝飾華美。

【雕梁畫棟】形容建築物的富麗堂皇。

【窗明几淨】窗子明亮，茶几乾淨。形容居室明亮潔淨。

【一塵不染】形容非常乾淨，一點灰塵都沒有。

前者現在已沒有新起藝術家住得起的廠房（loft），只好往後者進發。外地人不必急著知道，因為他不住這類廠房。當 DUMBO 變成美侖美奐時，他自然會，也樂意，知道。（舒國治〈外地人的天堂——紐約〉）

廢墟的斷垣殘壁下，堆積著些敗枝腐葉。路側的溝渠石罅中，填塞了汙泥沙粒，但那些比較高眺的枝莖，早已超越了種種障礙、四季不凋的咸豐草依然疏疏朗朗開著小白花。（艾雯〈人在磺溪〉）

中國官員也不是都沒有學問，他們也已在窗明几淨的書房裡翻動出土經卷，推測著書寫朝代了。但他們沒有那副赤腸，下個決心，把祖國的遺產好好保護一下。（余秋雨〈道士塔〉）

窮人則不然，他的襤褸的衣裳等於是開著許多窗戶，可以令人窺見他的內容，他的蓽門蓬戶，儘管是窮氣冒三尺，卻容易令人發見裡面有一個人。（梁實秋〈窮〉）

我們看不出她是坐落在國防最前線。「弦歌之聲」不絕，教職員們和學生們完全按時工作，按時上課，和內地的任何大學沒有什麼不同。更奇怪的是，這所大學，那時正在大興土木，建築一座可以容納五千多人的大禮堂；還在建築一個大運動場，它的露天的四周的圓座，足足可以坐上觀眾近五萬人。那氣魄是夠宏大的。（鄭振鐸〈移山填海話廈門〉）

居無定所

【顛沛流離】 形容生活困迫不安，四處流浪。

【居無定所】 沒有固定的居所。

【雲遊四海】 像行雲一般四處遊走，行蹤不定。

【湖海飄零】 四處流浪，沒有地方安身立命。

【臥月眠霜】 形容人四處流浪，沒有能夠安身之處。

【吳市吹簫】 春秋時代伍子胥自楚逃至吳，曾於吳市吹簫乞食，用以比喻人生活困頓，四處行乞、飄泊流浪的狀況。

【四海為家】 形容志向遠大或比喻人漂泊不定，居無定所。

【流離失所】 形容轉徙離散，無處安身。

【斷梗飄蓬】 比喻飄泊不定如隨風而非得蓬草。

【斷梗飄萍】 比喻如水上浮萍般飄泊不定。

老周和小河一人一把木吉他，中間的矮几擺著兩只紙杯、一瓶女兒紅——老周本籍遼寧，這些年雲遊四海，決定在江南的紹興落戶安家。他總說：他是為了黃酒而決定在紹興住下的。（馬世芳〈好一朵美麗的敏感詞〉）

展伯私底下請人查探怪人行蹤，只聽說那人是流浪至宮廟的青年羅漢腳，在廟裡待了十幾天便離開了，從此行蹤不明居無定所。儘管綠眼睛的特徵十分明顯，但在庄頭附近打探了好一陣子，也尋覓不到怪人蹤跡，最後，展伯只好死心作罷。（何敬堯〈魔神仔〉）

窮到衣食不能自用的人，卻可生出許多子女；寧可讓他們忍凍挨餓，甚至將他們送給人，賣給人，卻從不懷疑自己的權利！也沒有別人懷疑他們的權利！因之，流離失所的，和無教無養的兒童多了！這便決定了我們後一代的悲慘的命運！（朱自清〈父母的責任〉）

4 行動交通

往返

【滿載而歸】 裝載得滿滿的回來。比喻收穫豐富。

【歸去來兮】 回去吧的意思。陶淵明〈歸去來辭〉：「歸去來兮，田園將蕪，胡不歸？」

【揚長而去】 掉頭不理，大模大樣地離去。

【拂袖而去】 形容言語不合，心裡不滿的掉頭離去。

【一去不返】 形容人離去後音訊全無或事物消逝無蹤。

【流連忘返】 貪戀沉迷而不願離去。

【倦鳥知返】 比喻人長久在外奔波流浪，心生倦意，想要回家。

【徒勞往返】 比喻事情沒有成功，只是耗費勞力在兩地之間往返。

自從民國十七年，我由上海到北平去，第一次看見海以後，我便對海發生了愛情。我愛海，因為海的度量大，涵養深，能包羅萬象，能藏垢納汙。它的生命力很強，滾滾的浪濤，曾啟示我不少向前奮鬥的勇氣。我每次一到海邊，就流連忘返。（謝冰瑩〈雨港基隆〉）

唯一記得的是裡頭特別嘈雜，女人天生的長舌果然厲害，那戶人家發生了什麼事，當天一定傳遍澡堂，所以洗了澡之後，左鄰右舍的各種動態都可了然於心，大家心照不宣地拎了臉盆回去，都會有滿載而歸之感。（古蒙仁〈澡堂春秋〉）

那不是中國人有名無實的玫瑰雞，那些小巧玲瓏的鳥兒，是真的經過馥郁玫瑰醬烤得金黃，盛在鋪滿玫瑰花瓣浪漫得簡直匪夷所思的盤子上，一入口馬上讓人全心盈滿初戀的喜悅，以致女主角的妹妹在原野裸奔，被情人劫持上馬揚長而去。（林郁庭〈Lime萊姆〉）

出行

【東奔西走】 到處奔走，或為某種目的而四處活動。

【不知去向】 不知道去那裡了。

【跋山涉水】 形容走長遠路途的艱辛。

【翻山越嶺】 翻越過許多山嶺。形容長途跋涉、旅途辛苦。

【風塵僕僕】 形容奔波忙碌，旅途勞累。

【疲於奔命】 形容事情繁多，勞累於奔波。

【姍姍來遲】 形容遲步緩來的樣子。

【馬不停蹄】 到處奔行而不止息。

【長驅直入】 長距離一路挺進，毫無阻擋。

近幾年來，父親和我都是東奔西走，家中光景是一日不如一日。他少年出外謀生，獨力支持，做了許

多大事。那知老境卻如此頹唐！（朱自清〈背影〉）

時間流動，再精密的計畫，也難免出現漏網之魚。在逃亡時跳下溪谷的菊川督學沿著溪流，馬不停蹄地逃到尚未遭受到攻擊的眉溪駐在所。全身傷痕累累的菊川，為整個日本治臺政府，帶來一個駭人聽聞的噩耗。（嚴云農《賽德克．巴萊》）

據鳥友們的觀察，在澎湖離島育雛的一群紅嘴鷗，夏末秋初便領著剛學會飛行的雛鳥，越過臺灣海峽，來到西南海岸廣闊的鹽田濕地上練習飛翔；秋日的味道漸濃之後，反而不知去向。（王家祥〈秋日的聲音〉）

路況

【門可羅雀】 門前冷清，空曠得可張網捕雀。泛指一般來客稀少、門庭冷清的景況。

【羊腸小徑】 形容狹窄曲折的小路。

【四通八達】 四方相通的道路。形容交通便利。

【川流不息】 形容連綿不絕或往返不斷。

【絡繹於途】 路上行人眾多，綿延不絕的樣子。

【熙來攘往】 形容行人來往眾多，非常熱鬧。

【車水馬龍】 門前車馬往來不絕。形容繁華熱鬧的景象。

【萬人空巷】 形容擁擠、熱鬧的盛況。

【寸步難行】 一小步也行走不得。形容行走困難，或比喻處境艱難窘困。

【寸步難移】 一寸步都難移動。形容行走或處境艱難窘困。

【窒礙難行】 有所阻礙，難以進行。

【駢肩累踵】 形容人多而擁擠。

【熙熙攘攘】 形容人來人往，熱鬧擁擠的樣子。

【萬頭攢動】 形容群眾聚集的景象。

【水洩不通】 一點水也無法洩漏，形容包圍得極為嚴密。或指擁擠不堪。

時代到了這一天，這群活活潑潑的生靈要把它析解成許多閃光的亮點。有多少生靈就有多少亮點，這個字才能幻化成熙熙攘攘的世界。（余秋雨〈白蓮洞〉）

我們到了新生社的時候，晚會已經開始好一會兒了。有些人擠做一堆在搶著摸彩，可是新生廳裡卻是音樂悠揚跳舞開始了。整個新生社塞得寸步難移，男男女女，泰半是年輕人，大家嘻嘻哈哈的，熱鬧得了不得。（白先勇〈一把青〉）

終點站下車之後，三人又步行了十來分鐘才到達遊行的大街，遠遠就聽到歡聲喧騰，一條長街早已萬頭攢動，路邊的旁觀者和路中間的遊行隊伍幾乎打成一片，一種嘉年華會的狂歡氣氛把涼沁的空氣都烘熱了。（李黎〈樂園不下雨〉）

兩人看完之後，都不作聲，逕向大路走去。只見路邊都擠滿了民眾，站得水洩不通。兩人在後面說一聲「借光」，民眾回頭一看，見是兩位白鬚老者，便照文王敬老的上諭，趕忙閃開，讓他們走到前面。（魯迅〈採薇〉）

當妳說妳討厭雨，妳想表達的其實是妳討厭鞋子。放一雙鞋，前方的路即變得窒礙難行，有時妳的鞋就是妳的雨。妳恨無休止的雨聲，也恨把雨聲吞沒的鞋子。（楊婕〈臭鞋〉）

一行人下船便覺風寒刺骨，與濟南迴然不同。暮色中但見東直門灰暗的箭樓直矗霄漢。天還沒黑定，碼頭上已到處點起「氣死風」燈，閃閃爍爍隱隱約約間只見水中到處停泊的是船，岸上熙熙攘攘的人群川流不息。（二月河《乾隆皇帝》）

5 娛樂

玩樂

【及時行樂】把握時機，尋歡作樂。

【逢場作戲】隨事應景，偶爾遊戲玩耍。也形容藝人遇到合適的場所，隨時表演。

【遣興陶情】排遣情懷，陶冶心性。

【盡歡而散】形容盡興歡樂之後，大家散去。

陸小鳳道：「想開了？你想開了什麼？」老實和尚道：「人生。」陸小鳳道：「人生？你了解人生？」老實和尚道：「了解。」陸小鳳道：「你以為人生是什麼？」老實和尚道：「人生就是享樂。我老實和尚苦修了一輩子，得到的是什麼？人生匆匆幾十寒暑，我為什麼要虐待自己？小老頭說得對，**及時行樂**，莫等閒，白了少年頭，那就後悔也來不及了。」（古龍《陸小鳳．鳳舞九天》）

韋小寶驚喜交集，自己幫了康親王這個大忙，不費分文本錢，不擔絲毫風險，雖然明知他定有酬謝，卻萬想不到竟會送這樣一件重禮，一時說不出話來，只道：「這……這個……那怎麼可以？」康親王捏了捏他手，說道：「咱哥兒倆是過命的交情，哪還分什麼彼此？來來來，大夥兒喝酒。哪一位不喝醉的，今日不能放他回去。」這一席酒喝得**盡歡而散**。（金庸《鹿鼎記》）

藝文

【下里巴人】 泛指通俗的文學藝術。

【陽春白雪】 相對於通俗音樂而言較深奧難懂的音樂。比喻精深高雅的文學藝術作品。

【新鶯出谷】 比喻人的歌聲如谷中黃鶯般清脆動聽。

【引吭高歌】 放開喉嚨高聲歌唱。

【靡靡之音】 指頹廢、使人喪志的音樂。

【餘音繞梁】 餘留的歌聲環繞屋梁，迴旋不去。形容歌聲或音樂美妙感人，餘味不絕，或用來形容話語之意味深長。

【載歌載舞】 邊唱歌，邊跳舞。形容盡情歡樂。

【輕歌曼舞】 歌聲輕柔，舞蹈曼妙。

【粉墨登場】 化妝登臺演戲。或指在某一場合擔任某一角色。

【梨園子弟】 泛稱表演戲曲的藝人。

【插科打諢】 本指戲劇表演時，以滑稽的動作或言語引人發笑。亦泛指引人發笑的舉動或言談。

【妙手丹青】 繪畫技藝高超的人。

外公很可能奮力拍擊擱有高粱酒的桌子，堅拒且怒斥單位派員，一個父親豈能允許女兒拋頭露面、載歌載舞勞軍？外公的女兒後來只是我的媽媽，而非鄧麗君、崔苔菁，然外公的一拍，讓他關進牢裡了，拘留多天才放人。（吳鈞堯〈大盤帽春秋〉）

她一面咀嚼花朵與香草的氣味，一面調配新的口味，在香氣蒸騰的廚房不自覺地輕歌曼舞，只有戀愛中的女人才如此。（周芬伶〈十三月〉）

畫眉見到陽光又呼吸到早上的新鮮空氣，一陣高興，就會引吭高歌，叫聲不但美妙，還有特殊的節奏，拿來跟文鳥與十姊妹比，就確實高明許多，像歌劇女高音與一般流行歌手，當然是高下立判了。（周志文〈巴比倫塔〉）

他的書叫《踰越》，一個人占了封面的一半，文案打在他近腳處：他終於來了，來到這臨界點。他曾有剎那猶豫，但他很快跨進去了，跨進另一個世界。他很滿意這封面，現在這封面被放大，在一塊三夾板上，上面那人依著輪廓做成了一道門。他躲在門後，很有些得意，像在後台等待粉墨登場的戲子。（曾翎龍〈在逃詩人〉）

出遊

【遊山玩水】 遊覽山水景緻。

【尋山問水】 四處遊山玩水。

【臨山登水】 遊覽山水名勝，或是形容人長途跋涉。

【探尋勝跡】 形容人四處尋訪名勝古蹟。

【弔古尋幽】 探訪幽境、憑弔古蹟。

【尋幽訪勝】 訪求景色清雅幽靜的地方。

【覓柳尋花】 賞玩春色。另有一重意思，指嫖妓。

【踏雪尋梅】 在冬天的雪地裡，追尋著淡淡花香，尋找梅花的蹤跡。

【探春之宴】 春天時，在郊外遊玩所開的宴會。

一般旅遊者的遊山玩水，其實都是瞻仰名勝古蹟，遊玩的對象並不是山水。我在昆明的遊蹤，也非例外。在福建，除了武夷之外，我的遊蹤所至，都不是什麼名勝，因而我在福建的遊山玩水，別是一種境界。（施蟄存〈在福建遊山玩水〉）

三 社會行為與關係

1 學習

學

【切磋琢磨】 比喻互相研究討論，取長補短，以求精進。

【溫故知新】 複習學過的課業，而能領悟出新的道理。

【教學相長】 指通過教授、學習，不但能使學生得到進步，而且教師本身的水準也可藉此提高。

【舉一反三】 形容人於學習中善於觸類旁通。

【口耳相傳】 口頭傳授，以耳接收。

【口傳心授】 授教者口頭傳授，而受教者心中悟解。

【力學不倦】 勤勉學習而不倦怠。

【開卷有益】 指打開書本閱讀，即能得到好處。

【融會貫通】 形容將各種相關的知識或事物加以融合、貫穿，進而獲得全面通徹的領會。

【觸類旁通】 對已知事物的認識與理解，進而通達對其他類似事物的認知。

【耳濡目染】 因經常聽到或看到而深受影響，自然習得。

到蘇州遊覽主要當然是參觀園林，但是一天不能去所有的景點，你必須選擇不同的組合。幸虧昨天蘇州大學的一位教授點了一句，拙政園沒啥意思，不如去獅子林，今天我就選了獅子林，真給我選對了。沒想到獅子林的最後一代主人就是貝聿銘的祖父，耳濡目染，難怪貝聿銘後來會成為國際赫赫有名的建築師。（張系國〈我所沒想過的蘇州〉）

刀兒匠就是主持閹割的師傅，雖然歸內務府管轄，可是宮裡大小太監對他們都特別恭維客氣，管他們尊稱古拉。刀兒匠是口傳心授的師徒制，要經過三年的隨習。等到心領神會，師傅才肯授刀，正式操作。（唐魯孫〈閒話太監〉）

老實說，十一、二歲的我有點明星夢，但也不知怎麼開始，更不懂培養閒談力、貯戰力，純粹是對娛樂產業有興趣而觸類旁通，不願只當單純的觀眾或粉絲。藉由大量閱讀報章文字與進行田野調查（看很多電視、聽很多廣播），雙管齊下相互影響，才夠！（黃子佼〈好奇寶寶．孜孜不倦〉）

這其中的訣竅，萬不離那「細切粗斬」四個字，倒是放入的配料，可事先剁得細些放入，吃的時候，只聞其香而不見其物，所謂「有意無意之間」，乃是最好。獅子頭亦可紅燒、蒸食、入湯、油炸或是乾煎，本來舉一反三、由此及彼，就是燒菜的學問和藝術，這裡便不多說了。（邵宛澍〈清燉蟹粉獅子頭〉）

熟練

【駕輕就熟】比喻對事情很熟悉，做起來很輕鬆。

【輕車熟路】駕駛輕車，行駛在熟悉的路徑上。比喻對事物熟悉。

【熟能生巧】做事熟練了自然能領悟出其中巧妙的竅門。

【如數家珍】比喻敘述事物明晰熟練。

【遊刃有餘】比喻做事能勝任愉快，從容不迫。

【目無全牛】比喻技藝純熟高超。

【庖丁解牛】比喻對事物瞭解很透徹，做事能得心應手，運用自如。

【得心應手】比喻技藝熟練，運用自如。

【鬼斧神工】形容技藝精巧，達到鬼神靈妙的境界。

【老馬識途】比喻有經驗的人對情況比較熟悉，容易把工作做好。

【爐火純青】比喻學問、技術、功夫到達精純完美的境地。

【耳熟能詳】聽得非常熟悉，而能詳盡地知道或說出來。

【斲輪老手】斲，ㄓㄨㄛˊ。比喻技藝精練純熟或經驗豐富的人。

【滾瓜爛熟】熟透的瓜滾落於地。比喻極為純熟流利。

這或許是許多人從小就耳熟能詳的神話。我的外婆在廚房裡告訴母親，母親也在廚房中告訴我這個傳說。每年端午節接近的時候，外婆就開始忙著做煎餅，她一邊攪著麵泥一邊說：「這是為了補天。」（卓玫君〈食事〉）

白糖蔥的剖面，因抻拉的作用，有許多小氣孔，吃起來鬆鬆地，口感極佳。如果功夫不夠，嚼之硬邦邦的，就很難下嚥了。其中訣竅所在，端在熟能生巧，不斷細心體會。（朱振藩〈白糖蔥的今與昔〉）

王老師要同學們鬥快背〈木蘭辭〉，脫下手錶計時。程緯把〈木蘭辭〉背得滾瓜爛熟，為了求快，黐脷似的「唧唧復唧唧……安能變我是雄雌？」二十九秒背完，最快。王老師對著全班同學說：「程緯還可以再快些。」（陳慧〈日光之下〉）

前日見報載，某青少年持西瓜刀飆車砍人，其實並無所謂「西瓜刀」之流，此類刀具應稱燒刀，柄薄背厚，只砍不刺，鋒不甚利，但因其沉重，故入物極深，切西瓜自是得心應手，砍人則不免過於凶殘矣。（徐國能〈刀工〉）

創新

【自成一家】學問、文章或書畫等別出心裁、有所創新，而自成一種風格。

【匠心獨運】創作構想與心思精巧高妙。

【別出心裁】形容獨出巧思，不同流俗。

【自出機杼】比喻獨創新意、風格。

【不落俗套】創新風格，不流於陳腐老舊。

【不落窠臼】比喻不落於陳舊的模式，有獨創的風格。

【獨樹一格】自成一家，擁有獨立的品味和風格。

【推陳出新】比喻排除陳舊，創造出新的事物或方法。

【革故鼎新】革除舊弊，建立新制度。

【標新立異】與諸家立論不同的獨到見解。後形容創立新奇的名目或主張以表示與眾不同。

【別開生面】原指重新描繪舊畫像，而使原已褪色的面貌變得鮮明、生動。

而閩南一帶的庭園，在空間的處理手法與建築物的運用上亦獨樹一格，不容忽視。（漢寶德〈中國人的庭園〉）

他和幾個助手工作了一整天後，雙手還能像捏麵人般維持最初的模樣。泥土和水適應到完美的境界時，泥土會變得很有自尊心，接觸到手掌後總是很有禮貌地與人「握手言歡」，甚至它無意間被人冷落在一旁時，偶然，他們會匠心獨運或非常幽默地重新回到作者的手中。（楊柏林〈生靈之鄉〉）

播出一年後，我深感市面上的中國菜在急驟的轉變，中餐廚師不斷轉型，菜色也推陳出新，為了提供一個廣為人知、展顯好手藝得機會，我在節目中開闢了「名廚名菜」的單元，讓各大飯店的主廚以及美食競賽中獲獎的師傅，都有機會亮亮相，向觀眾介紹他的拿手菜。（傅培梅〈創紀錄的電視人生〉）

最近連風行了好幾年的路邊快捷飲食店又已感到了新威脅。有女管事、女主人，內部別出心裁裝修的餐館，又受歡迎了。這樣當然是挑費要高些，價錢要漲些，但是羊毛出在羊身上，要在食物之外買氣氛、優閒、招待，就不在乎多出錢了。（鹿橋〈一個土豆，兩個土豆〉）

模仿

【東施效顰】比喻盲目胡亂地模仿他人，結果卻適得其反。

【亦步亦趨】指學生追隨老師的腳步。後形容事事追隨或仿效別人。

【如法炮製】依照古法製藥，後多指依照往例或現有的方法辦事。

【步人後塵】踩著別人的腳印前進。比喻追隨或效仿。

【照貓畫虎】比喻照樣子模仿，沒有創意。

有了小孩之後，我更加珍惜，當初寫出這樣一本書，能夠清楚記住父親生前種種。因為不久之後，我也要如法炮製，父親曾教過我的東西，我也要教給我的小孩——他曾祖父傳給他爺爺，他爺爺再傳給我，我又傳給他，興許就在傳授過程當中，總有一天他會明白什麼叫做家教、什麼叫做家學、什麼又叫薪火相傳。（張輝誠〈淚書〉）

幸而我們的古漢語確是有大同，即所謂「文言」，古代大致以秦漢為準，有個相當明朗的規格，後代，不管是強調仿古的唐宋八大家和明前後七子，還是強調創新的明公安派，都亦步亦趨地照著規格作，這樣，文言高踞其位，堂上一呼，堂下百諾，就形成相當協調的一統。（張中行〈文義之間〉）

2 工作營生

謀生

【居大不易】比喻居住在大城市生活不容易。

【白手起家】沒有任何依恃而獨立興起家業。

【一技之長】具有某一種技能或專長。

【櫛風沐雨】以風梳髮，以雨洗身，比喻不顧風雨辛苦奔波。

【夙興夜寐】早起晚睡。形容終日勤勞。

【夙夜匪懈】語出《詩經・大雅・烝民》，形容日夜勤奮，不懈怠工作。

【披星戴月】形容早出晚歸，辛苦奔波。

【鞠躬盡瘁】恭謹戒慎，不辭勞病地貢獻心力。

【尸位素餐】空居職位而無所作為。

【苟且偷生】得過且過，勉強的生存下去。

【枵腹從公】餓著肚子辦理公務，形容不顧己身，勤於公事。

【宵衣旰食】天未明即起身穿衣，深夜才吃飯，比喻工作辛勤忙碌。

【平步青雲】像平常一樣地舉步，就輕易走上青雲，比喻順利晉升到顯要的地位。

【加官晉爵】晉升官職爵位。

【成家立業】組成家庭，建立事業。

【初出茅廬】比喻初入社會，缺乏歷練。

【陳力就列】指各人在自己的工作崗位上施展才能。

【毛遂自薦】比喻自告奮勇，自我推薦。

【篳路藍縷】駕柴車，穿破衣，以開闢山林。比喻創造事業的艱苦。

失落在我出生是純正的上海郊區農村屌絲，無權無勢，白手起家，本以為自己是一個很勵志的「屌絲的逆襲」的故事，卻硬要被說成一個經過多方神祕勢力包裝的驚天大陰謀。（韓寒〈寫給每一個自己〉）

刀鋒落下，空氣中瀰漫著一股腥野的味道，彷彿是一個篳路藍縷的時代，她有說不出的快活，大口大口地深呼吸。（陳淑瑤〈女兒井〉）

所以，當我們這一支西夏最後的騎兵，在披星戴月，著魔噤默，恍如魔咒的逃亡途中，看見眼前的世界開始如沙漠熱浪扭曲了空氣而開始變形。（駱以軍〈神棄〉）

歌仔戲費用大，觀眾又少，生意悽慘。劇團裡的演員只得四處覓，然而，可憐，大多數的人除了會演歌仔戲外，都無一技之長，日子很不容易過。（洪醒夫〈散戲〉）

前陣子在臉書上偷偷鍵入大家的名字，中文名搜不到就換英文名，才發現不少同學成家立業，並當上爸爸，阿香阿汝臉書放的是婚紗照，當然是嫁了。（楊富閔〈後山蝴蝶洞〉）

從前達斯汀．霍夫曼在《畢業生》飾演一個初出茅廬的社會新鮮人，人家告訴他賺錢的金玉良言，只有「塑膠」這兩個字。現在要改成「雷射」了。這個時潮終於引發我不可阻擋的二度背叛，那一大堆塑膠唱片若不是送人，就是寄在唱片行二手賤賣。（莊裕安〈我的唱片進化史〉）

公司掰了之後，才想到，留後路那套怕死老逼供的伎倆，當時根本不屑也無暇理會，話說得太絕，現在自嘗苦果。為現實所迫，有人拉下臉龜回去老巢，但很慘，有了造反不成鎩羽而歸的笑柄，從此只能毫無尊嚴地苟且偷生。（傅天余〈業餘生命〉）

失業

【告老還鄉】 年老辭職，回到家鄉。

【掛冠而去】 自動辭去職務。

【掛冠歸里】 形容辭官歸隱。

【倒官落佩】 脫去了官服，棄官歸隱。

【殺馬毀車】漢代馮良為尉從佐時，在奉檄迎督郵的路上，忽然心生感慨，砸毀車輛、殺了拉車的馬，將官服毀棄，歸隱山林。後來以此形容棄官歸隱。

【懸車致仕】比喻指告老引退，辭官歸里。也作「懸車告老」。

【拋家失業】離開家庭，荒廢了家業。

【廢時失業】荒廢時日又失去了工作。

【掛印而逃】辭官、棄官。

俺公爹頭戴著紅纓子瓜皮小帽、穿著長袍馬褂、手拈著佛珠在院子裡晃來晃去時，八成似一個告老還鄉的員外郎，九成似一個子孫滿堂的老太爺。但他不是老太爺，更不是員外郎，他是京城刑部大堂裡的首席劊子手，是大清朝的第一快刀、砍人頭的高手，是精通歷代酷刑，並且有所發明、有所創造的專家。（莫言《檀香刑》）

交易

【蠅頭小利】形容微少的利益。

【賤買貴賣】低價購進，高價賣出。

【利市三倍】形容獲利極多。

【討價還價】買賣時，賣方索價，買方還價，以達到各自的理想價錢。

【言無二價】價格說一不二，不可討價還價。

【漫天討價】不合理的胡亂索取高價。

【奇貨可居】收藏奇珍異品，等待高價出售。比喻利用某種專長或有價值的東西以謀利。

【物美價廉】物品精美，價格便宜。

【待價而沽】比喻商品等待買主出高價買下。

【市不二價】買賣價錢合理公道，不因人而有不同的價錢。可用以形容社會風氣良好，不相欺瞞訛詐。

【賣狗懸羊】表裡不一，欺騙矇混。

【童叟無欺】對待小孩和老人的態度一樣，不會欺瞞。

【抱布貿絲】抱著布幣去買絲。比喻男子為求婚而與女子接近。以物易物。

從前有些店鋪講究貨真價實，「言不二價」、「童叟無欺」的金字招牌偶然還可以很驕傲地懸掛起來，不必大減價雇吹鼓手，主顧自然上門。（梁實秋〈講價〉）

我承認，有些人是特別的善於講價，他有政治家的臉皮，外交家的嘴巴，殺人的膽量，釣魚的耐心，堅如鐵石，韌似牛皮，所以他能壓倒那待價而沽的商人。（梁實秋〈講價〉）

走進敞開的店門，啊，又是另一種眼花撩亂的景象，牆架上櫃檯上，紅的綠的藍的黃的，小花的碎花的大花的，布的棉的絲的綢的緞的，顧客們進出觀賞流連，店員們來去忙碌照應，笑著講著，討價還價，熱鬧極了。（李渝《金絲猿的故事》）

果偶然發現一項心愛的東西，也不可失聲大叫，如獲異寶，必要行若無事，淡然處之，於打聽許多種物價之後，隨意問詢及之，否則你打草驚蛇，他便奇貨可居了。（梁實秋〈講價〉）

借還

【東挪西借】 四處向人借貸，籌集款項。

【借貸無門】 無處可借貸，走投無路。

【告貸無門】 形容無處可以借款的窘境。

【負債累累】 形容欠債很多。

【債臺高築】 典故出自《漢書》，指戰國時代周赧王因為無法償還負債，逃避債主而躲到謻臺。

【借債揭債】 以債養債，用借錢的方式償還負債。也作「揭債養債」。

【物歸原主】 將東西還給原主人。

【完璧歸趙】 典出《史記》，比喻物歸原主。

有的時候，看著牠們總會想著：「會不會這些被吃進的塑膠，可以被分解成微小的塑膠分子，吸收到牛的體內，再隨著牛奶分泌出來。我們喝奶，就是讓這些我們所製造的塑膠物歸原主，形成一個完美的循環。大概就像是餵牛吃患有疾病的羊做的肉骨粉（牛本該是吃草的而不是吃肉和玉米），毒蛋白在牛身上形成了狂牛病再回來感染人類一樣吧？」（鄧紫云〈【動物國】人是牛的寄生蟲〉）

兩年前我不識好歹的完成一部長篇《愛能超越一切》，寄給「九歌」，不到一周就被退了回來，蔡文甫先生附言：「含有哲理的談生論死，年輕人不喜歡，希另選題材。」改投「正中」，退稿原因是：「本局近來除教科書外，其他一律暫停。」再投其他幾家，也是同樣完璧歸趙。我又改向中南部找出路，為了快速，都是用航空掛號。那一陣子，我的「大作」可以說是風光極了；騰雲駕霧，高來高往。（陳司亞〈出書難，好難好難！〉）

貪賄

【假公濟私】假借公家的名義以謀取個人的私利。

【貪贓枉法】指貪汙受賄，破壞法紀。

【賣官鬻爵】出賣官爵以斂取財物。

【苞苴賄賂】苴，ㄐㄩ。公開賄賂。

【受賕枉法】賕，ㄑㄧㄡˊ。指收受賄賂，敗亂法紀。

【招權納賄】把持權柄，收受賄賂。

【賄賂公行】公然以財物行賄賂之事。

【貪財好賄】貪愛錢財，好受賄賂。

【中飽私囊】經手公款，以不正當的手段，從中牟利自肥。

【貪官汙吏】貪財納賄的官吏。

【徇私舞弊】為謀取私利而違法造假。

【營私舞弊】以違法的手段謀求私利。

【濫吏贓官】指索賄枉法的官吏。

怎見得像官匪，即貪官汙吏呢？官是政府任命的，人民推戴的。但他們竟不盡責任，而貪贓枉法，作惡為非，以危害國家，蹂躪人民。（豐子愷〈口中剿匪記〉）

我恭敬地接過。不出所料，是塗文綬八百里加急呈遞給朝廷的密摺。密摺中揭發我徇私舞弊，收納賄賂，並強迫地方建造祕庫，以私藏重寶。（彭寬〈禁武令〉）

儘管如此，一些中飽私囊的糧長們還是感到不滿足。他們認為依託納糧來撈取灰色收入，效率太慢。他們想的是如何快速高效，最好能夠一夜之間成為權貴之主，而且是巨富。在這樣一種情況下，他們能夠想出的辦法也極具中國歷史特色。（宗承灝《生存的邏輯》）

曹操從十五歲進太學、二十歲舉孝廉開始，就把命運的把柄交到了別人的手中。當時盛行人物評論，曹操就要去討好各種各樣的人物評論家，去為自己掙名氣；當時盛行賣官鬻爵，曹操就要去跑官買官，去走一些他自己所不屑的歪門邪道。（秦濤《黑白曹操》）

3 愛情婚姻家庭

愛戀

【含情脈脈】默默的用眼神表達內心的感情。

【一往情深】形容人情感深厚、真摯，歷久不衰。

【一見傾心】初次見面就產生好感。

【一見鍾情】初次見面便生出情意。

【兩情相悅】雙方皆對彼此有情意。

【抱布貿絲】抱著布幣去買絲。比喻男子為求婚而與女子接近。以物易物。

【偷寒送暖】暗中撮合男女私情。或指巴結奉承。

【兩小無猜】稚齡男女，

彼此天真無邪，毫無避嫌與猜疑。

【情竇初開】初通情愛的感覺。多用於少男少女。

【山盟海誓】誓言盟約如山如海般堅固持久，永恆不變。亦作「海誓山盟」

【如膠似漆】像漆和膠那樣地緊密相黏，比喻感情的堅固或親密。

【耳鬢廝磨】耳旁的鬢髮相互摩擦，比喻親暱。

【鶼鰈情深】比喻夫婦愛情深厚，相處融洽。

【卿卿我我】相親相愛，親密的樣子。

【柔情密意】親密、溫柔的情意。

【眉目傳情】用眉毛和眼睛來傳達情意。

【眉來眼去】形容男女之間相互傳情。

【色授魂與】形容男女彼此神交心會，情投意合而不著痕跡。

【連枝比翼】白居易〈長恨歌〉：「在天願作比翼鳥，在地願為連理枝。」比喻男女感情深厚，形影不離。

【張敞畫眉】典出漢人張敞為妻子畫眉。比喻夫妻恩愛情深。

【畫眉之樂】比喻夫妻間感情恩愛。

【琴瑟和鳴】比喻夫妻情感和諧融洽。

【白頭偕老】形容夫妻恩愛到老。

【舉案齊眉】典出東漢孟光對其夫梁鴻敬愛的表示，將放置飯菜的木盤高舉，與眉平齊。比喻夫妻相互敬愛。

【相敬如賓】形容夫妻間相處融洽，互相敬愛。

【剪燭西窗】思念妻子而盼望相聚。亦泛指在夜晚與親友聚談。

「當時朱小姐說小顧是她乾弟弟，可是兩個人那麼眉來眼去，看著又不像。我們巷子裡的人都說朱小姐愛吃『童子雞』，專喜歡空軍裡的小夥子。誰能怪她呀？像小顧那種性格的男人，對朱小姐真是百依百順，到那兒去找？我替朱小姐難過！」（白先勇〈一把青〉）

她不是沒有一見鍾情的經驗，但這次不同，好像被一陣焚風吹過，四周的景物，全身肌骨都融化了。（周芬伶〈絕美〉）

小小年紀，對浪漫的嚮往就是從那樣的琴瑟和鳴開始肇端。青春歲月，再度與同樣美好的婚姻邂逅，

不免心醉神迷。（廖玉蕙〈護岸小桃紅滿樹〉）

人跟書的關係，一如愛情。有些作者，你一見鍾情，終身不渝，而能白頭偕老；有些作者，你乍見驚為天人，溫存日久，色衰愛弛，終也一棄了之；較少見的是，本來有「隔」，峰迴路轉，盡釋前嫌，最後竟得善緣。（傅月庵〈禁忌之書〉）

哦，在石塘咀，倚紅樓，蒙一位花運正紅、顛倒眾生的名妓痴心永許，生死相纏，所以他得以「振邦」？嘿嘿。我不屑地撇撇嘴。不過是一個嫖客！如花未免是痴情種，一往情深。（李碧華《胭脂扣》）

頌蓮冷眼觀察著梅珊和醫生間的眉目傳情，她什麼事情都是逃不過她的直覺的。當洗牌時掉下一張牌以後，頌蓮彎腰去撿，一下就發現了他們的四條腿的形狀。藏在桌下的那四條腿原來緊纏在一起，分開時很快很自然，但頌蓮是確確實實看見了。（蘇童《妻妾成群》）

她只是靜靜把杯底的酒都喝完，溫潤了那稀薄的記憶，即使那是來自一個陌生的女子，但的確有一份印記轉寫在她的心底，他的傷痛流入她的心中，隱約也藏著兩情相悅的快樂，那是最初最初、清甜的滋味。（盧慧心〈蛙〉）

關係建立

【執柯作伐】 為人作媒。

【門當戶對】 形容結親的雙方家庭經濟和社會地位相當。

【齊大非偶】 比喻兩方門第懸殊，不敢高攀成婚。

【珠聯璧合】 比喻人才或美好的事物相匹配或同時薈集。常用作祝賀新婚的頌辭。

【明媒正娶】 經過公開儀式的正式婚姻。

【朱陳之好】 兩姓聯姻，締結婚約。

【秦晉之好】 兩姓聯姻，締結婚約。也作「以諧秦晉」。

【月書赤繩】指傳說中月下老人的姻緣簿，與牽繫良緣的紅繩。比喻既定的婚姻。

【天作之合】天意撮合的婚姻，比喻美滿良緣。

【佳偶天成】婚姻中男女雙方是美好的匹配，乃天意而成。常用於祝賀婚姻美滿。

【牽絲娶婦】指婚姻。典出五代周．王仁裕《開元天寶遺事．卷上．牽紅絲娶婦》中記載，唐代宰相張嘉貞欲納郭元振為婿，命五個女兒各執一根絲線，躲藏在幔幕之後，由郭元振擇而牽之。郭元振牽一紅色絲線，得有姿色的三女兒為妻。

【乘龍快婿】比喻得到好女婿。

【雀屏中目】被人選為女婿，也作「雀屏中選」、「屏開金孔雀」。

【倒陪家門】指女子降低身分下嫁。

【露水姻緣】關係短暫、不正常的婚姻關係。

【姑舅作親】姑姑與舅舅的子女締結婚姻關係，即表兄妹結婚。

【御溝題葉】傳說唐德宗時，進士賈全虛因從御溝中撿到宮女題詩的紅葉，得皇帝賜婚，後以此形容姻緣巧合。

令人側目的是，新郎既非醫生出身，也談不上門當戶對，僅只是鄰鎮一個教書先生工專畢業的兒子而已。（廖輝英《油麻菜籽》）

一天，周太太跟鴻漸說，有人替他做媒，就是有一次鴻漸跟周經理出去應酬，同席一位姓張的女兒。據周太太說，張家把他八字要去了，請算命人排過，跟他們小姐的命「天作之合，大吉大利」。（錢鍾書《圍城》）

紅噴噴的長長的面頰，含有僧尼氣息的灰布長衫——一個吃苦耐勞、守身如玉的青年，最合理想的乘龍快婿。（張愛玲〈封鎖〉）

不合

【色衰愛弛】人因容貌衰退而漸失寵愛。

【秋扇見捐】指人如扇子般到了秋日不再需要時便被棄置。

【遇人不淑】女子誤嫁品行不良的丈夫。

【琵琶別抱】指女子移情別戀。

【水性楊花】古人以為楊花遇水便會化為浮萍隨水而去，以此比喻女子用情不專。

【棄舊憐新】拋棄舊愛，憐愛新歡。

【始亂終棄】玩弄他人後將其拋棄。

【恩斷義絕】絕恩情道義。多指夫妻感情決裂而離異。

【勞燕分飛】伯勞和燕子離散飛走。比喻別離，多用於夫妻、情人之間。

【同床異夢】睡在同一張床上但各做各的夢，比喻共同生活或一起做事的人意見不同，各有各的打算。

【琴瑟失調】比喻夫妻不和。

【貌合神離】表面看似融洽，其實內心已經相互疏離，比喻情侶失和。

【蘭因絮果】蘭因，鄭文公妾燕姞夢見其祖伯鯈贈予蘭草，後生穆公取名為蘭，比喻美好的前因。絮果，形容如飄絮離散的後果。比喻夫妻始合終離，婚姻不美滿，以離散收場。

【停妻再娶】拋棄尚未離異的妻子，另娶他人。

【橫刀奪愛】用手段奪取他人心中所愛。

【喜新厭舊】喜歡新的，厭棄舊的。多指對愛情不專一。

【買臣覆水】據說西漢朱買臣貧賤之時，妻子因不堪家境貧困而離異，等到朱買臣富貴時又回頭想要復合。朱買臣以潑水為喻，表示夫妻離異，難以復合。

是否，年老也是必須？**色衰而愛弛**，人間，自來不許美人見白髮。你驀然回首，乍見一朵初綻的桃花正舞在你昔日的枝頭。日日，你步步向長門；夜夜，寂寂是年老的聲音。（簡媜〈花之三疊〉）

「不是，不是啦。」守恆想解釋，可是他該說什麼呢？他不是故意的？他沒有故意瞞著正行？他沒有**橫刀奪愛**？是因為正行躲著他，不來看他打籃球？還是因為他的身邊需要一個人，他都沒有朋友，他

好孤單，好寂寞？（許正平〈光年〉）

九一八事變，張學良撤離東北，溥儀在日本扶持下成為滿洲國執政。這時溥二奶奶又琵琶別抱，成了四公子中另一人盧筱嘉的情婦。她反對溥儀投靠日本，對婆家又有不滿，怨恨交織之下，竟趁公公在天津、丈夫留日之際，夥同盧筱嘉把醇王府的財物用大卡車一掃而光，直接導致與溥傑分居。（陳煒舜《被誤認的老照片》）

從一個家庭主婦，變成無家無夫、寄人籬下的貧婦，母親總覺得自己遇人不淑，但也不氣餒，沒有丈夫的日子，更方便她自得其樂；而且，被虧欠的人總是活得比較理直氣壯，往後，她可以像個債主，把丈夫欠自己的，一點一點要回來，或者施捨般的既往不咎。（張瀛太《花笠道中》）

親情

【對床風雨】 比喻兄弟或親友相聚，親密交談之樂。

【兄友弟恭】 兄弟間感情和睦，能相互友愛尊敬。

【手足之情】 兄弟間的情分。

【同室操戈】 指自家人彼此持戈相殺，用以比喻兄弟不睦或內部的爭鬥。

【兄弟鬩牆】 指兄弟失和。或指團體內部不和睦。

【父慈子孝】 父親慈愛，兒女孝順。

【舐犢情深】 比喻父母疼愛子女之深情。

【舐犢之愛】 老牛用舌頭舔舐小牛。比喻父母疼愛子女之情。

【老牛舐犢】 老牛愛護小牛。比喻人私愛子女。

【慈烏反哺】 烏鴉雛鳥長大後，知銜食哺養母鳥。比喻子女報答父母的養育之恩。

【寸草春暉】 比喻父母恩情深重，子女難以報答。

【承歡膝下】 討好迎合父母，使其歡悅。

【綵衣娛親】 典出老萊子常著五色彩衣逗父母高興。後用以比喻孝養父母。

【冬溫夏清】 清，ㄐㄧㄥˋ。在寒冬裡為父母溫暖被褥，在盛夏中為父母搧涼床蓆。用以稱讚子女孝事雙親。

【晨昏定省】 子女侍奉父

母的日常儀節。

【扇枕溫被】 典出《晉書》王延侍奉雙親之事，比喻事親至孝。

【菽水之歡】 比喻子女孝順父母，即使只是豆和水這樣平常的飲食，也能使父母歡悅。

【骨肉至親】 像骨和肉連接在一起的親屬。指有血緣關係的親屬。

【十指連心】 比喻人事物的關係非常密切，或父母對每個子女都一樣疼愛。

【風樹之悲】 比喻父母親亡故，兒女不得奉養盡孝的悲傷。

【羔羊跪乳】 羔羊跪地吸乳，比喻孝奉長輩。

【天倫之樂】 家人團聚時的歡樂。

【蘭桂齊芳】 比喻子孫昌榮顯達，家族興旺。

【椿萱並茂】 香椿和萱草均長得很茂盛。比喻父母都健在。

古今中外，不論皇室還是財閥，家臣在接班的關頭，最不希望的就是兄友弟恭的局面出現，新的接班少主，意味著新的領導階層，亦代表利益的重新洗牌；況且，這個古家也稱不上兄友弟恭。（黃國華《金控迷霧》）

那時的家中，老弱婦孺貓七、八隻，唯有針針適格做貓王，同胞胎的木耳幼年一場高燒燒壞了頭殼，只空長一副俊美模樣，以為自己是狗，天天與狗族為伍，且認一隻體型超小的母狗妞妞做媽，出門進門晨昏定省，耐心地舔舐狗媽媽的頭臉。（朱天心〈獵人們〉）

我可以想像得到：當天下的媽媽，在經過人間最大的痛苦之後，就為家人帶來了笑聲，帶來了生命的喜悅，成就了天倫之樂，同時也偉大了自己。（林明進〈媽媽的聲音〉）

在多年盼望的機場改善計畫一再落空之後，冀望財團進駐投資，整建一座出入便捷不受天候影響機場的聲音在島嶼出現。這是多麼艱難的抉擇，許多家庭裡，因為這一爭議性極高的議題而親子交惡，姊妹反目，與兄弟鬩牆。（謝昭華《島居》）

4 地位財富

尊貴與低微

【金枝玉葉】 比喻皇親國戚或出身高貴之人。

【養尊處優】 自處尊貴，生活優裕。

【一呼百諾】 形容權勢顯赫，隨從盛多。

【大紅大紫】 形容聲名顯赫。

【大名鼎鼎】 形容人的名氣聲望很大。

【高高在上】 本指所處地位極高。後形容人自高自大，脫離群眾。

【有頭有臉】 形容體面、榮耀。

【聞名遐邇】 不論遠近都知其名聲。

【有聲有色】 原指人擁有美好的名聲和榮顯的地位。後形容言語、文章表達意見或描述生動感人。

【赫赫有名】 形容聲名顯揚的樣子。

【德高望重】 形容人品德高尚，極有聲望。

【高不可攀】 形容人高高在上，難以親近。

【沒沒無聞】 沒有名氣。

【默默無聞】 平凡、沒有名氣。

【無名小卒】 品位低而無足輕重的人。

【低三下四】 地位卑微低賤。

【薄祚寒門】 指人福分淺薄、家世貧困卑賤。

【雞鳴狗盜】 比喻有某種卑下技能的人，或指卑微的技能。亦用於形容卑劣低下的人或事。

【屠狗之輩】 原指以殺狗為業的人。後泛指從事卑賤工作之人。

【牛童馬走】 指地位卑賤之人。

【人微言輕】 因為地位低下，言論主張不受重視。多用於自謙之詞。

【雲泥之別】 像天上的雲和地下的土相差極遠。比喻高下極為懸殊。

有了這次經驗，此後在里下河一帶上茶館吃早茶，第一件事是叫餚肉免上天燈棒兒。否則當地有頭有

臉的朋友一擺場，那頓早茶可就全攬和啦。（唐魯孫〈天燈棒〉）

羅斯福路上，常看見一對賣蔬果、盆栽的老夫婦。兩人皆一頭銀髮，但手腳不是養尊處優地，而是粗手粗腳，手看起來是莊稼人的粗掌，而一雙大腳，像是在泥土地上長出來的，鞋子總穿不住，農用沾了泥土的黑膠鞋脫在一旁，兩夫妻皆赤著一雙腳，趴達趴達地走在都市的紅磚道上，像走在山上農地一樣的自然。（房慧真〈冷攤〉）

首先聞說，當了太監之後，儘管可以衣食無憂，邀天子之幸，能夠大紅大紫安富尊榮。可是淨身的剎那，生死間不容髮，等於孤注一擲不說，此後永遠斷絕男女之私，這種犧牲未免太大。（唐魯孫〈閒話太監〉）

八年前，他怕母親碰見兩人拍拖，說影響學業。今天，人家有的是事業，學歷財富都高不可攀。不是她太高，而是，他看不慣自己太低。（林超榮〈薔薇謝後的八十年代〉）

「那邊」哪怕規模小點，一樣有主人、僕人等著領每月規費、三餐吃飯、四季裁衣、隔幾年養小孩。蘭熹記帳、管家、三節、過年、請客、社交、打麻將、看戲、恩威下人、應酬富親戚應付窮親戚，金八爺家裡她一呼百諾，過得忙碌充實。（蔣曉雲〈百年好合〉）

一個月前他找到她時，她顯得有點驚訝，她在網路上默默無聞的只是團體活動中標註的一個名，但他從那團體搜尋她，知道她是一家從事國際貿易的業務經理，公司經營的貨品從高雄港進出。（蔡素芬〈往事〉）

這樣陡峭、高低有別的空間景致也像這個城的結構，巨富與赤貧看似比鄰共居，實則有雲泥之別。（柯裕棻〈香港的斜坡〉）

富與貧

【鐘鳴鼎食】古代富貴人家吃飯時，擊鐘為號，列鼎而食。形容富貴之家的奢侈豪華。

【肥車輕裘】肥壯的駿馬與輕暖的皮袍，比喻生活豪奢。

【鮮車怒馬】嶄新的車與氣勢昂揚的馬，形容生活豪奢。

【炮鳳烹龍】豪奢的珍饈。亦作「烹龍炮鳳」。

【香車寶馬】比喻裝飾華貴的車馬。

【豐衣足食】衣食充足。形容生活富裕。

【錦衣玉食】生活優裕富貴。

【腰纏萬貫】隨身攜帶大量錢財，比喻家財極風。

【金玉滿堂】形容財富極多。

【囊橐豐盈】橐，ㄊㄨㄛˊ。形容錢多，財物充裕。

【富可敵國】財富多至可與一國之財相比，比喻富貴逼國。

【身無長物】長，ㄓㄤˋ。身邊沒有任何多餘的物品。比喻節儉或貧困。

【一貧如洗】形容非常貧窮，一無所有。

【一無所有】什麼都沒有。

【傾家蕩產】用盡全部的家產。

【左支右絀】形容顧此失彼，窮於應付的窘況。

【捉襟見肘】衣衫破敗，無法同時遮掩胸膛與手肘，比喻貧窮的窘態。

【入不敷出】收入無法與支出相平衡，經濟陷入困境。

【床頭金盡】因錢財用盡，陷入貧窮的困境。

【一文不名】一文錢也無法拿出，形容窮困至極。

【寅吃卯糧】寅年就吃了卯年的糧食，比喻經濟困難。

【短褐穿結】語出陶潛的〈五柳先生傳〉，形容衣物短小又充滿縫補痕跡，比喻窮困。

【甑塵釜魚】甑，ㄗㄥˋ。甑釜等炊具都生塵且長蠹魚，形容窮困以致斷炊已久。

【蓬戶甕牖】牖，ㄧㄡˇ。蓬草編門，破甕當窗，指貧家模樣。

【甕牖繩樞】以破甕為窗，繩子做門軸，形容貧寒之家的窮困景象。

【阮囊羞澀】形容錢財窘乏，經濟困難。

【季子囊空】季子，指戰國蘇秦。蘇秦曾遊歷秦國，上書秦王十次，帶去的盤纏都花用一空，不得不離開秦國而歸。用以比喻未得功名、窮愁潦倒的處境。

【囊中羞澀】形容無錢的窘困情況。

【囊空如洗】口袋裡空虛，彷彿被水洗過一樣，形容沒有錢的狀況。

【牛衣對泣】形容夫妻極度貧困的生活。

別看我**囊中羞澀**，我有所不取；別看我落魄無聊，我有所不為，這樣一想，一股浩然之氣火辣辣的從丹田升起，腰板自然挺直，胸膛自然凸出，徘徊嘯傲，無往不宜。（梁實秋〈窮〉）

我家從滿清時代到日據時期一直是**鐘鳴鼎食**之家，算得上是府城著名老家之一。（葉石濤〈府城鎖憶〉）

任何一個飢荒或戰亂的時歲，野菜是保命菜，到了**豐衣足食**的年代，野菜被淘汰，是上不得餐桌的野草。然後就在吃什麼都不稀奇，吃到不知要吃什麼時，野菜彷若童年的歌謠，從悠悠的記憶飄來，成了味覺的鄉愁，成了醫食同源的養生菜，我們自討苦吃的去咀嚼那份被遺忘的味道。（方梓〈我在找灰灰菜〉）

每到入夜，我已是微醺狀態。這裡**一無所有**，連分散你精力的事情都無。在這種巨大的空無，你會發現更為廣闊的充盈。如梵音無處不在，山河杳遠。除了彈琴教書，讀書寫字，守著世間最美的江河度日，沒有任何事情能讓我怠倦。（顧野生〈野火在青春的路上〉）

他的生身爸媽望著小叮噹美麗的小胖腳，欣慰地微笑了。他們**傾家蕩產**，從他誕生伊始就訂作一雙雙各具特色的鞋，將他全身最不醜的地方掩住了，免得破壞了遴選時的高貴與神聖。難得生出了這麼醜的兒子，誰放得過這種機會。（林佑軒〈彩色的千分之一〉）

浪費與節儉

【一擲千金】形容不惜金錢的豪舉。

【大手大腳】比喻用錢浪費。或形容動作粗魯，不細心。

【鋪張浪費】形容講究排場，浪費人力或物力。

【揮金如土】花錢就像撒土一樣。比喻極端浪費錢財。

【揮金霍玉】任意浪費金錢珠玉，奢靡浪費，毫不愛惜財物。

【紙醉金迷】比喻奢侈浮華的享樂生活。

【金迷粉醉】生活奢侈靡爛。

【驕奢淫佚】傲慢奢侈、荒淫放縱。

【豪奢放逸】十分奢侈而無節度。

【窮奢極欲】形容極端奢侈貪欲。亦作「窮奢極侈」。

【暴殄天物】比喻蹧蹋物力，不知珍惜。

【象箸玉杯】象牙筷子、玉雕酒杯，形容生活豪華奢侈的。

【炮鳳烹龍】形容豪奢的珍饈美味。

【漿酒霍肉】把酒肉看成是白水和豆葉，形容在飲食上極度浪費。

【靡衣玉食】穿華麗的衣服，吃精美的食物。形容豪華奢侈的生活。

【美衣玉食】錦衣玉食，形容生活奢華浪費。

【肉山脯林】把肉堆積得如山一樣高，肉乾掛得有如森林一般，形容生活糜爛奢侈。

【鳴鐘列鼎】吃飯時鳴鐘為號，列鼎兒食，形容生活奢糜浪費。

【大烹五鼎】古代祭祀時，士大夫用五鼎裝盛豬、魚、羊等五種祭祀品，後來用以形容生活奢糜，飲食精緻昂貴。

【膏粱錦繡】形容富貴家庭的生活奢侈。

【膏粱紈綺】富貴人家飲食精緻、穿著綾羅綢緞，比喻生活奢侈。

【食前方丈】吃飯食，菜餚擺滿了一丈見方，形容生活異常奢靡。

【食日萬錢】一天的飲食耗費萬錢，比喻豪奢的生活。

【以飴沃釜】用糖漿清洗鍋具，形容奢侈至極。

【以蠟代薪】用蠟燭代替木材用燃燒，形容生活奢侈。

【田豫儉素】三國時，魏并州刺史田豫生活清苦，節儉樸素，凡朝中賞賜全部都散與將士，外族饋贈也都登記交由公家。用以指清廉節約的人。

【鹿裘不完】穿著鹿皮裁製的簡陋裘依，比喻人生活節儉樸實。

【布被十年】漢代的公孫宏雖然貴為宰相，但生活節約。用以形容節儉。

【齋居蔬食】粗茶淡飯的過日子，形容生活簡樸。

【食不異肉】一餐不吃兩種肉類，形容生活節儉。

【食無求飽】進食有所節制，不求飽腹，比喻人生活節約簡樸。

【縮衣節食】形容生活節儉。

【菲食薄衣】節約飲食、穿著簡樸，形容生活節儉。

【弊衣簞食】穿破舊的衣裳，吃簡單的食物，生活節約。

【克勤克儉】形容人勤勞而節儉。

【自奉甚儉】比喻人生活節約，對於生活所需的供給非常儉樸。

【慳吝苦剋】形容省吃儉用，刻苦辛勤。

【量入為出】指根據收入來斟酌開支。

【開源節流】開發財源，節省支出，以儲蓄財力。

【精打細算】精細的謀畫打算。

【巴家做活】形容辛勤簡樸的過日子。

【物盡其用】把有限的物力發揮最大功效。

【監門之養】守門人的生活，比喻生活艱困、節儉。

【葛屨履霜】冬天時穿著夏天的鞋子，比喻過度吝嗇節約。

【稱薪而爨】秤剛好夠分量的薪柴用以煮食，比喻人斤斤計較、過分吝嗇節儉。

「先到倫敦，再去巴黎，你不必帶衣物，我們買全新的。」對周星祥來說，講同做一般容易，他立刻替杏友辦妥旅遊證件，帶著她上飛機。那一個星期，無異是莊杏友一生中最怯意的幾天。他們住在皇家倫敦攝政公園的公寓內，天天到最好的館子吃各式各樣名菜，杏友一切聽他的，他從不叫她失望。有時一擲千金，有時不花分文，逛遍所有名勝，他們同樣享受露天免費音樂會，可是也到夜總會請全場喝香檳。自早到晚，兩個年輕人的雙手緊緊相纏，從不鬆開。「杏友，快樂嗎？」杏友用力點點頭。（亦舒《直至海枯石爛》）

明朝到了末幾代皇帝，多半驕奢淫佚，沉迷酒色；又篤信一般道家術士煉汞求丹伎倆，講求藥補食療，饔飧饈膳，頓頓離不開藥物入饌，什麼老山人參燉雛鴿，五味地黃煨豬腰，陳皮子薑煲羊肉，枸杞杜仲汆鯉魚等等。（唐魯孫〈清宮膳食〉）

安公公是一個多疑的人，擔心有人在收集武譜的過程中私閱或偷練，因此每隔兩三年都會進行一次「清洗」。這種「清洗」大都是有殺錯沒放過的，因此一旦被任命為「籍武吏」，基本上就意味著沒有幾年好活了。這也是許多人一旦被任此職，便肆無忌憚、窮奢極欲的原因，所以即使朝廷裡的大員，也都任其予取予求，不敢忤逆。（彭寛〈禁武令〉）

三爺在公帳上拖欠過鉅，他的一部分遺產被抵消了之後，還淨欠六萬，然而大房二房也只得就此算了，因為他是一無所有的人。（張愛玲〈金鎖記〉）

大方與小氣

【有求必應】 凡有所請求，必能如願。

【罄其所有】 竭盡所擁有的一切。

【仗義疏財】 形容人看重義氣，輕賤財物。

【慷慨解囊】 形容人毫不吝惜地出錢幫助別人。

【一毛不拔】 連微薄的力量也不願意付出，比喻非常小氣。

【一錢如命】 把一文錢視同如性命一般重要，比喻為人吝嗇，極其小氣，一毛不拔。也作「一文如命」。

【分文不破】 一毛錢也不願意花，形容小氣。

【葛屨履霜】 冬天了還穿著夏天的鞋子，形容人極為節儉、吝嗇。

【錙銖必較】 連很少的錢或很小的事情都非常計較。

【數米而炊】 一粒一粒的數米下鍋，形容人過於吝嗇或是生活極其困苦。

【稱薪而爨】 爨，ㄘㄨㄢˋ。秤剛剛好分量的材薪用以生火煮飯，形容人極為節儉。

【烏舅金奴】典出《清異錄》，譏諷人吝嗇小氣。

【小裡小氣】形容人吝嗇或舉止沒有大家氣度。

【豐取刻與】形容人取用得多，但付出給予得少，貪婪但吝嗇。

年輕人，心地潔白如鴿子毛，需要工作，需要遊戲，所以菜園不是使他厭倦的地方。他不能同人錙銖必較的算賬，不過單是這缺點，也就使這人變成更可愛的人了。（沈從文〈菜園〉）

這樣的老百姓同兵們畢竟算是幸福啊！為的捨不得將收成的棉花，大帥便叫你同伊所愛的伴在一起；為了生活去當兵，大帥便叫你的嘴中老是放著饅頭；大帥真是土地老爺廟前的橫榜「有求必應」哪！（臺靜農〈去年今日之回憶〉）

5 生活境遇

順逆

【飛黃騰達】比喻得意於仕途。

【一帆風順】比喻非常順利，毫無阻礙。

【平步青雲】像平常一樣地舉步，就輕易走上青雲，比喻順利晉升到顯要的地位。

【扶搖直上】隨急遽的旋風，盤旋而上。比喻快速上升，亦用來比喻仕途得意。

【左右逢源】比喻辨事得心應手或處事圓融。

【時來運轉】本來處境不好，遇到機會，由逆境轉到順境。

【青雲直上】比喻順利的迅速升到高位。

【天從人願】事態發展順心如意。

【心想事成】所思所想都順利達成。

【時運不濟】氣運不佳，無法如願以償。

【山窮水盡】指水陸交通阻斷，無法通行。或比喻走投無路，陷入絕境。

【窮途末路】形容無路可走，處於十分困窘的境況。

【走投無路】無路可走。形容處境窘困。

【釜中之魚】比喻處於危亡困境中的人。

【朝不保夕】早上難保晚上仍平安無事。比喻生活情況困頓。

【苦盡甘來】艱難困苦的境遇已經結束，轉而逐步進入佳境。

【剝極必復】剝與復都是《易經》的六十四卦之一。剝代表剝落之象；復代表復來之象。意思是惡劣的情況到達極點後，情況會逐漸轉好。

【否極泰來】情況由壞逐漸好轉。

【時來運轉】處境原本不好，但因為機會與時機的緣故，從逆境轉成順境。

跟尹雪豔結交的那班太太們，打從上海起，就背地數落她，當尹雪豔平步青雲時，這起太太們氣不忿，說道：憑你怎麼爬，左不過是個貨腰娘。當尹雪豔的靠山相好遭到厄運的時候，她們就嘆氣道：命是逃不過的，煞氣重的娘兒們到底沾惹不得。（白先勇〈永遠的尹雪豔〉）

蔣玉兒不只貌美，聰穎機智的個性也隨即折服了遇昌高高在上的自尊，她見機不可失，費盡手段總算讓知府大人開了金口，願意納她為妾，正式迎娶她進門；對於身處低層妓戶的辛苦女子，走到這步也可謂苦盡甘來、功德圓滿，後半輩子得享榮華富貴了。（何敬堯〈彼岸蟹〉）

或許我們應當反過來看，就是因為資產轉瞬即空，人民朝不保夕，既然災禍無可避免，那更是我吃故我在，絕不能放過任何大餐。如果你剛好有幾個錢，飯桌更是炫示財力的舞台，能被華麗裝飾的食材尤其可愛。（焦元溥〈貪吃之樂〉）

傳說良久的升級名單終於正式發放。承歡一早聽說自己榜上有名，可是待親眼目睹，又有種否極泰來、多年的媳婦熬成婆之感覺。一大班同時升職的同事剎那間交換一個沾沾自喜的眼神，如常工作。

升不上去的那幾個黯然神傷，不在話下。心底把名利看得多輕是完全另外一回事，在這種競爭的氣氛下，不由人不在乎，不由人不爭氣，不由人不看重名利得失。錯過這次機緣就落在後頭，看著別人順水推舟，越去越遠，還有什麼鬥志，還有什麼味道。（亦舒《承歡記》）

福禍

【塞翁失馬】比喻暫時受到損失，卻因禍得福，終於得到好處。

【百福具臻】形容各種福分一齊來到。

【吉人天相】形容吉善的人自有上天的幫助。

【吉星高照】吉祥之星高照。比喻交好運，而萬事順遂。

【洪福齊天】福氣與天等高。稱頌人福氣極大。

【飛來橫禍】突然降臨的意外災禍。

【無妄之災】比喻意外的災禍。

【福禍相倚】指福氣與遭或經常並行而至。

【福無雙至】指幸福不會接連的來到。

【幸災樂禍】以別人的災禍為樂。

【禍從天降】災禍的到來非常突然。

【禍不單行】比喻不幸的事接二連三地發生。

【逢凶化吉】遇到凶險而能安全度過。

【自求多福】靠自己的能力求取福祿。

【趨吉避凶】趨向吉利，避開凶險。

【自食惡果】指從前種下的惡因如今自己嘗到滋味。

【天災人禍】自然災害和人為的禍害。

【咎由自取】所有的罪過、災禍都是自己造成的。

【罪有應得】為所犯的錯承受應得的懲罰。

那年冬天，祖母死了，父親的差使也交卸了，正是禍不單行的日子，我從北京到徐州，打算跟著父親奔喪回家。（朱自清〈背影〉）

拍外景時，抑制生理需要的折磨是不能不忍的，唯有自求多福。畢竟生命裡有很多事都自求多福，誰來全力守護你？（麥樹堅〈千年獸與千年詞〉）

第二日醒來，一睜眼便和大哥一雙又黑又亮好像龍眼子的眼睛對望，那是一副幸災樂禍的表情。我想起了什麼，趕緊伸手撩起上衣下襬，赫然在肚臍眼上摸到一枝西瓜苗。大哥說風涼話，就說西瓜子不能吃嘛，看你現在怎麼辦？我急了，哽咽了，快哭出來了。還好大哥很有義氣地，說著我來吧，一把便將西瓜苗連根拔起，根部還帶著一小團黏土。（王盛弘〈料理一顆蛋〉）

在租界裡「避難」的大清臣民們日復一日家長里短，盡著生物延續物種的天職，並不理會外面的世界沒有為他們的消極而佇足；歐美帝國經歷了經濟大蕭條又漸漸復甦，中國的天災人禍就像他們唱衰的那樣因為趕跑了皇帝遭到報應而從沒消停。（蔣曉雲〈百年好合〉）

每次他走起路來，林子蒼都以為整艘帆船都因他的沉重步伐而左右晃動，他還曾經聽過，船上資深的老水手酒後拿龐爺開玩笑，要是遇到颶風將要沉船，只要請龐爺挪動尊軀，移駕到未沉的船尾那端，包管逢凶化吉。（何敬堯〈彼岸蟹〉）

成敗

【一決雌雄】比喻互相較量以決定勝敗。

【略勝一籌】比喻兩相比較，其中一方稍微高明一些。

【反敗為勝】從敗勢中得到勝利。

【一舉成名】因一事成功而聲名遠播。

【百戰不殆】多次戰爭都不失敗。形容百戰百勝。

【攻無不克】只要進攻，沒有不打勝的。指百戰百勝。

【克敵制勝】戰敗敵人，贏得勝利。

【所向披靡】風吹到的地方，草木立即伏倒。比喻力量所到之處，敵人紛紛潰敗逃散。

【出奇制勝】發奇兵或用奇計制敵而獲勝。

【戰無不勝】形容百戰百勝，無往不利。

【出奇制勝】發奇兵或用奇計制敵而獲勝。

【旗開得勝】戰旗一張開就得勝，形容一開戰就取得勝利。

【決勝千里】形容將帥謀劃得當，在千里之外，指揮若定而取得勝利。

【勝券在握】比喻很有把握，相信自己已經可以成功。

【穩操勝算】容做事時，很有成功獲勝的把握。

【馬到成功】征戰時戰馬一到便獲得勝利。比喻成功迅速而順利。

【鎩羽而歸】比喻失意或受挫折而回。

【出師不利】出兵征戰，遭遇困阻或行事受挫不能順遂。

【屢戰屢敗】每次打仗都失敗。

【屢敗屢戰】雖然屢次戰敗，仍繼續奮勇作戰。

【大勢已去】整個局勢已經無法挽回。

【付諸東流】比喻希望落空或前功盡棄。

【功敗垂成】指事情在即將成功時卻失敗了。

【功虧一簣】堆土成山，已至九仞，卻因差最後一簣而不能成功。比喻事情只差最後一步，卻因未能堅持到底而前功盡棄。

【潰不成軍】軍隊潰敗得不成個軍隊。形容遭到慘敗。

【一敗塗地】一旦戰敗身死，將會是肝腦塗滿大地。形容做事失敗，到了無法收拾的地步。

【片甲不留】軍隊打敗仗，全軍覆沒。

【全軍覆沒】軍隊全部被消滅，無人倖免。比喻完全喪失或徹底失敗。

電車裡的人相當鎮靜。他們有座位可坐，雖然設備簡陋一點，和多數乘客的家裡的情形比較起來，還是略勝一籌。（張愛玲〈封鎖〉）

當時，一切美滿得令旁人看得目眶發赤，曾經以豔色和家世，讓鄰近鄉鎮的媒婆踏穿戶限，許多年輕醫生鎩羽而歸的醫生伯的么女兒——「黑貓仔」，終於下嫁了。（廖輝英《油麻菜籽》）

金發伯是早就被擊敗了，自從他命令她唱流行歌曲以後，他就一敗塗地，從此一蹶不振，變成一個整天哼哼哈哈、喝酒、打盹、逢人便訴說「玉山」輝煌時代的故事的老頭。（洪醒夫〈散戲〉）

永城無比震驚，以致他都忘了此刻應感到極度憤怒。他反覆讀著紙條，從那寥寥數字感受到前妻的恨意與厭惡，以及勝券在握的得意感。她強行帶走了孟熙，間接宣示了她對女兒的控制權，沒想到她在協調會前夕使出這種手段……（黃唯哲〈河童之肉〉）

6 人際關係

相聚

【不期而遇】 未經約定而相遇。

【萍水相逢】 浮萍漂浮水面，聚散不定。比喻兩個人本來不相識，因機緣巧合偶然相逢，同時亦指交情尚屬微淺。

【悲歡離合】 比喻人世間的聚散無常。

【班荊道舊】 班，布置；荊，楚地出產的木材。據說伍舉與聲子在野外相遇，把木條鋪在地上，坐下來共食。後來形容朋友在途中相遇，互相敘舊。也作「班荊道故」、「班荊椒舉」、「椒舉班荊」。

【平原十日】 形容朋友之間短時間的相距暢飲。

【風雨對床】 朋友相聚時，對床共語。

【同窗夜語】 形容老友相聚，窗下夜談。

【破鏡重圓】 比喻夫妻離散或感情決裂後重新團圓合好。

【烏鵲成橋】 傳說牛郎織女分居天河兩岸，唯有七夕之夜得以踏過鵲橋相會。用以比喻夫妻團圓之意，或用於形容男女結合。

【斷釵重合】 將折斷的髮釵重新接起，比喻夫妻離散後重歸於好。

【缺月再圓】 比喻夫妻離散後又團聚，也用於比喻喪偶之後再婚。

【剪燭西窗】語出唐・李商隱〈夜語寄北〉詩，原指思念妻子期盼相聚，後來泛指與親友相聚夜談。

【別後寒溫】重逢相聚時，互相問候的應酬之語。

【久別重逢】歷經長久分別後，再次相遇。

【骨肉重逢】分離的親屬再相聚。

【狹路相逢】在狹窄的道路上相遇，後來比喻仇人相遇。

直到搖搖晃晃的布幕上的故事，進行到悲歡離合的高潮，廣場像給人施了法術一樣，安靜下來。（張曼娟〈小板凳俱樂部〉）

從那之後，他們之間存在著一種奇異的關係，不時在某個地方不期而遇。（周芬伶〈花的天堂〉）

便在此時，忽聽得店外青石板上篤篤聲響，有個盲人以杖探地，慢慢走了進來。那人一進飯鋪，胡斐心中怦怦亂跳，這幾日來他一路打探石萬嗔的蹤跡，追尋而來，查知他相距已經不遠，此人盲了雙眼，行走不快，遲早終須追上，不料竟在這個鎮上的飯店中狹路相逢。只見他衣衫襤褸，面目憔悴，左手兀自搖著那只走方郎中所用的虎撐。他摸索到一張方桌，再摸到桌邊的板凳，慢慢坐了下來，說道：「店家，先打一角酒來。」（金庸《飛狐外傳》）

分離

【依依不捨】非常留戀，捨不得分離。

【難捨難分】情深意濃，捨不得分開。

【霸陵折柳】形容送客遠行，兩相作別。

【天各一方】形容分離後各居一地，相隔遙遠。

【風流雲散】風吹雲散，蹤跡全無。比喻人生的離別。

【雁影分飛】比喻兩相離

別。

【悲歡離合】比喻人世間的聚散無常。

【拂袖而去】因不快而抽袖離去。

【不歡而散】因彼此在意見、言語上有衝突，引起雙方的不愉快而各自分散。

【不告而別】未事先告知便離開。

【生離死別】生時的分離與死亡時的永別。

【死生契闊】指生死離別。

【瓶墜簪折】比喻男女訣別。

【勞燕分飛】伯勞鳥與燕子離散，通常用於夫妻、情人分手。

【鏡破釵分】比喻夫妻關係破裂。

【別鶴孤鸞】形容夫妻離散。

【鳳泊鸞飄】夫妻離散。

【蘭因絮果】指雖有美好的前因，但終究離散。經常用於婚姻不美滿，始合終離。

【骨肉離散】形容親人家人四散分離。

巴奇車會說人話，在一場準備慷慨赴義生離死別的戲裡，女孩問他，巴奇，你怎麼哭了？巴奇趕忙說，不是啦，那是我又漏油了啦。（朱天心〈銀河鐵道〉）

十八歲女孩送別男子，兩人紅了眼眶。淚水落下來依依不捨的眼淚，一顆有一斤重，落到地上，把土地砸了個洞。（歐銀釧〈南風廚房〉）

原來三毛前不久也做東柏林一日遊，邂逅了一位在地英俊青年，短短幾小時就陷入熱戀，要分離了還難捨難分；在車廂兩側兩人互握著手不放，等著車門徐徐關上，直到閉合的剎那間，兩人的手才分開。（陳若曦〈東柏林的美食〉）

姊姊十三歲那年交了男朋友，隨即就被父母下達禁足令，寒假某一個雨夜，她不告而別，我們翻遍整個社區後，隔天清晨才在公園池塘裡發現她，當時姊姊懷裡還揣著情侶對鍊。從那之後，就只有我能見到姊姊了。（盧羿樺〈潛水練習〉）

友好

【一面之緣】見過一次面的緣分。

【一面之交】只有見過一次面的交情。比喻相交不深。

【一日之雅】一天的交情。比喻交情不深。

【一面之交】只有見過一次面的交情。比喻相交不深。

【泛泛之交】普通淺淡的情誼。

【一見如故】初次見面就相處融洽，如同老朋友一般。

【八拜之交】指結拜為異姓兄弟姊妹的朋友。

【生死之交】可以共生死，共患難的交誼。

【金蘭之契】情投意合甚至相互結拜的兄弟姊妹。

【刎頸之交】比喻可以同生共死的至交好友。

【君子之交】君子之間的交往。

【布衣之交】貧賤時交往的朋友或平民間的交往。

【總角之交】童年時期結交的朋友。

【竹馬之好】比喻幼年時的友誼。

【兩小無猜】稚齡男女，彼此天真無邪，毫無避嫌與猜疑。

【青梅竹馬】比喻從小就相識的同伴。

【形影不離】形容關係親密，無時無刻不在一起。

【點頭之交】見面點頭的交情，比喻淺淡的交情。

【志同道合】彼此的志趣和理想一致。

【忘年之交】不拘年歲差距的友誼。

【沆瀣一氣】彼此志同道合，意氣相投。多用於負面意義。

【車笠之盟】典出晉·周處《風土記》。指不因富貴貧賤而改變的友誼。

【孟不離焦，焦不離孟】形容形影不離的好友。

【酒肉朋友】只知聚在一起吃喝玩樂，而不能相互砥礪、患難與共的朋友。

【物以類聚】同類的人或事物常聚集在一起。

【同流合汙】隨世俗浮沉。後指與壞人一起做壞事。

【助紂為虐】幫助商紂王施行暴政，比喻協助惡人做事。

【朋比為奸】互相勾結做壞事。

【狼狽為奸】惡人相互勾結作惡。

【結黨營私】互相勾結以謀求私利。

【一丘之貉】比喻同黨小人。

【勢利之交】因權勢和財

利而結交的情誼。

【狐群狗黨】比喻相互勾結、為非作歹的人。

【金石至交】交情深厚，如金石般堅固的朋友。

【門無雜賓】家無雜亂的客人，指交友謹慎。

【呼朋引伴】招引朋友作伴。

【為虎作倀】典出《太平廣記》。被虎所食者化鬼之後幫助惡虎害人，比喻幫助惡人為害。

【相見恨晚】遺憾認識得太晚。形容一見如故，意氣相投。

【相知恨晚】憾恨相知不早。

【紅顏知己】知心的女性友人。

【氣味相投】雙方志趣、性情相投合。

【臭味相投】臭，ㄒㄧㄡˋ。形容人的興趣、性情相合。後多用於負面譏諷興趣、性情相合。

【患難之交】共同經歷困苦艱難而互相扶持的好朋友。

【莫逆之交】心意相契合而無所逆的朋友。

【管鮑之交】典出春秋齊國管仲與鮑叔牙的友誼。比喻相知的好友。

【聲氣相求】比喻彼此志同道合，志趣相同。

【水乳交融】水與乳融合在一起。比喻彼此關係密切，契合無間。

【如膠似漆】像漆和膠那樣地緊密相黏，比喻感情的堅固或親密。

【雲天高誼】形容情誼深重，直達雲天。

輪到下午班的時候，我們總會呼朋引伴地一起走那條路，沒有別的目的，只為了捉蟬。（簡媜〈夏之絕句〉）

看來瑞典人也不大有呼朋引伴、攀肩搭背的習慣（如法國人的沙龍性，或愛爾蘭、希臘的酒館、碼頭湊伴性）。他們與朋友稍聚一陣，又各自回到自己獨處的境地。（舒國治〈冷冷幽景，寂寂魂靈〉）

過一會兒，就有人上門探望，都是弄堂裡的，平時僅是點頭之交，並不往來，其時都是因好奇而來。看了嬰兒，口口聲聲直說像王琦瑤，心裡都在猜那另一半像誰。（王安憶《長恨歌》）

十二少雖與如花痴迷戀慕，但他本人，卻非「自由身」，因為陳翁在南北行經營中藥海味，與同業程

翁是患難之交，生活安泰之後，二者指腹為婚。十二少振邦早已有了未婚妻，芳名淑賢。（李碧華《胭脂扣》）

我以為我跟他有股相見恨晚的熟悉感，不由得有點愛上了他，其實是因為我見過他。我碰見他和林莉蓮一起走在臺北街上。（胡晴舫〈斷崖——時光的岩層〉）

因為這種地緣關係，從小我就和澡堂結下了不解之緣，對於澡堂風光乃至於大眾的洗澡文化知之甚詳。其中的趣味與人情得溫馨，都是現代化的浴室裡無法看到的，原因無他，因為只有在澡堂裡，大家才能真正的水乳交融，裸裎相見。原形既已畢露，再深的城府、再善變的心機，也都無從藏匿，要想不肝膽相照也難。（古蒙仁〈澡堂春秋〉）

對立

【割席分坐】典出《世說新語》管寧與華歆。比喻朋友因至不同道不合而絕交。

【割袍斷義】指原本友好的人絕交不再來往。

【管寧割席】典出《世說新語》，比喻朋友絕交。

【反目成仇】雙方從和睦的關係轉變成仇視敵對的狀態。

【一刀兩斷】比喻堅決地斷絕關係。

【不共戴天】比喻仇恨極深。

【勢不兩立】比喻敵對的雙方不能同時並存。

【針鋒相對】比喻相互對立，不相上下。

【勾心鬥角】比喻彼此明爭暗鬥，各用心機。

【水火不容】比喻互相對立，不能相容。

【爾虞我詐】形容人與人之間的互相猜疑，玩弄欺騙手段。

【黨同伐異】結合同黨，攻擊異己。泛指一切團體之間的鬥爭。

【扞格不入】扞，ㄏㄢˋ。比喻抵觸阻隔而不相合。

【格格不入】比喻抵觸阻隔而不相合。

【方枘圓鑿】枘，ㄖㄨㄟˋ；鑿，ㄗㄨㄛˋ。方圓器物形狀不合，用以比喻不能相容。

我被送去受教育之後，接受的價值觀念，可以說與父親的世界扞格不入；甚至可以說，我是被教育來敵視父親的那個時代。我走入了一個讓父親完全感到陌生的天地，一個與他的時代完全疏離、隔閡的天地。（陳芳明〈相逢有樂町〉）

上個禮拜才在巷口打過架的夫妻，現在和樂融融坐在一起，合打著一把蕉扇；不久前因為一點雞屎弄得反目成仇的兩位太太，各坐在廣場一邊，相當的楚河漢界。（張曼娟〈小板凳俱樂部〉）

我羨慕起那些活在電影裡的人，他們的辦公室裡有勾心鬥角、小圈圈，茶水間流竄的八卦耳語，還有在午休時間一起吃飯。像是《獨立時代》，電影插入的字卡「我們一起吃飯，好好聊聊」，Molly 跟琪琪在 Friday's 餐廳吃飯，普通而日常。還有插入字卡「主任下了班還扯著我聊」、「今天你怎麼突然約我吃飯？」，每每讓我猜想那個年代，人們靠得多麼近，卻又懷著多少心思猜疑彼此。（黃崇凱〈七又四分之一〉）

幫助

【拔刀相助】 出面替人打抱不平，或遇到事情時出力相助。

【濟人利物】 幫助他人，利益公眾。

【舉手之勞】 比喻極容易做到。

【樂善好施】 指人樂於施捨、行善，以助他人。

【疏財仗義】 重視義氣而肯施捨錢財。

【解囊相助】 輕財仗義，毫不吝嗇地捐助錢財給人。

【魯肅指囷】 囷，ㄐㄩㄣ。典出《三國志》，周瑜商請魯肅，資助軍糧。後衍伸為讚譽人慷慨解囊，幫助友人。

【相濡以沫】 典出《莊子・大宗師》，泉水乾涸，魚兒以口沫互相潤溼，比喻同處於困境，互相以微力救助彼此。

【雪中送炭】 在人艱困危急之時，給予適時的援助。

【扶傾濟弱】幫助有困難的人，扶助弱者。

【濟困扶危】救濟困苦，幫助危難。

【暗室逢燈】比喻身處困難時，得到旁人的幫助與指引。

【患難相扶】同處艱困的環境，互相幫助、彼此扶持。

【愛莫能助】原本指因為隱藏不顯，所以無法給予幫助，後指內心雖然想要幫助，但卻無能為力。

【孤立無援】指人沒有得到外力幫忙，只能獨自行動。

【幫虎吃食】幫助壞人行惡，助紂為虐。

【同惡相濟】惡人互相幫助，一起作惡。

賴雅是三十年代美國知名作家，曾在好萊塢寫過劇本，拿過每週起碼五百美元的高薪。依鄭教授解讀現存檔存文件所得，他該是個「疏財仗義」的人物。「疏財仗義」總不善理財。張愛玲回港趕寫劇本，「可能和當時賴雅體弱多病，手頭拮据有關。及至六十年代中葉，賴雅已經癱瘓……」（劉紹銘〈落難才女張愛玲〉）

與粉絲相對的，是知音。粉絲，是為成名錦上添花；知音，是為寂寞雪中送炭。杜甫儘管說過：「文章千古事，得失寸心知。」但真有知音出現，來肯定自己的價值，這寂寞的寸心還是欣慰的。其實如果知音寥寥，甚至遲遲不見，寸心的自信仍不免會動搖。（余光中〈粉絲與知音〉）

有些身世淒苦、終年飄泊的浪子，或是在旅途中遇上風浪盜匪或其他困難的商旅，還有些情場失意、寂寞傷心的年輕子弟，來到那酒肆藉酒澆愁，趙老闆總能體恤這些人的不幸，或解囊相助，或不厭其煩地陪他們挑燈對酌，傾聽這一切人世間的悲音苦水。（鄭丰《杏花渡傳說》）

恩義

【飲水思源】形容不忘本。

【黃雀銜環】典出南朝梁·吳均《續齊諧記》，比喻報恩。

【結草啣環】典出《左傳》。比喻受人恩惠，至死不忘報恩。也作「結草銜環」。

【恩重如山】形容恩德極重。

【一飯千金】典出漢·司馬遷《史記·淮陰侯傳》，指韓信未得製前，受漂母贈飯，後來以千金報答。比喻隆厚報恩。

【捨身報恩】犧牲性命以求報恩。

【恩將仇報】不只忘恩，還以仇惡對待有恩的人。

【忘恩負義】忘記有恩的人。

【辜恩背義】辜負他人對自己的恩惠與情義。

【兔死狗烹】完成事情之後，以惡行對待有功者。

【得魚忘筌】成功後就忘記幫助成功的事物，形容忘恩負義。

【鳥盡弓藏】捨棄幫助過自己的人。

【過河拆橋】過河後便將所仰賴的橋拆除，形容忘恩負義。

【數典忘祖】比喻人忘本。

【恩斷義絕】絕恩情道義。多指夫妻感情決裂而離異。

康熙沉默了好大一會兒，他對高士奇雖有懷疑卻並未查實，但此人心機多端，又似乎不宜重用。便隨口說道：「你暫時回避一下也好。熊賜履走了之後，國史館裡無人主持，你退出上書房，專心致志地去修史吧。」高士奇懸了幾年的心放下來了，連忙叩頭謝恩：「主子恩澤高厚，奴才結草銜環，無以為報……」（二月河《康熙大帝》）

她寧可卑賤地留在這裡，她要做一切勞苦而卑下的工作，以報答補償對她恩重如山的太太。（林海音〈燭〉）

為了這個目標，他從不曾因旁人的眼光而浪費力氣思前想後。與親友恩斷義絕，與同業爾虞我詐，向權勢行賄巴結，這些都沒有讓他感覺過懊悔或不值。直到死期將至的這一刻，他仍為當年這些必要手段所為他換得的成果感到自豪。（郭強生〈罪人〉）

韋小寶道：「是啊，這三道奏章，大逆不道之至，其實就是造反的戰書。皇上，咱們這就發兵，把三個反賊都捉到京師裡來，滿門……哼，全家男的殺了，女的賞給功臣為奴。」他本想說「滿門抄斬」，忽然想起阿珂和陳圓圓，於是中途改口。康熙道：「咱們如先發兵，倒給天下百姓說我殺戮功臣，說什麼鳥盡弓藏，兔死狗烹。不如先行撤藩，瞧著三人的動靜。若是遵旨撤藩，恭順天命，那就罷了；否則的話，再發兵討伐，這就師出有名。」（金庸《鹿鼎記》）

四 大自然

1 景物

景色

【春色滿園】園子裡充滿春天嬌美茂盛的景色。

【山明水秀】形容山水秀麗，風景優美。亦稱「山清水秀」。

【杏雨梨雲】杏花如雨，梨花似雲。形容春天景色美麗。

【春深似海】形容大地呈現出春光明媚，鳥語花香的情景。

【鳥語花香】鳥兒歌唱，花開芬芳。形容自然環境景色的美好。

【風花雪月】四時美好的景色。亦用於比喻浮華空泛的言情詩文。

【依山傍水】靠山臨水。形容風景清幽如畫。

【柳暗花明】形容綠柳成蔭，繁花似錦的美景。或比喻在曲折艱辛之後，忽然絕處逢生，另有一番情景。

【如花似錦】比喻環境風景美好。或形容人的未來前程光明。也可用於比喻穿著的服飾好似花朵或錦緞一般耀眼華美。

【曉風殘月】形容黎明時，晨風吹來，月猶未落的景象。

【湖光山色】湖水的波光，山中的景色。形容美好的自然風景。

【嶔崎磊落】山勢險峻多石的樣子。或比喻人品高潔，有骨氣。

【水落石出】冬季水位下降，使石頭顯露出來。形容水枯季節的自然景色。或比喻事情經過澄清而後真相大白。

【繁花似錦】色彩繁複的鮮花如同精緻華美的錦緞一般。形容美好的景色或美好的事物。

【傍花隨柳】形容春天的美麗景色。

【柳嚲鶯嬌】嚲，ㄉㄨㄛˇ，下垂的樣子。柳枝低垂，鶯聲婉轉。形容春天美好的景色。

【桃李爭輝】形容春天景色明媚。

【桃紅綠柳】桃花綻紅，柳枝垂綠，形容春天的景色多彩絢麗。

【春山如笑】形容春天的山景，彷彿笑容一般明媚。

【金風玉露】形容秋季的景物。

【秋高氣肅】深秋時分，天氣清朗，氣候寒冷。

我相信阿名是要到一個可以讓他再次返回純真小孩模樣的處所。在那裡，善事一定遠遠多過惡事，也一定鳥語花香風光明媚，完全不需要讓我再有任何憂心。（阮慶岳〈思念的人〉）

幾個女生圍著老師要照相，老師站起來：「不要坐搖椅照，像個糟老頭。」隨後走到陽臺邊，說：「這裡好，看起來依山傍水。」女生們一擁而上，像女兒又像情人那樣一個個偎在老師身旁。（林宜澐〈狹縫〉）

西北風未起，蟹也不曾肥，我原曉得蘆花總還沒有白，前兩星期，源寧來看了西湖，說他倒覺得有點失望，因為湖光山色，太整齊，太小巧，不夠味兒。他開來的一張節目上，原有西溪的一項；恰巧第二天又下了微雨，秋原和我就主張微雨裡下西溪，好教源寧去嘗一嘗這西湖近旁的野趣。（郁達夫〈西湖的晴雨〉）

第二日侵晨，覺得昨天在桐君觀前作過的殘夢正還沒有續完的時候，窗外面忽而傳來了一陣吹角的聲音。好夢雖被打破，但因這同吹觱篥似的商音哀咽，卻很含著些荒涼的古意，並且曉風殘月，楊柳岸邊，也正好候船待發，上嚴陵去；所以心裡雖懷著了些兒怨恨，但臉上卻只露出了一痕微笑，起來梳洗更衣，叫茶房去僱船去。（郁達夫〈釣台的春晝〉）

我曾經很喜歡在這一帶的巷弄中散步，偶爾抬頭，望見雲河街上一家四樓的陽臺上的紫藤花開得十分茂盛，紫花垂滿了整個陽臺，霎時覺得繁花似錦、人世安好。（韓良露〈大學之道在明其味〉）

天地

【天昏地暗】形容天色昏暗無光。

【一望無際】一眼望去看不著邊際。形容景色寬廣、遼闊。

【一隅之地】泛指狹小偏遠之地。

【赤地千里】形容災荒之後，廣大土地寸草不生的荒涼景象。

【漫無邊際】比喻非常寬廣、一眼望不到盡頭。或形容說話或寫文章離題太遠，抓不住重點。

【龍蟠虎踞】形容地勢雄偉險要。

【幕天席地】以天為幕，以地為席。指露天，或比喻胸襟高曠開朗，不拘行跡。

【彈丸之地】像彈丸一樣大小的地方。比喻狹小的地方。

【不毛之地】指堅硬瘠薄、不適種植五穀的土地。

【不食之地】不能耕種或開墾的土地。

【窮鄉僻壤】指偏僻荒遠的地方。

【沃野千里】形容土地肥美，而且面積廣大。

【膏腴之地】肥沃豐腴的地方。

【錦繡河山】形容國土山河彷彿精美的絲織品一樣美好。

終於，他在福建的最南疆找到了平和縣，這是交通不便的窮鄉僻壤，只有一條紅色的小路像微血管一樣，輾轉彎到廈門市，火車不及，更無飛機可達，所以傅老師縱使走過八千里路雲和月，也不會來到這個閩南瘴癘地。（林央敏〈在地圖上〉）

沒有人敢拍胸保證誰的人生可以無憂／沙漠能出現綠洲啊／不毛之地也能收割稻穀（落蒂〈悲傷十四

行〉）

就在那時候，她為了排遣心情開始跟老師們學畫，臺灣一處處氣象萬千的景色，都像是曾經臨摹過的長軸。她在清冷的雨夜裡展卷閱讀，寄情於暫時陷落的錦繡河山，時光變得舒緩起來。（平路〈百齡箋〉）

日月星辰

【日輪滿滿】形容圓而滿的太陽。

【烈日當空】指太陽高掛天際，天氣酷熱。

【赫赫之光】太陽的光芒耀眼。

【東曦既駕】太陽從東邊出來。

【月明星稀】月色明亮，星光稀疏，形容月夜的景象。

【月色如練】形容月光像柔軟潔白的絲絹。

【夜月如鏡】夜晚的月亮有如鏡子那般明亮。

【月光如水】形容月色皎潔。

【月色如洗】形容月色彷彿洗過一樣，皎潔明亮。

【芙蓉月印】月色照在芙蓉花上，形容詩意的景色。

【金烏玉兔】指太陽和月亮。

【日居月諸】指太陽和月亮。後來多用於形容感嘆光陰逝去。

【清風朗月】清涼的微風，皎潔的明月。

【風輕月皎】微風清涼，月色皎潔明亮。用以形容夜色優美。

【月白風清】月色明亮，微風清涼，形容月夜。

【星月交輝】星辰與月亮的光芒相互輝映。

遼帝營寨結好不久，叛軍前鋒已到，卻不上前挑戰，遙遙站在強弓硬弩射不到處。但聽得鼓角之聲不絕，一隊隊叛軍圍上來，四面八方的結成的陣勢。蕭峰一眼望將出去，但遍野敵軍，望不到盡頭，尋思：「義兄兵勢遠所不及，寡不敵眾，只怕非輸不可。白天不易突圍逃走，只願支持到黑夜，我便能設法救他。」但見營寨大木的影子短短的映在地下，烈日當空，正是過午不久。只聽得「呀呀呀」數聲，一群大雁列隊飛過天空。耶律洪基仰首凝視半晌，苦澀道：「這當兒非化身為雁，否則是插翅難飛了。」北院大王和中軍將軍相顧變色，知道皇帝見了叛軍軍容，已有怯意。（金庸《天龍八部》）

從學校晚讀回來時，往往是星月交輝了。騎車在碎石子路上，經過你偶去閒坐的那戶竹圍，不免停車，將車子依在竹林下，彎進去，燈火守護著廳廳房房，正是人家晚膳的時刻。（簡媜．〈漁父〉）

且說魯智深自與武松在六和寺中一處歇馬聽候。看見城外江山秀麗，景物非常，心中歡喜。是夜，月白風清，水天共碧。二人正在僧房裡睡。至半夜，忽聽得江上潮聲雷響。魯智深是關西漢子，不曾省得浙江潮信，只道是戰鼓響，賊人生怯，跳將起來，摸了禪杖，大喝著便搶出來。眾僧吃了一驚，都來問道：「師父何為如此？趕出何處去？」魯智深道：「洒家聽得戰鼓響，待要出去廝殺。」眾僧都笑將起來道：「師父錯聽了。不是戰鼓響，乃是錢塘江潮信響。」（明．施耐庵《水滸傳．第一一九回》）

雲霧山嵐

【煙嵐雲岫】 岫，ㄒㄧㄡˋ。比喻山間雲霧瀰漫、繚繞。

【嵐翠鮮明】 翠綠潔淨的山中嵐霧之氣。

【烏雲密布】 濃黑的雲遮蔽了天上的太陽，形容天氣陰霾的樣子。

【霧鎖雲埋】 形容被雲霧遮蔽籠罩的樣子。

【雲興霞蔚】 形容雲霧彩霞升騰聚集。

【風輕雲淨】 形容天色晴朗。

鄰居老爹道：「當年遲先生買了多少的傢伙，都是古老樣範的，收在這樓底下幾張大櫃裡，而今連櫃也不見了！」蓋寬道：「這些古事，提起來令人傷感，我們不如回去罷！」兩人慢慢走了出來。鄰居老爹道：「我們順便上雨花臺絕頂。」望著隔江的山色，嵐翠鮮明，那江中來往的船隻，帆檣歷歷可數。那一輪紅日，沉沉的傍著山頭下去了。兩個人緩緩的下了山，進城回去。（清．吳敬梓《儒林外史．第五十四回》）

想起嬌妻愛兒，他勉力站起身來，跌跌撞撞，倒下又爬起來的往密林邊緣踉蹌而去。勉強來到林木稀疏的邊緣處，終於支持不住，倒了下來。也不知道昏迷了多久，醒過來時，車輪摩擦雪地的噪音傳入耳際。他睜目一看，只見林外往大梁的官道處有一隊騾車隊經過。陽光早消失了，天空烏雲密布，正醞釀另一場大雪。項少龍知道此刻正是生死關頭，覷準無人注意，勉力竄了出去，趕到其中一輛騾車後，爬上車子，鑽入布帳緊蓋的拖車去，倒在軟綿綿似是麥子一類的東西裡。然後失去了一切意識。

（黃易《尋秦記》）

山水

【山重水複】山巒重疊，流水迴繞。形容地形複雜。

【層巒疊嶂】山峰重疊，連綿不斷。

【龍飛鳳舞】形容山勢蜿蜒起伏，氣勢磅礡。也形容書寫時筆勢生動。

【巔崖峻谷】形容山勢險峻，懸崖陡峭，山谷深峻。

【洞天福地】形容環境極為優美舒適的名山勝境。

【驚濤駭浪】風浪猛烈。

【怪石嶙峋】石頭多且奇形怪狀。

【並概青雲】形容山勢高俊，彷彿與天雲齊平。

【春山如笑】形容春天山景彷彿笑容一般明媚。

【水闊山高】水域寬廣，山勢高聳。

【倒海翻江】形容水勢盛大，波浪翻湧的樣子。

【浩浩湯湯】形容水勢盛大壯闊。

【水光瀲灩】形容水面波光閃爍。

【水天一色】形容水天相連同色，遼闊無邊。

【靈山秀水】指清幽的山水聖地。

【山明水秀】山水秀麗。

【氣勢磅礴】形容山水氣勢雄偉盛大。

【剩水殘山】形容山水景物的凋枯。或比喻戰敗後的破碎山河、淪陷的國土。

在中原內地就不同了，山重水複、花草掩蔭，歲月的迷宮會讓最清醒的頭腦脹得發昏，晨鐘暮鼓的音響總是那樣的詭祕和乖戾。（余秋雨〈陽關雪〉）

初到的日子，我為山城的美妙風光眩迷了。嘉陵江、揚子江的匯合處，江流浩蕩，水天一色，雲間一隻盤旋的蒼鷹，以那麼有力的弧線，為我年輕的心靈劃出了軌跡。（張秀亞〈花與車〉）

我們繼續沿着長廊走，所謂奢華，如此即是。長廊兩邊是一潭荷花，有錢人就是有錢人，不知道怎麼弄的，我感覺這荷花是天天開放，讓人迷醉。還有悠揚歌聲。往前走，便是後花園。此時陰森。月光下怪石嶙峋，而且植物完全不知名。（韓寒《長安亂》）

花草樹木

【奇花異草】指珍奇的花草。

【瑤草琪花】仙境中的花草。亦比喻珍奇的花草。

【爭奇鬥豔】指百花爭相開放爭豔。

【奼紫嫣紅】形容各種顏色的花開得鮮豔嬌美。

【花團錦簇】花朵錦繡聚集在一起。形容繁花茂盛。或形容文章或事物繁複華麗的景象。

【欣欣向榮】草木生長繁盛的樣子。或比喻事物蓬勃發展、繁榮興盛。

【蔥蔥郁郁】形容草木生

長得青翠而茂盛。

【落英繽紛】語出陶淵明〈桃花源記〉。形容落花飄落的美景。

【綠肥紅瘦】形容草木茂盛，但花朵凋謝。

【盤根錯節】樹木的根株盤曲、節目交錯。比喻事情複雜，不易分解。

【林蔭蔽天】形容林木茂盛，遮蔽天空。

【蒙籠暗碧】形容樹木茂盛、顏色青綠。

【瓊枝玉樹】形容被冰雪覆蓋的樹木。

【花木扶疏】形容花草樹木枝葉繁茂的樣子。

【秋風落葉】秋風吹起，樹葉凋零。也比喻勢力強大，掃除一切。

玻璃杯中的桑椹汁，純淨、豔麗的紫紅，是春天的姹紫嫣紅在水杯中留連徘徊，迴盪著關於燦爛與平淡，勞動與收穫的記憶，也滋養著，未曾說出口的鄉思。（鄭麗卿〈桑椹〉）

以前她使用的花材都從店街上買來，滿手的紅紅白白，回到家還要趕著添水剪裁，很像為了歡度新來的節慶，插完了瓶瓶罐罐，剩下的甚至還弄得出一盆一缸，滿屋子爭奇鬥豔地喧鬧著，缺點是一起開花也一起凋謝，彷彿過完盛夏馬上來到了冬天。（王定國〈一日花〉）

奇花異草處處，花園中心有盛開著荷花的遼闊池塘，沿著池間的小徑望去，可以看見遠遠一座尖頂的溫室，大叔領路，帶著他們前行，「我帶了一群學生在溫室做實驗，培養牛蛙與樹蛙。」（陳雪〈歧路花園〉）

所以我就越流連於大甲溪的堤頂了，頓覺走在文學的路上很像探尋桃花源，沿溪行而忘路之遠近，芳草鮮美，落英繽紛，一路行來的溪隨時匯入不同的支流，無論遭遇什麼樣的地形，自會以最優雅的身姿擁抱。（路寒袖〈夢中，發光的溪〉）

2 氣象

風

【風雨如晦】風雨交加，天色昏暗，猶如黑夜。

【飛砂走石】形容風力迅猛。也作「飛砂走礫」、「飛砂揚礫」。

【風雨飄搖】受風雨的吹打而搖晃。或比喻時局動盪不安，極不穩定。

【急風暴雨】來勢急劇猛烈的風雨。或形容聲勢浩大。

【和風細雨】和煦微風、細柔小雨。或比喻人態度和緩、不粗暴。

【斜風細雨】細密的小雨隨風斜落。形容春天煙雨迷濛的情景。

【風輕雲淡】微風輕柔，浮雲淡薄。形容天色晴朗。

【和風細雨】和煦的微風與小雨。或比喻人態度和緩的樣子。

【春風化雨】指適合草木生長的和風及雨水，亦可比喻師長和藹親切的教導。

【風平浪靜】無風無浪。或比喻平靜無事或情勢穩定。

八月從新疆一路南下到了敦煌，天氣乾熱，覺得隨時可以飛砂走石起來。敦煌稍有綠意，一些在乾旱土地裡頑強生長的紅柳，也成排成林了。（蔣勳〈鞋〉）

梅雨潮濕時嫘縈容易發霉。米亞憂愁她屋裡成缽成束的各種乾燥花瓣和草莖，老段幫她買了一架除濕機。風雨如晦，米亞望見城市天際線彷彿生出厚厚墨苔。（朱天文〈世紀末的華麗〉）

旁觀者往往只注意結果而忽略了過程，只有我們曉得，離開澎湃海水後，丁挽和漁人都已失去了風采和美麗。粗勇仔站在丁挽身邊一臉徬徨，我們無法多說什麼，因為我們經歷了一場在岸上或風平浪靜的港內無法敘述和解釋的過程。那是一場濤天巨浪般的演出，沒有劇本、沒有觀眾，那是一場遠離人

群的演出。（廖鴻基〈丁挽〉）

雨

【風雨如晦】風雨交加，天色昏暗，猶如黑夜。

【大雨滂沱】形容雨勢盛大。或作「滂沱大雨」。

【大雨如注】雨勢大且急，雨水如灌注一般從天而降。

【大雨傾盆】形容雨勢大且急。

【蟻封穴雨】螞蟻聚集於蟻穴口，是下大雨的前兆。

【和風細雨】和煦微風、細柔小雨。或比喻態度和緩、不粗暴。

【斜風細雨】細密的小雨隨風斜落。形容春天煙雨迷濛的情景。

【春風化雨】指適合草木生長的和風及雨水，亦可比喻師長和藹親切的教導。

【風雨飄搖】受風雨的吹打而搖晃。或比喻時局動盪不安，極不穩定。

【急風暴雨】來勢急劇猛烈的風雨。或形容聲勢浩大。

她想找個地方坐下來聊天，我莫名想起了溫州街裡的咖啡館。許是因那陰錯陽差的地名，那股想帶她踏上溫州街的衝動，竟暫時壓過了對迷路的恐懼。我偽裝出熟門熟路的模樣，像提着盾牌與劍的年輕勇士，在大雨滂沱之中，領她闖進了溫州街的結界裡。（張容兒〈從溫州到溫州街〉）

第二天，喬琪接二連三的向薇龍打電話，川流不息地送花，花裡藏著短信。薇龍忙著下山到城裡去打聽船期，當天就買了票。梁太太表示對她的去留抱不干涉態度，因此一切都不聞不問。薇龍沒有坐家裡的汽車，走下山去搭了一截公共汽車，回來的時候，在半山裡忽然下起傾盆大雨來。陡峭的煤屑路上，水滔滔的直往下衝，薇龍一面走一面擰她的旗袍，絞乾了，又和水裡撈起的一般，她前兩天就是風寒內鬱，再加上這一凍，到家就病倒了，由感冒轉了肺炎；她發著燒，更是風急火急的想回家。

（張愛玲《沉香屑．第一爐香》）

天氣、氣候

【天高氣爽】天空晴朗，氣候清爽。

【風和日暖】微風和暢，日光溫暖。形容天氣很好。

【風和日麗】微風和煦，陽光明麗。形容天氣晴好。

【風輕雲淡】微風輕柔，浮雲淡薄。形容天色晴朗美好。

【風恬日朗】沒有風，晴朗的天氣。

【風日晴和】天氣晴朗的樣子。

【晴空萬里】形容天氣晴朗，萬里無雲的樣子。

【響天大日】形容天氣晴朗。

【萬里無雲】天氣晴朗，藍天上沒有雲遮擋。

【火燒火燎】形容夏季天氣酷熱。

【流金鑠石】形容氣候炎熱，彷彿能把金屬和石頭給鎔化。

【焦金流石】將金屬或石頭都曬到燒焦、鎔化。形容天氣極度乾旱、炎熱。

【風定天晴】風已平靜，天氣轉晴。引申可形容否極泰來。

【一雨成秋】在下雨後，炎天變得如秋天一般涼爽。

【秋高氣爽】深秋天空清朗，氣候涼爽。

【冰天雪地】形容氣候嚴寒。

【雪虐風饕】形容風雪交加，天氣嚴寒的樣子。

【天寒地凍】天氣寒冷極了。

【滴水成冰】滴下的水很快就結成冰。形容天氣非常寒冷。

【乍暖還寒】氣候冷熱不定，忽冷忽熱。

【陰晴不定】形容天氣忽陰忽晴不穩定的樣子。意可以用於比喻人的脾氣或情緒喜怒無常的樣子。

【變化無常】形容變化多端，難以預測的樣子。在此用於天氣變化多變難測。

【雨過天青】雨後初放晴時的天色。或比喻情況由壞轉好。

【風調雨順】風雨及時而適量。形容豐年安樂，天下太平的景象。

【烏雲密布】形容黑雲滿布天空，天氣陰霾。

【凄風苦雨】形容天氣惡劣。

【盛暑祁寒】最炎熱與最寒冷的季節。形容天氣狀況極為惡劣。

【月黑風緊】沒有月光，風勢很強的夜晚。形容夜晚的天候惡劣。

在風和日麗的微風吹拂下，他們看到大海，也以為大海是他的朋友，於是準備一躍而下，去掌握屬於他的美好夏日。但他不知道跳水跟摩托車的油門不一樣，跳水沒有回油減速的機會，也沒有煞車的可能。（林文騰〈跳吧！夏天〉）

今天晚上的月亮比哪一天都好，高高的一輪滿月，萬里無雲，像是漆黑的天上一個白太陽。遍地的藍影子，帳頂上也是藍影子，她的一雙腳也在那死寂的藍影子裡。（張愛玲〈金鎖記〉）

沿著小路來到村子盡頭，門窗緊閉的農家後院寬敞，秋高氣爽的傍晚若沒有警車此起彼落刺耳的聲響，眼前農家、草原、樹林以及河岸那層次分明的意象想必如詩如畫，正前方禁止進入的封鎖線卻正將農家與前方那塊嬰兒哭聲愈加響亮的邊境田野，大剌剌地區隔成兩個截然不同的世界。（張雍〈韌性被拉扯至極致的生命〉）

北平近郊豐台一帶，有技術高超的菜農，向陽挖掘地窖，有時兼用火烘。在嚴冬地凍、滴水成冰的季節裡，能培養出黃瓜、扁豆、香椿一類細巧果蔬，專供御用，老百姓是難得一嘗的。（唐魯孫〈清宮膳食〉）

嚴冬剛剛過去，雪線才褪到半山腰，草芽還沒有破土，樹枝還沒有泛綠，赤裸的紅土地還沒有恢復生機。那些食草類動物，都遷移到遙遠的四季如春的古戛納河的下游過冬去了，還沒有回來。對食肉類動物來說，乍暖還寒的早春季節確實是個春荒難關，很難找到食物。（沈石溪《一隻獵雕的遭遇》）

這年頭稻農們最擔心的，反而是稻米過剩。每年若風調雨順，供過於求的問題隨即浮現。稻米一多，米價順勢反映市場機制，米賤傷農的悲劇就會上演。（劉克襄〈我的稻米主張〉）

還有一次環島騎腳踏車，淒風苦雨，夥伴幾乎失溫，我詢問路邊一家麵包店能否借處更衣，店主人不僅燒一頓好飯宴客，還熱心挽留住宿。那時，我們都說米好吃，菜好吃，好山好水好一塊土地人情。（連明偉〈食米〉）

3 時間

長

【天長地久】天地永恆無窮的存在。

【天荒地老】形容時間的久遠，亦作「地老天荒」。

【窮年累月】形容終年無盡期。

【億萬斯年】形容時間長久。

【不日不月】不能以日月來計算，形容漫長，沒有期限。或比喻不選擇時日。

【經年累月】經過很長的時間。

【一日三秋】雖只一日不見，卻好像隔了好久的時間。比喻思念心切。

【度日如年】過一天如過一年般的長。比喻日子不好過。

【一年半載】一年或半年，多指一段不確定長短的時間。

【三年五載】數年。

【河清難俟】黃河之水難有清澈的時候，用以形容時光漫長，難以等待。

【春日遲遲】形容春日時光漫長。

【長天老日】形容白天漫長。也作「長天大日」。

他們與小島抗爭、與海逆航、與冰雪搏鬥、與漫長黑夜熬度、與無人之境來自我遺懷，與隨時推移之如洗碧落來頻於接目而致太過絕美終至只能反求諸己而索性了斷自生與那地老天荒同歸於盡。（舒國治〈冷冷幽景，寂寂魂靈〉）

總在身後的陽光，不是意象上的借喻，只是剛好居住在一座北方的城，經年累月的通勤，投身到文字工作的天羅地網裡。（廖志峰〈字裡行間的生活〉）

大人活得辛苦，嬰幼兒更是朝不保夕。孩子生下來會先養個一年半載，直到養出一些元氣，估計應該能夠養活，才去報戶口。（吳敏顯〈天送仔〉）

寶玉道：「我也正為這個要打發茗煙找你，你又不大在家，知道你天天萍蹤浪跡，沒個一定的去處。」湘蓮道：「這也不用找我。這個事不過各盡其道。眼前我還要出門去走走，外頭逛個三年五載再回來。」寶玉聽了，忙問道：「這是為何？」柳湘蓮冷笑道：「你不知道我的心事，等到跟前你自然知道。我如今要別過了。」寶玉道：「好容易會著，晚上同散豈不好？」湘蓮道：「你那令姨表兄還是那樣，再坐著未免有事，不如我迴避了倒好。」（清．曹雪芹《紅樓夢．第四十七回》）

短

【瞬息之間】一轉眼一呼吸之間。比喻極短的時間。

【一時半刻】一下子、突然。指極短的時間。

【彈指之間】形容時間極短暫，或形容時間過的很快。

【漏刻之間】形容時間極短暫，不過計時器上一刻度的時間。

【立談之間】比喻極短暫的時間。

【坑灰未冷】形容時間匆促短暫。

【俯仰之間】短暫的時間。

【半日片刻】形容時間短暫。

【日不移晷】日影都沒有移動，形容時間短暫迅速。

【一朝一夕】朝，是早晨；夕，是傍晚。朝夕之間，形容時光短暫。

【一時一刻】形容極短暫的時間。

【驚鴻一瞥】比喻美人或美好的事物如受驚而飛的鴻雁般短暫出現。

【朝生暮死】早上才出生，晚上就死亡。比喻生命極短暫。

【更長漏永】形容漫長的夜晚。更，古代夜間的計時單位，一夜分五更。漏，指漏壺，古代盛水滴漏的計時器。

李莫愁撞了個空，一個筋斗，骨碌碌的便從山坡上滾下，直跌入烈火之中。眾人齊聲驚叫，從山坡上望下去，只見她霎時間衣衫著火，紅焰火舌，飛舞身周，但她站直了身子，竟是動也不動。眾人無不駭然。小龍女想起師門之情，叫道：「師姊，快出來！」李莫愁挺立在熊熊烈火之中，竟是絕不理會。瞬息之間，火焰已將她全身裹住。突然火中傳出一陣淒厲的歌聲：「問世間，情是何物，直教以身相許？天南地北……」唱到這裡，聲若游絲，悄然而絕。（金庸《神鵰俠侶》）

麻子怒道：「三哥，你還跟他囉唆什麼？快開了他的胸膛，掏出他的心來祭大哥在天之靈，不就完了麼？」邊浩沉著臉道：「老七，你這話就不對了，我們兄弟要殺人，總要殺得光明正大，不但要叫天下人無話可說，也要叫對方口服心服。」瞎子悠然道：「不錯，我們既已等了十七年，又豈在乎多等一時半刻。」他將這句話又說了一遍，別人也就不能再說什麼了。獨眼婦人道：「那麼老三，你的意思還想怎麼樣呢？」邊浩道：「我們不但要先將話問清楚，還要找個外人來主持公，若是人人都說鐵某人該殺，那時再殺他也不遲。」（古龍《多情劍客無情劍》）

棠倩梨倩考慮著應當不應當早一點走，趁著人還沒散，留下一個驚鴻一瞥的印象，好讓人打聽那穿藍的姑娘是誰。（張愛玲〈鴻鸞禧〉）

流逝

【電光石火】閃電呈現的亮光，火石擊發的火光。比喻轉瞬間即逝。

【歲月如梭】形容時光迅速消逝。也作「歲月如流」。

【日月如梭】太陽和月亮的交替運行，就像織布的梭子，來回不停地穿梭。形容時光迅速消逝。

【流光瞬息】形容時間短促如光，很快就過了。

【兔走烏飛】傳說月中有玉兔，太陽裡有金烏。比喻日月運行，光陰快速流逝。

【急景流年】形容光陰易逝。

【過眼雲煙】比喻事物消逝極快，不留痕跡。

【稍縱即逝】稍一放鬆，便會失去。形容時間或機會很容易錯失。

【彈指之間】形容時間過的很快，或形容極短暫的時間。

【斗轉星移】表示時序移轉，光陰流逝。

【白駒過隙】快馬從縫隙一下子就奔馳過去。比喻時間過得很快。

【駒影電流】形容時間如日影、光電一般，過得很快。

【光陰似箭】形容時光如飛箭般迅速消逝。

【寒來暑往】時光流逝。

【日復一日】一天又一天。形容時間的消逝、流轉。

【暮去朝來】黃昏過去，清晨到來，形容時光流逝。

【物換星移】形容時序景物變遷、世事更替。

【樹猶如此】樹木尚且有這麼大的變化。多用以感嘆時光的流逝。

【淪胥而逝】形容時光一去不回頭。

【寸陰若歲】形容時光消逝的速度緩慢。

胡斐叫了聲：「好！」先自守緊門戶，要瞧明白她鞭法的要旨，再謀進擊，忽聽得「必卜」一聲，殿中的一段柴火爆裂開來，火花四濺，霎時之間，火花隱滅，殿中黑漆一團。這時雨下得更加大了，打在屋瓦之上，刷刷作聲，袁紫衣的鞭聲夾在其間，更是隆隆震耳。胡斐雖然大膽，當此情景，心中也不禁慄慄自危，猛地裡一個念頭如電光石火般在心中一轉：「那日在佛山北帝廟中，鳳天南要舉刀自殺，有一女子用指環打落他的單刀。瞧那女子的身形手法，定是這位袁姑娘了。」想到此處，胸口更是一涼：「她與我結伴同行，原來是意欲不利於我。」不知怎地，心中感到的不是驚懼，而是一陣失望和淒涼……（金庸《飛狐外傳》）

如果鏡子是無心的相機，所以健忘，那麼相機就是多情的鏡子，所以留影。這世界，對鏡子只是過眼雲煙，但是對相機卻是過目不忘。（余光中〈誰能叫世界停止三秒？〉）

一段又一段中國當代的黑白紀錄片，如過眼雲煙，程緯的父親呷了一口熱湯，放下碗，嘆說：「就這樣過了十年。」（林超榮〈薔薇謝後的八十年代〉）

惠嘉當然看見了余守恆臉上那抹稍縱即逝的笑，看見正行驚愕得說不出話來的表情。她也感到吃驚，或者是惆悵，或者什麼都混雜在一起了難以言說的情緒，於是她停下車來，目送兩個男生遠去的身影。（許正平〈光年〉）

連載是項奇特的制度，連載打破小說獨立自主的時間意識。小說時間與現實生活時間平行流淌著，而且不斷地互相指涉。現實生活無窮無盡日復一日地走下去，於是小說似乎也就會同樣地無窮無盡日復一日連載下去。（楊照〈懷念連載時代〉）

晨昏晝夜

【旭日東升】 清晨太陽從東方升起，也作「旭日初升」。

【紅日當午】 時間接近中午。

【三更半夜】 凌晨十二點左右，指深夜。也作「深更半夜」。

【漏盡更闌】 漏，漏壺，古代盛水滴漏的計時器。更，古代夜間的計時單位，一夜分五更。形容深夜。

【鐘鳴漏盡】 形容夜深時分。

【三更四鼓】 深夜時分。

【亭午夜分】 中午與半夜。

【夜以繼日】 夜晚接續白天，晝夜都不歇息。亦用來形容工作勤奮，日夜不停。

【通宵達旦】 一整夜到天亮。亦可形容徹夜工作。

【申旦達夕】 從夜晚到凌晨，又從凌晨到夜晚，形容日夜不止。

【自昕至夕】 昕，ㄒㄧㄣ，早晨。從早到晚的意思。

「你不用上班？」紀元意外。「我已退休。」紀元吃一驚，「陳叔叔曉得嗎？」李育臺微笑，「我相信他已心中有數。」然後紀元想到一個最現實的問題：「我們夠錢用嗎？」李育臺肯定地說：「夠。」這是不幸中的大幸。事實上李育臺此刻最後悔的是婚後用太多的時間來賺錢，時時三更半夜才自辦公室回來，很多時候只能推開女兒房門看一看她睡著了的面孔。為了使妻女生活安定舒適，他付出很大代價。現在他願意提早退休來陪著紀元。在紀元有她自己的生活之前，他做此決定，未嘗不是明智之舉。將來，他即便想陪她，她也會嫌他過分關懷。（亦舒《如何說再見》）

我們跨下的馬匹，在日以繼夜無止境的奔跑之中，早已變成毛髮覆面形銷骨損的野獸。它們在一種生存本能的茫然恐懼中挨靠著馬身。（駱以軍〈神棄〉）

帶兩三個年輕朋友，芠芠一路學習，明快處事，溝通「促參法」事宜，落實建築設計，推動工程進度，日以繼夜，竟然把房子蓋好了，竟然沒有病倒……或者，還沒有時間病倒。（林懷民〈阿桃去旅行〉）

某日附近的小廟忽然通宵達旦地演戲，幸而沒用麥克風，音量不大，但是鑼鼓嗩吶還是夠熱鬧的了。（柯裕棻〈戲班子〉）

過往與將來

【事過境遷】事情過了，環境也已改變。

【時過境遷】時間流走，境況也隨之改變。

【錦繡前程】充滿希望的美好前途。

【一生一世】一輩子。

【前途未卜】未來的情景難以預測。

【來日方長】將來的日子還很長。

【立時三刻】立刻、馬上。也作「立時立刻」。

王琦瑤幽然答道：你一直要請我吃飯，今天請好不好？這話就好像將他的軍，其實彼此都明白這請吃飯的含義，卻總是一個要一個不要。時過境遷，換了位置，還是一個要一個不要。他將臉對著窗簾站了一會兒，轉身出了房間。（王安憶《長恨歌》）

不知誰說的，大學是人生的黃金時代，但到了大三，已是夕陽無限好了。因為過了這個暑假，到了明年驪歌唱罷，出得校門，就前途未卜了。（逯耀東〈餓與福州乾拌麵〉）

誰知道呢那時候，我不期待錦繡前程，未來緊緊揣在手裡，手心眉心都半信半疑，誰願意接手我都能給出去的。（柯裕棻〈流雲〉）

這不是二十年前的藝專校園，穿著綠軍衣坐在孔子雕像下靜靜抽菸，等著紮馬尾的她從舞蹈教室出來，然後伴隨她回到永和竹林路家居。她在深秋時，總愛穿紅色的短大衣，有時要他先拿著，甜美的反手把馬尾放了下來，漂亮的長髮深深魅惑他自以為就是一生一世相攜。（林文義〈去伊斯坦堡之路〉）

五 事物情狀與數量

1 發展變化

盛衰

【否極泰來】 情況由壞逐漸好轉。

【風吹草動】 風吹起，草木搖動。比喻輕微的動靜變化。

【蒸蒸日上】 一天一天興盛發展，形容事物不斷地進步發展。

【方興未艾】 比喻事態正在蓬勃發展，沒有停止。

【如火如荼】 形容事物進行或氣氛的熱烈。

【雨後春筍】 比喻事物在某一時期新生之後大量湧現，迅速發展。

【欣欣向榮】 草木生長繁盛的樣子。或比喻事物蓬勃發展、繁榮興盛。

【急轉直下】 情況迅速轉變，並且順勢發展下去。

【江河日下】 江河之水日益奔流而下。比喻情況日漸敗壞。

【每下愈況】 比喻情況愈來愈壞。

【殘燈末廟】 燈會、廟會的會期將盡。比喻繁華景況或事態已衰頹難挽。

【強弩之末】 比喻原本強大的力量已經衰竭，不能再發揮效用。

我接過點燃的煙，慢慢吸了一口，居然很順利，等到我吞進去，事情便急轉直下了。首先被煙嗆得鼻涕眼淚都滾出來，接著臉頰發燙，還咳得心口作疼，真是出盡了洋相。（陳若曦〈酒和酒的往事〉）

我猶記得那年夏日的鬱燠，記得晝時遠方的蟬鳴，夜間的蚊蟲，風吹來像上了一層糖漿，空氣裡黏膩

腥甜的氣息。這世界又大又滿，我猶記得那年太平洋彼岸的花都如火如荼的足球賽。那是我第一年看世足。（姚秀山〈紙足記〉）

二〇〇五年，臺灣加入國際反恐同日的聯合遊行，同志活動未艾方興，媒體卻像篩子般過濾消息，一切就像一顆即溶顆粒無色無味消失在每個家庭電視裡。（謝凱特〈我的蟻人父親〉）

那時日軍已是強弩之末，但猶做著困獸之鬥，常常空襲重慶及附近的縣分。我是個夜間工作者，每個上午，需要酣眠。但重慶的晴天，每每在早晨便是赤日當空，正是敵機欲來之時。王萬年每個上午，總是站在樓頭，聚精會神的為我注意情報。（張秀亞〈山城之子〉）

況且南方盛產甘蔗，蔗糖在質與量上都優於甜菜糖，南人當然毋須多此一舉，另假外求。因而根莖種的甜菜止於北地，沒有繼續向南發展；倒是葉菜種甜菜自北而南欣欣向榮，深入各地園圃，成為中國民間的日常食蔬。（蔡珠兒〈甜菜正傳〉）

這幾年，外地朋友約我上臺南咖啡館，一間比一間離奇，先是老屋、古厝雨後春筍般被改建成茶館、咖啡館、民宿，現在就連老房子也不那麼容易找到了。（賴香吟〈雨豆樹〉）

等到時序一交立秋，什剎海的荷花市場已經是秋蟬噎露，殘燈末廟時期，可是依然有人架上支子生起火來，大賣烤肉。（唐魯孫〈添秋膘·吃螃蟹·爆烤涮〉）

始終

【一了百了】 主要的事了結，相關的事也隨之了結。

【一觸即發】 事情即將開始，只差一個觸動契機。

【虎頭蛇尾】 做事起初聲勢浩大，後來卻無聲息。比喻做事有始無終。

【有始無終】 有開頭而無

收尾。比喻做事半途而廢，不能貫徹到底。

【徹頭徹尾】從頭到尾、完完全全。

【無疾而終】沒有任何原因就結束。

【從頭到尾】從開始到結束。

【來龍去脈】比喻事情的首尾始末。

【前因後果】事情的起因和結果。

【水到渠成】水流過處自然成渠。比喻事情自然發展，最終順利完成。

【落葉歸根】樹葉凋謝後，落回根處。比喻事物最後終須返回本源。亦作「落葉歸根」。

【自生自滅】自然開始，自然結束滅。比喻任其自然發展，不加干預。

回到家燈也懶得開，一屁股坐到沙發上閉目澄心沉思，不是修為什麼，也不是打坐，只是徹頭徹尾從盤古渾沌初開一直想到剛才計程車司機的那段話：走那條？（張拓蕪〈脫胎換骨照直走〉）

在洛杉磯念書期間，確有跟老外交往的經驗，但都只約會一兩次便無疾而終。一次是日本學生。我一邊念研究所一邊當助教，他是大學部學生，但看起來比同學們大一點，我也搞不清楚跟我差幾歲，想必比我年輕。（宇文正〈筷子〉）

德齡從頭到尾都不知道我和小葉的事，我們每天晚上仍是手拉手去學校附近的麵攤吃飯。德齡的身分確鑿，大大方方地將我們的關係展示給系上學生看。（周丹穎〈前夏之象〉）

山豬和獵人之間的衝突一觸即發，而莫那則乘此機會把槍口對準持槍獵人的胸口，在心臟的位置。憤怒已極的山豬，不斷抬起短短的前腿在原地踏步。當牠把身子壓低，強而有力的後腿，就帶著牠往獵人站立的方向衝去。（嚴云農《賽德克．巴萊》）

從原本詩文全集的序言，轉向直探全集背後的文化源頭，捨掉原來單一作品集的概述框架，上探宋代士大夫政治文化的背景研究，這樣的出版因緣，可遇不可求。從開始醞釀，到最終的水到渠成，花了三年多的時間，一點也急不得。（廖志峰〈機械複製的時代〉）

金水一想起這件事情的前因後果，心裡比金水嬸還難過。他是一個安於現實的人，一生沒有賺過什麼錢，所以對錢一向也很謹慎小心。對於家裡吃的用的，有一點錢時他就掌家，沒錢時他就一丟不管了。而他這一生，沒錢的時候遠遠多於有錢的時候。（王拓〈金水嬸〉）

京都車站不大旅客卻很多，她們各自提著大皮箱，嬸婆的皮箱裡放著父親的骨灰，她打算將它安置到東本願寺哩，落葉歸根，完成她多年的心願。（周芬伶〈絕美〉）

快急慢緩

【風馳電掣】像風那樣奔跑，像電光那樣急閃而過。形容速度極快。

【電卷星飛】比喻快速。

【雷厲風行】像打雷般猛烈，如颳風般快速。比喻政令或人行事嚴格迅速。

【突飛猛進】急速飛騰，猛烈的向前躍進。比喻發展進步得很快。

【措手不及】事情發生太快，讓人來不及準備應付。

【迫不及待】情況急迫，不能再等。或指心情急切，不願等待。

【迫在眉睫】形容事情急迫。

【間不容髮】距離十分相近，中間不能容納一絲毫髮。比喻情勢危急。

【一日千里】良馬一日能行千里之遠。形容速度極快，或比喻進步或進展迅速。

【密鑼緊鼓】快而密的鑼鼓聲。指好戲即將開演或引申為指事前緊張的準備工作。

【慢條斯理】從容不迫的樣子。

【不疾不徐】不快不慢，形容能掌握事情進展的適當節奏。

【不慌不忙】形容人舉止從容不迫。

【停雲慢步】形容走路極緩慢。

【鵝行鴨步】形容人走路緩慢。

店裡無時無刻不播放著絲竹音樂。最常是洞簫與古琴，幽幽咽咽的，像自遠古深山的某處神祕洞穴傳來；或者山裡一道澗水，不疾不徐的自石壁上自在的流下。（黃錦樹〈在馬六甲海峽〉）

她父親擔心田裡翻藤的香瓜會被雨泡爛，簷溜的雨滴還如秒滑落，他就迫不及待挑起紅瓦片到田裡去。（陳淑瑤〈女兒井〉）

理想的下午，要有理想的陣雨。霎時雷電交加，雨點傾落，人竟然措手不及，不知所是。然理想的陣雨，要有理想的遮棚，可在其下避上一陣。（舒國治〈理想的下午〉）

然後颳起一陣風，整座山抖了抖，天色乍黯，一種迷惘惱怒的灰顏色，驟雨就措手不及地來了。（柯裕棻〈晚風〉）

我想我是有點想出去的，大家都出去。大家都說，成績這麼好，不出去實在可惜。嘉克和彬美是說什麼也要走的，正密鑼緊鼓地申請學校。可是，芸康已經跟我攤牌了：「要走你自己走！」（林懷民〈穿紅襯衫的男孩〉）

這麼多年來，安公公派出來的「籍武吏」，無論走到哪裡，都是任何人不敢得罪的。實際上，朝廷上下都心知肚明，《禁武令》的發布，說是朝廷的意思，其實就是安公公的意思，沒有安公公一手推動，哪裡會如此雷厲風行？（彭寬〈禁武令〉）

她從此成績突飛猛進，學習力旺盛，尤其在繪畫上展現超人的才華，她知道自己可以畫，顏色與線條是她的語言。（周芬伶〈母親十六歲〉）

哇啦哇啦破罵的女朋友聽見兒子鬼喊，臉一沉，提著行李就往巷口衝去，跳上早已等在那裡的計程車，風馳電掣駛進陽光裡。收銀機上的聖母像望著他們離去的方向，一動也不動。（謝文賢〈鏡子〉）

那時，村裡村外都是石頭泥土路，牛車慢條斯理地爬行著，打著喀拉喀拉的節奏。下雨天，泥濘四濺，好在農人不怕髒。平時，鄉人跣足慣了，只有傍晚回家後，洗完澡，才穿上木屐，於是到處響起喀喀喀的聲音。（林央敏〈故鄉長大了〉）

分合

【一盤散沙】一盤不能凝聚成塊的細沙。比喻組織人心渙散，缺乏凝合的力量，不能團結起來。

【土崩瓦解】比喻徹底潰敗，不可收拾。

【分崩離析】形容國家或集團組織的分裂瓦解。

【冰消瓦解】比喻事物潰敗分裂。或指問題完全解決。

【四分五裂】形容分散而不完整、不團結。

【同心并力】團結一心，共同努力。

【戮力同心】齊心合力，團結一致。

【眾志成城】眾人團結，力量堅實，有如城牆一般穩固。

【眾擎易舉】眾人齊心用力，可以將重物舉起。意思是將眾人的力量聚集起來，足以完成艱難的任務。

【聚沙成塔】本指兒童堆積泥沙成佛塔的遊戲，雖是遊戲也能成就功德。現多用於形容積少成多。

【集腋成裘】狐狸腋下的皮毛雖不多，但聚集起來，足可縫製出一件皮衣。比喻積少成多。

【羽翮飛肉】翮，ㄏㄜˊ。集微小的羽毛成翼，足以使身體飛翔，意思是集中細微之力，就能成就艱難之事。

【眾少成多】點滴聚集，足以成為可觀數量。

【成群結黨】眾多人物聚集在一起。後多用於一部分人聚集成為小團體。

【物以類聚】本指性質相近的事物經常聚集在一起，後多用於形容惡人相互勾結、朋比為奸。

這數日中，闖軍捷報猶如流水價報來：明軍總兵姜瓖投降，闖軍克大同；總兵王承胤、監軍太監杜勛投降，闖軍克宣府；總兵唐通、監軍太監杜之秩投降，闖軍克居庸。那大同、宣府、居庸，都是京師外圍要塞，向來駐有重兵防守。每一名總兵均統帶精兵數萬。崇禎不信武將，每軍都派有親信太監監軍，權力在總兵之上。但闖軍一到，監軍太監和總兵官一齊投降。重鎮要地，闖軍都是不費一兵一卒而下。數日之間，明軍土崩瓦解，北京城中，亂成一片。這一日訊息傳來，闖軍已克昌平，北京城外京營三大營一齊潰散，眼見闖軍已可唾手而取北京。（金庸《碧血劍》）

此刻清楚，辨認其實不需要，最表層即是最內裡的，沒有排除的問題。我們異鄉人，是裡頭的外頭。所謂的機制，不是通過一個個的關卡而成為「同」，一直一直是在差異化，一切的團結，都是分崩離析前的暫時景象了。（朱嘉漢《禮物》）

「眉豆，樓宇已押給冉鎮賓先生，下個月五號他就有權來收房子，他特地叫我通知你們，寬限到月底，你們一定要走，否則他被逼要採取法律行動。」宧楣每個字都聽見了，內心卻一片空白，統共不曉得做出適當的反應。「眉豆，原諒我這張烏鴉嘴，我也是聽差辦事。」聽差辦事。這句話好不熟悉。兵敗如山倒，每個人都是逼不得已，眾志成城，造成宧家滅亡。（亦舒《風滿樓》）

變動

【化繁為簡】將繁複轉變為簡便。

【與時推移】隨世態、時間的變動而變化以因應時宜。

【翻來覆去】輾轉不安，睡不著覺。或指不斷變化。

【今非昔比】現在不是過去所能比得上的。形容變化很大。

【潛移默化】人的思想、性格或習慣受到影響，不知不覺中起了變化。

【物換星移】事物改變，星辰移動。比喻景物的變遷，世事的更替。

【改頭換面】比喻徹底改變，以新的面貌出現。

【變風易俗】改變社會風氣和習俗。亦作「移風易俗」。

【變化無常】語出《莊子》，指變化很多，沒有尋常規則可循。

【瞬息萬變】形容在極短的時間內快速變化。

【變幻莫測】事物變化多端，難以預測。

【千變萬化】形容變化無窮。

【白雲蒼狗】白雲轉眼變成灰狗的模樣。比喻世事變幻無常。

【滄海桑田】比喻世事無常，變化很快。

【日新月異】日日更新，月月不同，隨時都有新的變化。形容發展或進步快速，不斷出現新事物或新現象。

挽花在五十歲以後，與人過招，便有行動愈發簡約的傾向。他必須化繁為簡，必須將劍招從細緻精巧轉向樸實無華。（沈默〈晚年〉）

世代更替，物換星移，時代巨浪民主呼聲在過去一年一浪接一浪，北平那邊竟然出現了民主牆，年輕知識分子競相實名留言商討國是。（陳冠中《建豐二年》）

翠遠注意到他的手臂不在那兒了，以為他態度的轉變是由於她端凝的人格潛移默化所致。這麼一想，倒不能不答話了（張愛玲〈封鎖〉）

旅途中的女人自是幻象一種，一如旅途中有山有水，有賣唱聲有汽笛聲，有瞪大眼之時有瞌睡之時，在在各依當下光景及心情而呈與時推移的意趣，那是可能，而非定然。（舒國治〈旅途中的女人〉）

從可可樹到巧克力，過程極為漫長，遠比從葡萄到葡萄酒艱辛許多。通常葡萄酒廠就在葡萄園邊上，而可可豆卻得飄洋過海去改頭換面。當然，原因在巧克力長遠的殖民歷史。（張讓〈從前當巧克力還年輕〉）

或許我會用北海道的唐辛子鹽麴醬來炒我的新竹米粉，彰顯它的混血身世。純米卻不純粹的米粉，生來就是要以難能可貴的韌性，去包容千變萬化的食材與烹調法，如那兼容並蓄的庶民精神。（林郁庭〈從一包新竹米粉說起〉）

然後，「把酒問青天」，目送飛鴻走遠，看天上淡淡的雲朵，在夕陽餘暉中，攤開瞬息萬變的瑰麗，於是禮貌上的半點鐘就挨過了。（吳魯芹〈雞尾酒會〉）

人世的滄海桑田，死生聚散，難有恆久定數。像眨眼之間的事。任誰都知道所謂市中心，已經沒落了。市鎮轉移的意象包圍著坐擁精華地段，卻遷廢破置的屋宇。（賴鈺婷〈臺中老式繁華〉）

當有了文字，所有一切白雲蒼狗般轉瞬即逝的思想才得以固定於簡牘之上，而文明才能如洪水已氾濫之之姿，將蠻貊的沙漠澆灌為輝煌的城市。（曾昭榕〈文字咒〉）

連續

【接二連三】 連續不斷。

【絡繹不絕】 形容連續不斷的樣子。

【無窮無盡】 連綿不止，沒有盡頭。

【川流不息】 形容連綿不絕或往返不斷。

【絡繹不絕】 形容連續不斷的樣子。

【斷斷續續】 時而中斷，時而繼續。

【亹亹不倦】 亹，ㄨㄟˇ。指連續而不倦怠。

【層出不窮】 形容接連出現，沒有止盡。

【不舍晝夜】 日夜不停，持續不斷。

【周而復始】 循環不斷。

【首尾相繼】 前後接續，不間斷。

【源源不絕】 形容連續不斷。

【繼踵而至】 踵，是足跟的意思。形容連續不斷、絡繹不絕的到來。也作「隨踵而至」。

【迆邐不絕】 迆，ㄧˇ；邐，ㄌㄧˇ。形容曲曲折折，連綿不斷。

【滔滔不絕】 形容說話連續、不間斷的樣子。

這是無可避免的。有時，她一邊拍打麵粉糰一邊尖聲大叫、咒罵、哭泣，有時把麵粉糰用力牽扯、撕碎，扔到廚房不同的角落去，當然，大部分的時候，她只是源源不絕地對著手裡的黏稠的東西，握捏著它的形狀，訴說各種隱蔽的話。（韓麗珠〈酵母〉）

一時親朋好友的花圈喪幛白簇簇地一直排到殯儀館的門口來。水泥公司同仁輓的卻是「痛失英才」四個大字。來祭弔的人從早上九點鐘起開始絡繹不絕。徐太太早已哭成了痴人，一身麻衣喪服帶著兩個孩子，跪在靈前答謝。（白先勇〈永遠的尹雪豔〉）

整個世界顫巍巍懸浮在依到嘩嘩作響的河流之上，時間的河流，不回頭，不舍晝夜。（唐諾〈咖啡館和死亡〉）

這種歷史小說，表面看似乎有一定的框架，實則中間可以無窮無盡旁枝歧出，也就近乎可以無窮無盡連載下去。（楊照〈懷念連載時代〉）

她走出老遠四下一看，卻已走到不相干的地方。不過，她可以替薇薇買嫁妝，可是有時候也會想：薇薇的嫁妝與她有何相干呢？於是，她熱一陣，冷一陣的。這麼斷斷續續買下的東西，卻已存夠有兩三個箱子。（王安憶《長恨歌》）

我幼年時，有一次坐了船到鄉間去掃墓。正靠在船窗口出神觀看船腳邊層出不窮的波浪的時候，手中拿著的不倒翁一剎那間形影俱杳，全部交付與不可知的渺茫的世界了。（豐子愷〈大帳簿〉）

中止

【戛然而止】 突然停止。戛，ㄐㄧㄚˊ。

【中道而廢】 事情尚未完成，就停止不做了。

【停止，意思是遭遇挫折、困難就放棄。】

【半途而廢】 事情沒做成功就停止，比喻做事情有始無終。

【功敗垂成】 指事情在即將成功時卻失敗了。

【如丘而止】 遇到山丘就停止，意思是遭遇挫折、困難就放棄。

【斷斷續續】 時而中斷，時而繼續。

【偃旗息鼓】 軍隊放倒旌旗，停止戰鼓。形容不露行蹤。或比喻事情中斷或聲勢減弱。

而蟬聲的急促，在最高漲的音符處突地戛然而止，更像一篇錦繡文章被猛然撕裂，散落一地的鏗鏘字句，擲地如金石聲，而後寂寂寥寥成了斷簡殘篇，徒留給人一些悵惘、一些感傷。（簡媜〈夏之絕句〉）

我想起我的少女時代，有一陣子流行用彩線編織原住民風格的手環，我往往耐不住性子，不是編得亂七八糟，就是半途而廢，但一隻蜘蛛若將網胡亂編織，最終或許纏繞自身無可解脫，死於飢餓吧？（游書珣〈廚房裡的雙人舞〉）

「你們什麼事情吵得這樣厲害？」矮小的沈氏忽然揭了門簾進來，她手裡抱著一只水煙袋，一進屋便問道，其實她已經曉得這件事情的原委了。「五弟妹，你來得正好，你來評個理，」王氏知道在這裡鬧下去不會有什麼結果，覺得沒有趣味，正預備偃旗息鼓地回屋去，現在看見沈氏進來，好像得到了一個有力的幫手，便起勁地說。周氏招呼沈氏坐下。沈氏笑容滿面地對王氏說：「四嫂，什麼事情？我倒要聽你說說。」王氏便把事情的經過加以渲染，有聲有色地敘述一遍。最後她說：「五弟妹，你說說看：哪個有理？我該不該請大嫂責罰二侄？」（巴金《春》）

牽連

【休戚相關】彼此歡樂憂愁、幸福禍患，互相關聯。

【休戚與共】彼此關係密切，憂愁喜樂、禍害幸福都關聯在一起。

【藕斷絲連】蓮藕斷了，藕絲仍相連。比喻表面關係斷絕，實際仍有牽連。或指男女間情意未絕。

【殃及池魚】禍連池中魚。比喻無故受到牽累。

【福業相牽】福運與罪業彼此牽連。

【首尾相連】前後連貫相通。

【一脈相連】指血統或派別一路承傳下來，可以上下連貫。

【皁絲麻線】比喻細微的糾葛或牽連。

世舫猜著姜家是要警告他一聲，不准他和他們小姐藕斷絲連，可是他同長白在那陰森高敞的餐室裡吃了兩盅酒，說了一回話，天氣、時局、風土人情，並沒有一個字沾到長安身上，冷盤撤了下去，長白突然手按著桌子站了起來。（張愛玲〈金鎖記〉）

在瀑布傾瀉似的雨聲中，我與這二十多位學生形成了休戚與共的孤島，我更不知此時怎樣說才是最適當的告別。（齊邦媛〈一生中的一天〉）

忽然

【曇花一現】比喻人或事物一出現便迅速消失。

【浮光掠影】比喻世事稍縱即逝，不可捉摸。

【心血來潮】思緒如浪潮般突起，形容未經深思，突然興起的念頭。

【靈機一動】形容心思忽然有所領悟。

【突如其來】猝然而來。形容出乎意料的突然到來或發生事情。

打破什麼似的，爸爸終於開口了，他問正行：「阿你咁要去讀？」正行沒有說話，低頭扒飯。那天的晚餐，結束於爸爸突如其來將碗筷用力擲在桌上，發出嚇人的聲音，起身離開餐桌。（許正平〈光年〉）

那麼，多半是，孩子從另一條路回家去了，此時正坐在門前石階上等他回去開鎖。於是藉機會來一段慢跑。自己的家在望，繞著房子跑一圈，前門只見蝴蝶，後門石階上只有松鼠。靈機一動，朝大道跑去，那裡四通八達，視野開闊，不管孩子從那個方向來，老遠可以看見。（王鼎鈞〈崔門三記〉）

2 規模範圍

大小

【排山倒海】 形容力量巨大，氣勢壯闊。

【浩浩蕩蕩】 形容氣勢雄壯、規模宏大。

【轟轟烈烈】 形容聲勢浩大，足以震撼人心。

【波瀾壯闊】 比喻氣勢的雄壯浩大。

【驚天動地】 形容聲勢驚人。

【碩大無朋】 貌壯德美，無相比之行。

【震天動地】 形容聲音或陣仗很大。

【無邊無際】 沒有邊際，形容非常廣闊。

【尺幅千里】 在尺長的畫面上，描繪著萬里般寬廣的景物。指篇幅雖短而內容豐富，氣勢遠大。

【微不足道】 卑微渺小得不值得一提。

【細不容髮】 比喻極微小。

【寸絲半粟】 絲線一寸，米半顆，形容極其微小。

【滄海一粟】 大海中的一粒米粟。比喻渺小，微不足道。

【太倉稊米】 稊，ㄊㄧˊ。在太倉中的一粒小米。

【爝火微光】 爝，ㄐㄩㄝˊ。形容卑微渺小。

【微乎其微】 形容事物極其細小或精微。

【立錐之地】 錐子插地所

佔之地，形容微小的地方。

【尺寸之功】形容極小的功勞。

【絲髮之功】形容微小的功勞。

【蠅頭微利】形容極少、微薄的利潤。

【吹灰之力】形容很微小的力量。後多用於形容事情很容易就能辦成。

我不擅長的事著實太多了，排山倒海的生活要欺進我了，這是現實，我不討厭，可是全然理解另一種選擇之必要。（陳育萱〈持遠深刻的夢〉）

就在馬克的媽大清早拉開鐵門，準備開始去城裡的街道搜索的時候，看到馬克就站在門口，滿臉疲憊，頭發雜亂，指甲長得不得了，裡頭充滿汙垢，而眼神就像電線杆上的麻雀一樣不安。馬克他媽馬上哭得震天動地，像還沒有電氣化的火車，整個商場都醒來了。（吳明益〈九十九樓〉）

她被我激怒了，我看見她握著方向桿的雙手指節發白。然而聽美早已習慣峰頂的風景，她不會在這種微不足道的口角交鋒敗退。（柯裕棻〈小吃店〉）

黃昏時分，鴿群盤桓在上海的空中，尋找著各自的巢。屋脊連綿起伏，橫看成嶺豎成峰的樣子。站在制高點上，它們全都連成一片，無邊無際的，東南西北有些分不清。（王安憶《長恨歌》）

如果爸爸還在世，一百歲的他一定會感到很寂寞吧，因為媽媽已經不在了。他的兩個妹妹，一個早在廿多年前病故，另一個也在前年過世。他那一輩的人只剩下三個比他年輕許多的堂弟。他的老友們還健在的可能性更是微乎其微了。（李黎〈我帶爸爸回家〉）

而終於有一天，我們必須像勇士轟轟烈烈地，去奪回即將失去的我的大哥及一切，那是一個要變成我的大嫂的女人的介入。我敵意地盯視這粉碎我純白的愛的人，第一眼我開始懷疑她的美含有多少不純

潔。（施叔青〈壁虎〉）

我作為一個流亡作家，唯有在文學和藝術的創作中才得以自救。這並不是說，我就主張所謂純文學，那種全然脫離社會的象牙塔。恰恰相反，我把文學創作作為個人的生存對社會的一種挑戰，哪怕這種挑戰其實微不足道，畢竟是一個姿態。我為自己贏得表述自由的時候，才傾心於語言。我有時甚至遊戲語言，可這並不是我寫作的終極目的。而語言的遊戲對作家往往是一個陷阱，如果這遊戲背後不能傳達通常難以表達的意味，即使玩得再聰明、再漂亮，也徒然只是某種空洞的語言形式。（高行健《我的創作觀》）

楊家的人那種生活使他羨慕，使他感到些異樣的趣味，彷彿即使他什麼也得不到，而只能作了楊家的女婿，他也甘心。楊家的生活不是他心目中的理想生活，但是他渺茫的想到，假使把這種生活舒舒服服的交給他，他楞願意犧牲他的理想也無所不可。這種生活有種誘惑力，使人軟化，甘心的軟化。這種生活正是一個洋狀元所應當隨手拾得的，不費吹灰之力而得到一切的享受，像忽然得到一床錦繡的被褥，即使穿著洋服躺下也極舒服，而且洋服與這錦被絕沒有什衝突的地方。（老舍〈文博士〉）

升降

【水漲船高】比喻人或事物，隨著憑藉者的地位提升而升高。

【扶搖直上】隨急遽的旋風，盤旋而上。比喻快速上升，亦用來比喻仕途得意。

【風舉雲搖】比喻藉著風雲飛騰上升。也比喻人飛黃騰達。

【青雲直上】比喻順利的迅速升到高位。

【平步青雲】像平常一樣地舉步，就輕易走上青雲，比喻順利晉升到顯要的地位。

【一步登天】比喻突然達

到極高的地位或境界。

【步步高陞】祝福人高陞的吉祥之語。

【一落千丈】比喻成績、地位、景況、情緒、或聲望等急遽下降。

【名落孫山】比喻應試落第、考試不中。

剛到宜蘭為了找個窩身的住處，才知道一般人對「森林小學」的刻板印象，讓這所公辦民營的實驗學校，成了別人眼中的「貴族學校」，學區的房租水漲船高，讓我深切體會自己阮囊羞澀、捉襟見肘，直到找到山邊一幢廢棄的倉庫，荒煙蔓草間我看見了希望。（冬山阿明〈稻子，你要堅強長大！〉）

香港彈丸之地，寸土寸金，這兩年來，房價扶搖直上，愈發狂野。譬如說，半山和九龍的高層豪宅，（每平方）呎價七萬多，相當於每坪一千萬台幣，一間三四十坪的公寓要上億港幣，搶銀行恐怕不夠，要連中兩次大樂透。（蔡珠兒〈每樣來一隻〉）

「仲翁！剛才我們談到一半，可是你的來意我都明白了。當初本公司發起的宗旨，就是那天吳府喪事大家偶然談起的，仲翁也都知道；我們本想做成企業銀行的底子，企業界同仁大家有個通融。不料後來事與願違，現在這點局面小得很，應酬不開！前月裡我們收進了八個廠，目前也為的戰事不結束，長江客銷不動，本街又碰著東洋廠家競爭，沒有辦法，只好收縮範圍，改開半天工了。所以今天仲翁來招呼我們，實在我們心長力短，對不起極了！」「哎！中國工業真是一落千丈！這半年來，天津的麵粉業總算勢力雄厚，坐中國第一把交椅的了，然而目前天津八個大廠倒有七個停工，剩下的一家也是三天兩頭歇！」雷參謀蹺到周仲偉身邊，加進來說。周仲偉滿身透著大汗，話卻說不出；他勉強掙扎出幾句來，自己聽去也覺得不是他自己說的。他再三申述所望不奢，而且他廠裡的銷路倒是固定的，沒有受到戰事的影響。（茅盾《子夜》）

遠近

【九霄雲外】比喻天上極其高遠之處。

【山高水長】形容距離遙遠。或指人品如山高潔，流傳久遠。

【望塵莫及】只能遠望前面車馬揚起的塵土，比喻程度遠遠落在他人之後。

【天涯海角】形容偏僻或相距遙遠的地方。

【千里迢迢】形容路途遙遠。

【千山萬水】山川眾多而交錯。比喻路途遙遠險阻甚多。

【天各一方】形容分離後各居一地，相隔遙遠。

【遙不可及】遙遙而無法企及，形容非常遙遠。

【無遠弗屆】沒有不能到達的地方，再遠的距離也能抵達。

【天南地北】比喻距離很遠。或指談話沒有主題，無所不談。

【天涯海際】形容遙遠偏僻的地方。

【南轅北轍】比喻行動和想要達到的目的相反。或比喻二者彼此背道而馳，遙隔兩地。

【咫尺天涯】周代八寸為咫。比喻相距雖近，卻有如相隔天涯一般，無緣相見。

【不遠萬里】不以路途遙遠為苦。形容來人的熱忱。

【間不容髮】形容距離極近，中間不能容納一根頭髮。比喻情勢危急。

【近在眉睫】形容距離極近。

【近在咫尺】形容距離很近。

【相距咫尺】指彼此的距離很接近。

【一矢之地】一箭的距離，比喻很接近。

網上來的鐵甲將軍，個個活躍堅實，令人饞涎欲滴。在湖艇上吃螃蟹饒富情趣，氣氛之好，味道之鮮，岸上館子望塵莫及。（唐魯孫〈蟹話〉）

它的水，是無遠弗屆的水；不同於威尼斯之儘在城裡打圈圈的水。斯城的船是「去」的，威城的船是「繞」的。（舒國治〈冷冷幽景，寂寂魂靈〉）

常常，有走賣的客家婦人來村子裡兜售龍眼乾、高麗參、阿膠等等的貴重補品。我還記得她乾淨的藍布大襟衫和散發桂花香的髮髻，阿嬤、母親與她天南地北說些奇聞趣事，東家長西家短，然後買包龍眼乾或切幾片高麗參收藏起來備用，同時也為家裡幾位叔叔說了媒。（鄭麗卿〈補冬與消暑〉）

安的父母這時候出現了，他們從北京千里迢迢趕來，希望校方對安的處理上手下留情。安的父母當著眾人的面分別要把一大疊錢塞到副校長和系主任手裡。（葛亮〈安的故事〉）

會是花梨木的氣味嗎？花梨木氣味的分子結構與鞋草氣味的一模一樣，你踩折了過多的鞋草，為了追獵原先一窩後來一隻比你年幼的螳螂。你捏著螳螂的細腰，直起身來才發現自己站在沒頂的草深處，沒有樓房的年代，僅僅如此就辨別不出野地外村子的方向了，家，住著忙碌的、喜笑的、總不認真聽你說話的那對年輕男女，你父母，天涯海角的遠。（朱天心〈遠方的雷聲〉）

年少的我灌飲著立頓紅茶遙想祁門，中年的我置身祁門山水卻懷想著消失無蹤的少年時光。空間的距離可以跨越，時間的距離卻是遙不可及。爸媽仍住在同一幢老房子裡，同樣的一間書房，卻再也觸不到三十年前的午後時光。（楊明〈沏一壺甜香嫣紅〉）

就在這時，歐美的學者、漢學家、考古家、冒險家，卻不遠萬里、風餐露宿，朝敦煌趕來。他們願意賣掉自己的全部財產，充作偷運一兩件文物回去的路費。（余秋雨〈道士塔〉）

他衰弱的身軀，不能不使我聯想到一九五〇年代時的他。他迢迢千里來看我，終於也沒有把他的心事說出。坐在湖岸的樓頭，他定定望著波光；那種身姿，一如他年輕時攔我望著北上鐵道的情景。（陳芳明〈相逢有樂町〉）

不，不，不，您得到簾下去找，您得向簾中去找——您該找著那捲簾人了？他的情韻風懷，原是這樣

這樣的喲！朦朧的豈獨月呢；豈獨鳥呢？但是，咫尺天涯，教我如何耐得？（朱自清〈溫州的蹤跡〉）

來，唱一首讚歌，吟詠荒寒，留下海角天涯，遍地生花。（洛書〈夏令〉）

每天只能做一點，一星期後才積夠裝滿一個鐵皮盒子。那和昔日在廖家的大廚房裡做肉鬆有多大的分別！我也想像得到，瘦巴巴的桐姊緊抱住那盒肉鬆，千里迢迢回去廈門時的心情。（林太乙〈母愛拌在肉鬆裡〉）

紅玉是一則以喜，一則以憂。因為她已經十八歲，阿非十九歲，但是姚先生姚太太方面還沒談起訂婚的事。在這種情形之下，紅玉自然不能相信姚家會忘記，就難免啟人疑竇。但是姚家從來連暗示也沒有，終屬有點兒蹊蹺。紅玉如今沉醉在戀愛之中，其甜融之情，為人間所不可多得。阿非現在長成了一個英俊挺拔的青年，家雖富有，但無驕縱惡習，對她則用情至專，倆人相居，近在咫尺。在一個少女需要愛一個男人同時又需要男人的愛的年歲，能夠得到像紅玉現在的生活環境的，實在是少之又少。可是為什麼姚氏夫婦從來沒有過兩家結親的意思呢？他倆是不是愛她？還僅僅是寬容她呢？因為紅玉是個天賦很高，因此也是個很任性的少女。她把真純的愛完全傾注在阿非身上，因為她富有才氣與嬌美，不屑於為了別有動機去取悅於人。她年輕，自傲，任性，不屑於去用陰謀狡詐。不論在阿非父親的面前，或是在阿非母親的面前，她還是出之真純自然，不稍虛飾。她不能做的事，就是不喜歡誰就不能裝作喜歡，而她就不喜歡阿非的母親。她雖然喜歡阿非的父親，卻偏偏流露出她的任性自是，只是因為，若不如此，怕被人疑做故意討好未來的公公。愛情，她認為是純粹自然真誠無偽的東西，不是年歲大的人滲入了利害陰謀之後的東西。愛阿非，她就愛得徹頭徹尾，有時在年長者面前會顯得太露骨。在求取阿非父母的歡心這件事上，她連一半兒都沒做到。結果，沒有正式提到兩家締結婚姻這件事，卻招致了她幾分心神不安。（林語堂《京華煙雲》）

仍然

【依然故我】依舊和從前的我一樣，指情況依舊，沒有任何變化。

【依然如故】仍和過去一樣。

【一如既往】和過去完全一樣。

【一依舊式】一切按照舊規或格式，沒有改變。

【一仍舊貫】完全按照舊例行事。典出《論語》。

黑夜還沒有撕開眼睛，父親已經「碰碰碰」駕馳搬運機開上果園的道路。種作果樹已經是門賠本的行業了，父親不願承認事實，依然故我歡欣上山，像是清晨承接露水的一片葉子。（瓦歷斯．諾幹〈瓦歷斯．諾幹〉）

包括

【兼容並蓄】各種不同的事物或觀念都收羅、包含在內。

【俱收並蓄】不同的東西、事物都收羅在一起。

【無所不包】沒有包含不了的，一切都包括。

【細大不捐】大小兼容並收，都不拋棄。

【細大無遺】無論大小，兼容並收，沒有遺落的。

【海納百川】形容如海接納河川一般度量宏大。

【包羅萬象】內容豐富，應有盡有。

【一應俱全】一切都很齊全。

作為表意文字的漢字仍以海納百川的姿態，吸納各種不同的語言，從河洛語、客語、粵語甚至到吳儂軟語，甚至還有近年喧騰一時的注音文與火星文。（曾昭榕〈文字咒〉）

他叫賣的是臭豆腐與豆花，臭豆腐三字喊得短促，豆花的花字則拉得極長，中氣十足。不知道這老闆是怎麼決定在一車之中兼容並蓄，香臭並陳，於矛盾中有統一，想來也算是某種臺灣奇觀。（吳岱穎〈薰蕕同車驚午夢〉）

終於

【歸根究柢】 歸結到根本，追究到最後。

【盤根問底】 追問追究事情的緣由。

【溯流徂源】 徂，ㄘㄨˊ。循著流水而上，直達源頭，比喻追根究柢。

【窮源溯流】 探詢事情的根源，追究它的改變。

【木本水源】 事情的根源。

【無根之木，無源之水】 指沒有基礎根源的事物。

【拔本塞原】 原指拔掉樹木的根，堵住水的源頭。後引申為正本清源、從根本做起。

她對於任何事物都感到廣泛的興趣，對於任何人也感到廣泛的興趣。她對於同學們的一視同仁，傳慶突然想出了兩個字的評語：濫交。她跟誰都搭訕，然而別人有了比友誼更進一步的要求的時候，她又躲開了，理由是他們都在求學時代，沒有資格談戀愛。那算什麼？畢了業，她又能做什麼事？歸根究柢還不是嫁人！傳慶越想越覺得她的淺薄無聊。如果他有了她這麼良好的家庭背景，他一定能夠利用這機會，做一個完美的人。總之，他不喜歡言丹朱。（張愛玲《茉莉香片》）

他們才不敢公然跟群眾對著幹，卻天生懂得嗅出一些不會反抗的人和物，挪用各種冷知識與理論術語，肆意攻擊，然而攻擊誰又好，欣賞誰又好，歸根究柢，他們都不過是想藉此彰顯自己的品味與智慧，表示自己既與別不同，但又與眾同在。（王貽興〈SmartAss〉）

不料

【出乎意料】超出人們的料想之外。

【始料未及】最初未能料想到。

【不期而然】沒有料想到會如此。

【禍出不測】災禍的發生出乎意料之外，意近「禍生不測」。

【藏舟難固】把船藏在山谷中，以為很安全，但卻遭力壯者趁夜偷走。用以比喻生死不由人，難以預料。

【不虞之隙】比喻意料不到的嫌隙或裂痕。

人世的悲歡，自然的美景，以及日常的瑣事，他都覺得是很古怪的，從來沒有看見過的，完全出乎意料之外的。所以他天天都是那麼有興致，就是說出悲哀的話的時候，也不是垂頭喪氣，厭倦於一切了，卻是發現了一朵「惡之華」，在那兒驚奇著。（梁遇春〈Kissingthefire〉）

始料未及的也包括海洋音樂祭的壅塞程度，由於是台北縣政府主辦的活動，民眾可以免費入場，火車運來一批一批打扮清涼的年輕人，他們走出小鎮的車站，背包裡準備了野餐墊與防曬油；愛玩的老外從台北開著吉普車過來，冰桶內裝滿酷涼的啤酒。（陳德政〈樂團的時代〉）

3 性狀程度

香臭

【吹氣勝蘭】 形容美人的氣息芳香，勝過蘭花。

【蘭麝之香】 形容氣味高雅而芬芳。

【桂子飄香】 形容中秋時桂花綻放，香氣飄散。

【異香異氣】 特殊的香氣。

【異香撲鼻】 異常的香味衝進鼻中。

【臭不可聞】 臭得令人無法忍受。形容非常的臭。

【鮑魚之肆】 賣醃魚的店鋪。比喻臭穢的地方、惡劣的環境或小人聚集的場所。

【無聲無臭】 沒有聲音、氣味。

【如蠅逐臭】 像蒼蠅追逐腐臭味物一般。比喻求取名利、趨炎附勢的卑鄙行徑。

然而沒有一個地方甘心永遠裹足不前，永遠成為別人風光背後的靜默花園，沒有活水活泉，關起門過日子，漸漸失去作為國際都會應有的視野、自信和氣度。個人可以選擇活得「微小而確實」，但如果一國一地只顧終日沉醉在「小確幸」的日子，再美好的後花園，也只會漸成讓本地人紛紛出走的鮑魚之肆了。（袁紹珊〈後花園與小確幸〉）

在常識裡桂花是秋天的花，所以秋天的信札開頭都常說金風送爽、桂子飄香。但臺灣的桂花很特別，四季都在開花。國父紀念館翠湖旁有于右任的塑像，圍繞塑像兩側的都是桂花。無論什麼季節，早上在塑像前做晨操，總會聞到淡淡的清香，讓人心曠神怡。（白培英〈只有香如故〉）

清濁

【一塵不染】形容非常乾淨，一點灰塵都沒有。

【纖塵不染】形容非常乾淨，毫無灰塵。

【烏煙瘴氣】形容環境或氣氛汙穢不潔。

【刺刺塌塌】刺，ㄌㄚˊ。骯髒不乾淨。

家家都有寬敞的庭院和窗明几淨的住室，有收音機，還有電視機……這三家人有老夫妻，也有小夫妻，但是給我留下最深印象的是，每家房屋當中的那間廚房裡左右對稱的兩個灶臺，擦拭得閃光鋥亮，一塵不染；灶臺有如我日夕工作的家中寫字檯大小，但它清潔整齊的程度可就遠遠超過了我的寫字檯。（吳祖光〈長島觀日出記〉）

中國的大都會，我前半生住過的地方，原也不在少數；可是當一個人靜下來回想起從前，上海的鬧熱，南京的遼闊，廣州的烏煙瘴氣，漢口武昌的雜亂無章，甚至於青島的清幽，福州的秀麗，以及杭州的沉著，總歸都還比不上北京——我住在那裡的時候，當然還是北京——的典麗堂皇，幽閒清妙。（郁達夫〈北平的四季〉）

明暗

【光芒萬丈】光輝燦爛，照耀遠方。

【火樹銀花】形容燈火通明，明亮燦爛。

【照如白晝】光線把四周環境照得有如白天一樣明亮。

【月明如晝】形容月光明亮如白天一般。

【珠斗爛班】形容滿天星空燦爛的樣子。

【昏天暗地】光線昏暗，分不清楚方向。

【暮色蒼茫】形容傍晚時分天色朦朧昏暗。

【風雨晦冥】風雨交加，天色昏暗。

我一直沒看到貝先生，因為貝太太身體壯，衣飾又誇張，把她丈夫整個遮住，直到貝先生在她身邊探出頭來，伸出一隻手問：「是張先生與林小姐吧？我是貝太太的丈夫。」我忍不住笑起來。貝先生是個頂斯文的男人，衣著打扮都恰到好處，不似他太太，一抬手一舉足都要光芒萬丈，先聲奪人。她不是難看的女人，很時髦，很漂亮，過時的不是她的衣著，而是她的作風與體重。張佑森到今天這樣。這個女人上司要負一半責任，被她意氣風發的指使慣了，自然變得低聲下氣。我側頭看貝先生。他彷彿知道我在想什麼，含蓄地微笑，我的臉一紅。（亦舒《獨身女人》）

時楊國忠已死，高力士亦遠貶他方，玄宗皇帝自蜀迎歸為太上皇，亦對肅宗稱李白奇才。肅宗乃徵白為左拾遺。白嘆宦海沉迷，不得逍遙自在，辭而不受，別了郭子儀，泛舟游洞庭岳陽，再過金陵，泊舟於千石江邊。是夜，月明如畫。李自在江頭暢飲，忽聞天際樂聲，漸近舟次，舟人都不聞，只有李白聽得。忽然江中風浪大作，有鯨魚數丈，奮猛而起，仙童二人，手持節，到李白面前，口稱：「上帝奉迎星主還位。」舟人都驚倒，須臾甦醒。只見李學士坐於鯨背，音樂前導，騰空而去。（明．馮孟龍《警世通言．李謫仙醉草嚇蠻書》）

當下布置已畢，陳家洛披上黑色大氅，領子翻起，一頂風帽低低垂下，與衛春華兩人徑投提督府來。此時已近黃昏，天邊明星初現。到得提督府外，一人迎過來低聲道：「是陳總舵主？」衛春華點點頭。那人道：「請跟我來，這位請留步。」衛春華站定了，望著陳家洛跟那人進了提督府。暮色蒼茫中，群鴉歸巢，喧噪不已，衛春華心中怦怦亂跳，不知總舵主此去吉凶如何。不一會，紅花會眾兄弟都已喬裝改扮，疏疏落落的到來，散在提督府四周，待機而動。（金庸《書劍恩仇錄》）

深淺

【深不可測】深得無法測量出來。形容非常深遠，難以測知。

【根深柢固】根柢長得深且穩固。比喻基礎堅實，牢不可拔。

【蜻蜓點水】比喻膚淺而不深入的接觸。

【走馬看花】比喻粗略、匆促地觀看，不能仔細深入了解事物。

【浮光掠影】浮於表面不深入，比喻觀察不細緻，學習不深入或印象不深刻。

【淺嘗則止】稍微嘗試一下就停止，形容做事不肯深入研究，不夠徹底。

【挈瓶小智】挈，ㄑㄧㄝˋ。形容見識淺薄。

不過，在懶的世界中，如果也有格調的話，我亦自有其獨到之處。第一、我總是直認不諱，毫不忸怩。也從未想到要揑造一兩句好聽的言詞，去掩飾自己根深柢固的惡習。（吳魯芹〈懶散〉）

她接著走訪母親流連的復健科和復健室已別無寄望，只是蜻蜓點水地逛逛。開放式的長方形場地整個都是漆白的，臨街高掛的窗簾已褪到底，不見半點色澤，光線充足白霧飄飄，恍似下著太陽雨。（陳淑瑤〈周圍〉）

那幾年，你吃林布蘭特睡林布蘭特，到了美術館，幾乎把鼻子貼到他的畫作上。有時候我邀你一起去美術館，你一口拒絕：「你看得太快了！」我不是走馬看花的人，可是絕對無法像你一整個下午專攻康定斯基！（林懷民〈阿桃去旅行〉）

輕重

【輕如鴻毛】形容非常輕微，不受重視。

【薄物細故】指細瑣輕微的事情。

【輕如蟬翼】比喻極輕薄之物。

【錙銖之力】比喻極微小的力量。

【無足輕重】不重要、無關緊要，不足以影響事物。

【舉足輕重】形容所居地位極為重要，一舉一動皆足以影響全局。

【片石千鈞】一片石頭卻有千鈞的重量。指力量雖小卻關乎全局情勢。

地靈人傑可能是真的，我們讀過余光中先生的《青銅一夢》，其中〈山東甘旅〉一篇寫他去參觀濟南大明湖畔銅像落成後的感受，十二尊銅像青一色都是山東人，而每一個人在歷史上都產生了重大的影響，雖然時隔數千年，這些人在文化上仍然具有舉足輕重的地位。（張世聰〈莫言來說故事給你聽〉）

真假

【貨真價實】貨品真確而價格實在。比喻真實不假。

【千真萬確】非常確實。

【三人成虎】連續三人說街上出現老虎，就使人相信街上真有老虎。比喻謠言再三重複，亦能使人信以為真。

【空穴來風】或比喻憑空捏造不實的傳言。

【栩栩如生】形容貌態逼真，彷彿具有生命力。

【唯妙唯肖】模仿得精細巧妙，逼真傳神。

【維妙維肖】模仿得精細巧妙，逼真傳神。

【魚目混珠】以魚的眼珠混充珍珠。比喻以假亂真。

【子虛烏有】子虛和烏有都是漢代司馬相如〈子虛賦〉中虛構的人物。後比喻假設而非實有的事物。

【無中生有】指本無其事，憑空捏造。

【無庸置疑】用不著懷疑，比喻真實。

【捕風捉影】捕捉無形的風和影子，比喻所做的事或所說的話毫無根據，憑空揣測。

【道聽塗說】泛指沒有經過證實、缺乏根據的話。

【海市蜃樓】比喻虛幻的事物。

【虛無縹緲】形容虛幻渺茫，不可捉摸。

【鏡花水月】鏡中的影像，水裡的月亮。比喻虛幻不實在。

淡水是適合遠看的，尤其在大屯山上看，覺得那真是銀河的倒影，有點海市蜃樓。若是下了火車去看，探頭之處，全是人間煙火。（簡媜〈一瓢清淺〉）

學，是挺講究的東西，尤其需要公認。數學、哲學、美學，還有文學，都不是打打鬧鬧的事。寫作不然，沒那麼多規矩，痴人說夢也可，捕風捉影也行，滿腹狐疑終無所歸都能算數。當然，文責自負。（史鐵生《病隙碎筆》）

三小姐在山上過得很好，遠比在家裡健康快樂，確確實實使大家尤其是鄭隊長鬆了口氣，減輕了歉疚是他出的主意。當時由鄭隊長決定送三小姐入院時，一位晚報記者還曾寫過一篇文章，暗喻長安里的樓房發生了奇情豔文，寫得栩栩如生像小說一樣呢。（李渝《金絲猿的故事》）

那是一條蚱蜢，一枝草龜，還有一隻狗。但先生說那隻狗其實是狼，最喜歡抓可憐的羊來吃，不過他技術還不純熟，還沒辦法將狼唯妙唯肖地紮編出來。阿菊沒有看過狼，聽先生說，那是一種生活在對岸唐山的一種動物，比野狗還要凶猛數倍。（何敬堯〈虎姑婆〉）

對錯

【分毫不差】形容沒有絲毫差錯。

【顛撲不破】本意是指怎麼摔打都不會破。比喻理論正確，無法推倒。

【大謬不然】大錯特錯，與事實完全不符。

【百無一是】形容錯誤連連。

【似是而非】表面相似，實際上卻不然。

【積非成是】長期累積的謬誤，反被誤認為是正確的。

【指鹿為馬】典出趙高將鹿指稱為馬，藉以展現自己的威權。比喻人刻意顛倒是非。

【張冠李戴】比喻名實不符或弄錯事情、對象。

【魯魚亥豕】典出《呂氏春秋》。指因文字形似以致傳寫或刊刻錯誤。

【黑白不分】是非、善惡分不清楚。

【顛倒黑白】比喻歪曲事實，混淆是非。

以上所舉是一些常見的情況，一管自然難窺全豹。為了避免誤解，還不很熟悉文言的人最好先讀有注解的書；讀沒有注解的書，寧可多抱一些懷疑態度。能疑，並養成多請教辭典的習慣，望文生義、似是而非的情況就可以逐漸減少了。（張中行〈文義之間〉）

隔了好多年，在讀了多年書，苦苦追尋，並且於中國人的社會打滾了多年之後，才終於明白，無數關於中國人如何邪惡的歷史記載十居其九是可信的。「指鹿為馬」，不是依然在我們這一代人眼前不斷重演麼，當代中國歷次的整人運動、六四屠殺，到最近的香港偽特首選舉，不都是活生生的顛倒黑白的「指鹿為馬」把戲？（鍾祖康《中國比小說更離奇》）

一次顧氏把「金佛郎案」當中一段故事張冠李戴了。我更正了他的錯誤，顧公不服，並說「事如昨日」也。我取出「顧總長」當年自己簽署的文件，來再次反證，顧公才服輸。（唐德剛〈廣陵散從此絕矣〉）

貴賤

【一狐之腋】狐狸腋下的皮毛，比喻稀有珍貴。

【騏驥一毛】良馬的一根毛，比喻珍貴之物。

【和隋之珍】和氏璞玉、隋侯明珠，都是世間罕見的珍寶。比喻珍貴。

【百鎰之金】鎰，ㄧˋ。形容非常的貴重。

【價值連城】典出《史記》，秦王願意以十五座城池換取趙國的寶玉和氏璧。後來形容物品珍貴。

【米珠薪桂】米如珍珠，柴如桂木。比喻物價昂貴。

【五陵年少】比喻豪俠少年、貴家公子。

【薄祚寒門】形容福分淺薄，貧困卑賤的家世。

【一文不值】一文錢也不值，比喻毫無價值。

【屠狗之輩】以殺狗為業的人，泛指操持卑賤工作之人。

【牛童馬走】形容地位卑賤之人。

【雞鳴狗盜】比喻有某種卑下技能的人，或指卑微的技能。亦用於形容卑劣低下的人或事。

尹雪豔總也不老。十幾年前那一班在上海百樂門舞廳替她棒場的五陵年少，有些天平開了頂，有些兩鬢添了霜，有些來臺灣降成了鐵廠、水泥廠、人造纖維廠的閒顧問，但也有少數卻升成了銀行的董事長、機關裡的大主管。不管人事怎麼變遷，尹雪豔永遠是尹雪豔，在台北仍舊穿著她那一身蟬翼紗的素白旗袍，一徑那麼淺淺的笑著，連眼角兒也不肯皺一下。（白先勇〈永遠的尹雪豔〉）

三公里的車程，寒風細雨無情地宣洩，全身溼漉漉的，把原來被羞辱得一文不值的我迅速的堅強了起來。（夏曼・藍波安〈冷海情深〉）

異同

【大相逕庭】兩者截然不同，相去甚遠。

【判若兩人】形容一個人的行為態度，前後截然不同。

【迥然不同】指彼此不同，相差很大。

【截然不同】彼此差異非常明顯。

【涇渭分明】涇水流入渭水時，清濁不混，界限分明。比喻彼此的區別非常清楚。

【天差地遠】形容差別很大、相差甚遠。

【南轅北轍】比喻行動和想要達到的目的相反。或比喻二者彼此背道而馳，遙隔兩地。

【背道而馳】比喻彼此的目標或理想完全相反。

【自相矛盾】比喻言語或行事前後無法呼應，互相牴觸。

【殊途同歸】比喻採取的方法雖不同，所得的結果卻相同。

【不謀而合】事前未經商量，後來意見作為卻一致。

【不謀而信】未經商量，但見解、行為卻一致。

【不約而同】彼此並未事先約定，而意見或行為卻相同。

【同病相憐】有同樣不幸遭遇的人互相同情。

【物傷其類】因同類的不幸遭遇而感到悲傷。

【大同小異】形容事物略有差異，但大體相同。

【同床異夢】睡在同一張床上但各作各的夢，比喻共同生活或一起做事的人意見不同，各有各的打算。

【如出一轍】車輛駛過，車輪所留下的行跡。行徑相同，車轍一致。比喻前後所發生的事情非常相似。

【一模一樣】外表完全一樣。

【因材施教】依據受教者不同的資材，而給予不同的教導。

【因時制宜】根據不同時期的情況，採取合宜的措施應對。

【千篇一律】原指多篇詩文都是相同的格式體裁，後比喻事物的形式呆板而毫無變化。

【異曲同工】曲調雖異，但演奏的技巧造詣卻相同。比喻不同的作法收到同樣的功效。

【物以類聚】同類的人或事物常聚集在一起。

【類聚群分】志趣相同的人或性質相近的事物聚集在一起。

他那副模樣真是嚇人，躲在樹底下兩雙眼睛發著青光，我一瞪眼，才看清楚原來是一對羊眼在發光，然而他抬起頭來，那雙眼就和羊眼一模一樣，教我一瞬間不禁連打了好幾個哆嗦。（郝譽翔〈餓〉）

她攜著一把藍白格子小遮陽傘。頭髮梳成千篇一律的式樣，唯恐喚起公眾的注意。然而她實在沒有過分觸目的危險。（張愛玲〈封鎖〉）

我怔然於這種想法，嘆息：人類文明靠這概念的再創造，重新將涇渭分明的事物打散，給出嶄新的詮釋，所以一直朝前走了下去吧！（陳育萱〈想未曾抵達的，光會記住〉）

我並沒有附和她，雖然我們的看法如出一轍，但我知道，當我從睡夢中再次醒來，還是會撿起一塊母親做的麵包，作為一夜斷食後再次接觸的食品。（韓麗珠〈酵母〉）

「他死了。」「什麼？才五十多歲？過世了？」我很難相信。C說，他後來工作和感情都不是很順利，自己一個人住，有一次在公車上偶遇，人顯得很蒼老，與過去判若兩人。真是出乎意料的結果。（廖志峰〈行話〉）

不，我想，父親即使成了那樣一個身分，還是不會那樣說話吧。不，我又如何能夠知道呢？人生，父親與那個角色的年紀是相當的，可我卻描繪了截然不同的人生。（賴香吟〈雨豆樹〉）

優劣

【一時瑜亮】 雙方才華相當，難分優劣。

【不分軒輊】 實力相當，難分高下。

【不相上下】 程度相當，無法分出高低。

【伯仲之間】 形容才能相差無幾。

【平分秋色】 雙方各得一半，不分上下。

【並駕齊驅】 彼此程度相當。

【旗鼓相當】形容雙方勢均力敵。

【天壤之別】天與地相隔很遠。比喻差別極大。

【判若雲泥】差異如天雲與地泥一樣懸殊。

【半斤八兩】舊制一斤為十六兩，半斤和八兩輕重相等。比喻彼此相當，不相上下。

【太山鴻毛】比喻分量差異懸殊，也做「泰山鴻毛」。

我赴機場接他，兩人先就地喝了幾杯解除旅途疲勞，進城又直驅大學附近的啤酒店，分別灌下數缸啤酒。金銓喝啤酒如長鯨吸百川，和戴天在伯仲之間，但後者總是一面推辭一面乾杯，不若前者痛快，雖然一席下來消耗量也大致相當。（楊牧〈六朝之後酒中仙〉）

我軍戰士衣衫襤褸，倒斃在泥石間，渾然一體。敵方軍裝整齊，橫臥沙場，相當顯眼。一眼望去，顯得我方打了個大勝仗似的。其實，彼此彼此，半斤八兩。雙方都倉皇撤退，聽由那些屍體在荒野裡腐爛。（曹冠龍〈托體同山阿〉）

民初報壇有「一鵑一鶴」之說，「一鵑」指吳門周瘦鵑，「一鶴」指桐鄉嚴獨鶴。周瘦鵑主持《申報》的《自由談》凡二十年，嚴獨鶴主持《新聞報》的《快活林》（後改名為《新園林》），時間更長。當時「自由之鵑」與「快活之鶴」各領風騷，並稱為一時瑜亮。（蔡登山〈從《禮拜六》到「園藝專家」的周瘦鵑〉）

難易

【信手拈來】比喻做事時，隨手而為，毫不費力。

【窒礙難行】有所阻礙，難以進行。

【千載一時】千年才有一次的好時機，形容機會十分難得。

【千載難逢】千年也難遇

上一次，形容機會極為難得。

【輕而易舉】 重量輕而容易舉起。形容非常輕鬆，毫不費力。

【探囊取物】 伸手到袋子裡拿取東西。比喻事情極容易辦到。

【獨木難支】 比喻事情重大，一人之力難以支持。

【摧枯拉朽】 已經枯朽的事物容易摧毀，比喻極容易做到，毫不費力。

【談何容易】 指嘴裡說說容易，實際做起來卻很困難。

【海底撈針】 比喻東西很難找到或事情很難做到。

【易如反掌】 像翻轉手掌一般的容易。比喻事情非常容易做到。

【易若轉圜】 像轉動圓形器物一般容易。比喻事情非常容易做到。圜，ㄏㄨㄢˊ。

【迎刃而解】 形容相連的事物很容易分解，亦用來比喻事情很容易處理。

作為「對話」的某種形式，寫作也好，音樂也罷，村上都信手拈來，絕不造作，卻能充滿意蘊，讓讀者在閱讀時充分感受那來自遙遠時光的美好記憶——不過，這已經超越了爵士樂的涵蓋範圍。這也是村上一貫的拿手絕活。（王光波〈村上春樹與爵士樂〉）

在這一刻，她突兀地記憶起丈夫生命中其他的女人，原先掐得出水的肌膚，讓男人恣意地進出幾次，不多時就老了，真是時間的詭計。她親眼看過時間在別的女人身上怎麼樣呈現摧枯拉朽的力量，即使同父異母的姊姊，後來也因為體態臃腫而笨重不堪。（平路〈百齡箋〉）

所有的婚配都只為傳宗接代著想，所以，可以說都只為男性著想，既然有如此荒謬的結合，為什麼不可以有違乎常情的事情發生？只是一個弱女子要和整個傳統陋習對抗，談何容易？於是燕燕被從樹上打下來，最後還被狗血澆了滿身，禮教吃人原來是真。（張世聰〈現代版的〈倩女幽魂〉〉）

現在談話不知不覺說到立夫的前途。雖然立夫不太瞭解自己，他覺得願意從事新聞事業，而且結婚之後，打算出國留學。他寫文章表達情意是輕而易舉的，並且對身外各種情勢能洞察弊端，所以表達時

能一針見血，把難達之情，一語道出，恰到好處。（林語堂《京華煙雲》）

整齊

【井然有序】 形容整齊有次序。

【循序漸進】 按照一定的次序與步驟逐漸推進。

【有條不紊】 條理分明，有次序而不雜亂。

【條理分明】 有系統、層次，不紊亂。

【按部就班】 比喻做事依照一定的層次、步驟進行。

【井井有條】 形容整齊有序，條理分明。

【一板一眼】 比喻人言行謹守法規，有條有理。

【有條有理】 形容有條理。

季澤把咬開的餃子在小碟子裡蘸了點醋，閒閒說出兩個靠得住的人名，七巧便認真仔細盤問他起來，他果然回答得有條不紊，顯然他是籌之已熟的。（張愛玲〈金鎖記〉）

藝術，原是要在按部就班的實際中開出虛幻，開闢異在，開通自由，技法雖屬重要但根本的期待是心魂的可能性。便是寫實，也非照相。便是攝影，也並不看重外在的真。一旦藝術，都是要開放遐想與神遊，且不宜搭乘已有的專線。（史鐵生《病隙碎筆》）

回過頭，她熄了火，把有點焦了的蛋餅乘在盤裡，站在已打理得井井有條的廚房裡吃起來。久不做蛋餅，沒想到焦掉的蛋餅也這麼香。（章緣〈貓宅〉）

「黃帝之史倉頡見鳥獸蹄迒之跡……初造書契」，我願我是一枚梅花鹿或野山羊的蹄痕，清清楚楚地拓印在古代春天的原隰上，如同條理分明的版畫，被偶然經過的倉頡看到。（張曉風〈你要做什麼〉）

雜亂

【亂中有序】凌亂中卻有一番規律可循。

【七零八落】形容零散的樣子。或形容數量稀少。

【顛三倒四】形容混亂沒有條理或神志不清、翻來覆去。

【亂七八糟】毫無條理。

【錯落有致】交錯紛雜但有條理。

【紛紜雜沓】眾多而雜亂。

【雜亂無章】雜亂而沒有條理。

只要走進這一片綿延不絕的森林，夏天聽聞到的一定是整片嘎嘎作響的蟬鳴聲。冬天則是有滿山遍野的山櫻花盛開。喜歡啃食樹皮的松鼠，多在高高的枝頭上跳躍。藤蔓叢生的情景因為地勢已高的關係，並不至於像低海拔區域那樣的雜亂無章。（嚴云農《賽德克・巴萊》）

在那個角落裡，不止東西是亂七八糟地橫豎著，連記憶也錯綜複雜，不能去牽扯的，一牽扯就沒完沒了。（簡媜〈一瓢清淺〉）

它們還是如水漫流，見縫就鑽，看上去有些亂，實際上卻是錯落有致的。它們又遼闊又密實，有些像農人撒播然後豐收的麥田，還有些像原始森林，自生自滅的。它們實在是極其美麗的景象。（王安憶《長恨歌》）

顯明

【昭然若揭】形容含義或真相非常清楚，顯而易見。

【一目了然】比喻事物井然有序，一眼就能看得清楚明白。

【有目共睹】凡是有眼睛的人都看得見。指事實極為明顯，眾所周知。

【不言而喻】事態明顯，不待說明即可曉悟。

【欲蓋彌彰】形容想要掩飾過失，反而使過失更加明顯。

【顯而易見】事情或道理明顯而容易明白。

【水落石出】冬季水位下降，使石頭顯露出來。形容水枯季節的自然景色。或比喻事情經過澄清而後真相大白。

【水清石見】當水清澈時可見水底石頭。比喻事情真相大白。

【黑白分明】黑色、白色區分明顯。比喻是非清楚或形容眼睛清澈明亮。

事情昭然若揭地向她呈現著，但她仍然一無所知。她只能詳盡地解讀著統計模型，卻不能聽得懂她丈夫的腳步聲，就在她的正頭頂上，急切地洩露偷情者的行蹤。（丁允恭〈擺〉）

人常常陷在兩難之間，就會想以黑白分明的邏輯，將問題簡化：十惡不赦的人就該死！然而，所有的文學家、哲學家，他們的思維都是從這些十惡不赦的人身上去發展，不然文學與哲學都失去意義。（蔣勳〈暴力孤獨〉）

有人立刻會說，文字清楚的書，也有一些淺薄得不值一讀。當然不錯，可是文字既然清楚，淺薄的內容也就一目了然，無可久遁。倒是偶爾有一些書，文字雖然不夠清楚，內容卻有其分量，未可一概抹煞。（余光中〈開卷如開芝麻門〉）

模糊

【撲朔迷離】形容事物未能釐清，難以明瞭真相。亦可形容景色迷濛。

【含糊其辭】把話說得不清楚、不明白。

【模稜兩可】比喻處理事情的態度含混，不表示明確的意見或主張。

【霧裡看花】形容視界模糊，看不清楚。或比喻看不清楚事情的真相。

【若隱若現】形容隱約不

明，模糊不清。

【若即若離】 像是接近，又像是不接近。形容態度不明確。

【影影綽綽】 隱隱約約、模糊不真切的樣子。

她慣常穿著寬大的素色棉布長袍，手腕上錯亂的刀疤若隱若現，頭帶窄緣草帽，下蹬夾腳涼鞋，冬天頂多披上一件大披肩或斗篷，有人說她像異國流浪來的吉普賽女郎。（周芬伶〈十三月〉）

此外就談到宮女了，豹尾離宮、雲房水殿，歷代文人筆下，總是宮闈縹緲，御苑春深，把宮闈秀女在掖庭的生活，不但寫得多彩多姿，而且撲朔迷離令人莫測，其實說穿了，也沒有什麼離奇的。（唐魯孫〈清代的宮廷女子生活〉）

起坐間的簾子撤下送去洗濯了。隔著玻璃窗望出去，影影綽綽烏雲裡有個月亮，一搭黑，一搭白，像個戲劇化的猙獰的臉譜。（張愛玲〈金鎖記〉）

現在僅存的一張舊照片，是在初結婚不久拍的生活照，父親和母親若即若離地站著，父親抱著她，是為慶祝她滿月的紀念照。（周芬伶〈母親十六歲〉）

複雜

【一言難盡】 事情非常複雜，無法用簡單的話把它說得清楚。

【錯綜複雜】 交錯綜合在一起，形容情況複雜。

【五光十色】 形容景色鮮麗複雜，光彩奪目。或指內容豐富，變化萬端。

【眼花繚亂】 所見繁複，使眼睛因看不過來而昏花。

【千絲萬縷】 形容關係密切複雜，難以理清。

【盤根錯節】 樹木的根株盤曲、節目交錯。比喻事情複雜，不易分解。

【繁文縟節】 繁瑣的儀式

或禮節。

【花團錦簇】花朵錦繡聚集在一起。形容繁花茂盛。或形容文章或事物繁複華麗。

【五味雜陳】酸、甜、苦、辣、鹹五種味道混雜，形容味道或感受複雜，無法說清。

【百端交集】各種感受混雜在一起。比喻思緒混亂，感情複雜。

湯內的東西雖多，卻沒有繁文縟節，它們非正式地聚在一起，很隨和，有些看起來甚至顯得粗糙笨拙，又粗糙笨拙得相當實在。（焦桐〈宜蘭三味〉）

這些年了，她跟他捉迷藏似的，只是近不得身，原來還有今天！可不是，這半輩子已經完了——花一般的年紀已經過去了。人生就是這樣的錯綜複雜，不講理。（張愛玲〈金鎖記〉）

每一個選擇背後，都牽涉到許多重可能相互牴觸的價值判斷。有時站在超市裡，想到食物背後錯綜複雜的關係，我簡直要頭暈。（張讓〈石油大餐〉）

在這三年中，玉家菜園還是玉家菜園。但漸漸的，城中便知道玉家少主人在北京大學讀書，極其出名的事了。其中經過自然一言難盡，瑣碎到不能記述。（沈從文〈菜園〉）

像一切無用過時的東西，它變為有歷史價值的陳設品。宛如一個七零八落的舊貨攤改稱為五光十色的古玩鋪，雖然實際上毫無差異，在主顧的心理上卻起了極大的變化。（錢鍾書〈貓〉）

這與寫文章的布局，或繪畫構圖，衣飾穿著，乃至人生許多事務同理，總要有些疏落低調，才能襯托精華中心，否則徒然堆砌鋪張，令人眼花繚亂，反嫌庸俗。（林文月〈鑲冬菇〉）

方玉菡轉過身來，與杜文仲臉貼著臉，說，這兩年不錯都有些事發生著，不過局面真得這麼難測嗎？杜文仲撥著方玉菡的鬢髮，說，已經有工潮了，雖說零星，其實千絲萬縷，大家只是在淡化。（陳慧〈日光之下〉）

圓滿與殘缺

【善始善終】美好的開始，圓滿的結束。

【全始全終】有好的開始與圓滿的結束。

【花好月圓】花正盛開，月正圓。比喻人事美好圓滿。

【行滿功成】原指修行圓滿得道。後以此比喻事情的圓滿、成功。

【千瘡百孔】形容損壞極大，殘缺不全。

李先生在睡午覺，照例近三點鐘才會進書房。頤穀滿肚子憋著的怒氣，那時都冷了，覺得非趁熱發洩一下不可。湊巧老白送茶進來，頤穀指著桌子上抓得千瘡百孔的稿子，字句流離散失得象大轟炸後的市民。（錢鍾書〈貓〉）

4 數量

多寡

【人山人海】人群如山海般眾多，無法估計，形容人聚集得非常多。

【不勝枚舉】指事物太多，不能一一舉出。

【比比皆是】形容數量很多，到處都是。

【不可勝數】數量多到數不完的程度。

【多多益善】指數量愈多愈好。

【形形色色】形容各色各樣，種類很多。

【包羅萬象】形容內容豐富，應有盡有。

【多如牛毛】形容非常多。

【林林總總】形容事物眾多。

【五顏六色】形容色彩繁

多。或泛指各式各樣。

【成群結隊】眾多人物聚在一起。

【琳瑯滿目】滿眼所見都是珍貴的美玉，比喻數量極多，盈滿眼簾。

【車載斗量】用車裝載，拿斗測量。形容數量很多，不可勝數。

【盈千累百】形容數極多，也作「盈千累萬」。

【投鞭斷流】把兵士的馬鞭都投到江裡，就能截斷水流。比喻軍旅眾多，兵力強大。

【五花八門】原指古代兵法中的陣法，後用以比喻花樣繁多，變化多端。

【高朋滿座】高貴的賓客坐滿了席位。形容賓客眾多。

【恆河沙數】典出《金剛經》，指印度恆河的沙，數量多到難以計數，因此用來形容數量很多。

【汗牛充棟】書籍多到負載的牛隻都累得出汗，房屋都被書籍堆滿。形容藏書極多，很豐富。

【殺人如麻】所殺的人如亂麻一般多。形容殺人極多。

【擢髮難數】即使把頭髮拔盡，也無法用以計數所犯的罪行。形容罪狀多到難以計數。

【罄竹難書】即使把所有竹子做成竹簡拿來書寫，也難以寫盡。形容災亂異象或罪狀很多，無法一一記載。

【應接不暇】形容事物繁多，來不及應付。

【絕無僅有】極少。

【獨一無二】只此一個，別無其他。指最突出或極少見的，沒有可與之相比或相同者。

【寥寥無幾】數量極少。

【寥寥可數】數量少，輕易可以數盡。

【寡不敵眾】人少的抵擋不過人多勢眾的。

【杯水車薪】以一杯水去撲滅一車木柴所燃起的火。比喻力量太小，無濟於事。

【鳳毛麟角】比喻稀罕或稀少的事物。

【零零星星】數量少而不集中。

【寥若晨星】清晨廣大遼闊的天空，星星十分稀疏。形容數量稀少。

【屈指可數】彎曲手指可計數，形容數量很少。

【七零八落】形容零散的樣子。或形容數量稀少。

【尺布斗粟】一尺布、一斗的粟米，比喻數量稀少。後衍伸形容兄弟不睦。

【一釐一毫】形容數量極少。

【聚沙成塔】本指兒童堆積泥沙成佛塔的遊戲，後比喻積少成多。

【集腋成裘】積眾多狐狸腋下的小塊皮毛，以製成珍貴的白狐裘。比喻積少成多。

【積少成多】累積少量而成多數。

在我童年時代，每隔一個禮拜，就會有一部活動圖書車開進村子裡來，通常是在炎熱夏天，放暑假的安靜午後，車子是小型遊覽車的規模，擺滿了書架，琳瑯滿目的書籍，有一股紙張的霉味，跳上車去便先從兩個噴嚏開始。（張曼娟〈小板凳俱樂部〉）

我想起《真臘風土記》中所述，有一種酒叫「美人酒」，是在美人口中含了一個晚上而成的酒。原來櫻桃小嘴也是一座奇妙的酒窖！但我不能突兀地寫這樣的句子，古來因酒而產生的辯證，多到不可勝數。（陳義芝〈水井坊〉）

整連的士兵又殺又嗨地叫喊，面對著營房側面牆上的一幅極為巨大的中國地圖，圖中各省分別漆著醒目的五顏六色，地圖下則是一字排開、或站或倚、疲乏的他們——每次操練一陣之後，連長總會叫他們全部下來休息。（陳列〈老兵紀念〉）

緯寧願她是個滔滔不絕的人，他便可以忘掉她的聲音，可是她寥寥可數的話，始終如許多尖細的刺，刺在他的腦袋，任憑他如何努力，也無法悉數拔出。（韓麗珠〈死線〉）

洞內的猛獸早已成群結隊，與人類爭奪這個天地。一場惡鬥，一片死寂。一個部落被吞沒了，什麼也沒有留下。又不知過了多少年月，又一個部落發現了這個洞穴，仍然是一場惡鬥，一片死寂。終於，有一次，在血肉堆中第一個晃晃悠悠站起來的，是人而不是獸。人類，就此完成了一次佔有。（余秋雨〈白蓮洞〉）

因為巡警們，專在搜索小民的細故，來做他們的成績，犯罪的事件，發見得多，他們的高升就快。所以無中生有的事故，含冤莫訴的人們，向來是不勝枚舉。（賴和〈一桿秤仔〉）

每到第二市場，總習慣繞到這麵攤，探問消息。黃麻葉的季節，入夏至秋，不是四季都有。能巧遇麻

薏上市，熱熱喝一碗，大汗淋漓，也是好運。尤其，想起林林總總，關於這菜湯昔日的家常。（賴鈺婷〈臺中老式繁華〉）

蒼鷹經此一役，寡不敵眾，自然打消築巢念頭。報復似的，趁藍鵲出去覓食，賊頭賊腦地跑來抓幼雛，護巢的藍鵲自然不是省油的燈，馬上嘎嘎大叫，隨著眾多藍羽箭再度射回，這次牠們連結周遭的樹鵲一起，惡狠狠地啄下幾根鷹羽，蒼鷹狼狽告退。（廖宣惠〈樹鵲波波〉）

正在船裡人替岸上的人感覺萬分著急的時候，雨又像用刀切斷似的突然停住了。幾分鐘之後，也許又會下著大雨，也許是絲絲的細雨，也許是陰霾密布，整個海面都被霧封鎖，使你的眼睛應接不暇。這種千變萬化的自然美景，如果不細細地體會，是很難領略到的。（謝冰瑩〈雨港基隆〉）

七仙賣出去之時，已是十歲了，賣去當作「先婢仔」，意即童養媳，音訊不至於全無——可是零零星星的消息就夠揪心，但願沒有聽過，到底不是好的遭遇，受苦受罪，刻薄虐待，可想而知。後來逃了出來，再沒有消息，桂成託人打聽，說是死了，但死要見屍，竟終未見……想必是對方惡意散播出來的。（李天葆〈九燕春——茶陽娘子從前事〉）

我坐在船尾，看著水裡一隻隻幾乎透明的水母被槳葉攪出的白沫溢向兩側，形形色色的水母像極了星際大戰中的飛行器正在海洋的天空裡飛翔；一群烏賊扭著大象樣的鼻子匆匆經過船邊；一隻海龜把一顆圓鈍的頭露出水面，警覺的看著經過的船隻。海上豐富多樣的生命，讓我忘了這趟出海「損龜」的不愉快。（廖鴻基〈丁挽〉）

姨奶奶劍法不但辛辣，而且招招都有不惜和對方兩敗俱傷的姿態，放眼江湖，這樣的女子委實沒有幾個。再瞧那大奶奶，平劍當胸，在旁掠陣，竟無出手夾攻之意。女子和男人動手，總是吃虧些，是以女子縱然以多為勝，江湖中也沒有人會說閒話的，這姨奶奶到了這種地步，居然還是自恃身分，不屑以二敵一，這麼大氣派的女子，在江湖中更如鳳毛麟角，絕無僅有。黑衣人愈瞧愈奇怪，愈想愈吃驚。更令他吃驚的是，那兩個丫頭暗器手法竟也準得嚇人，只要手一揚，外面立刻就有一、二人驚呼著倒下去。小仙女更早已衝了出去，百來個黑衣大漢，此刻倒下至少已有四五十個，剩下的自顧尚且不暇，那裡還有工夫放箭。（古龍《絕代雙驕》）

魏東亭見的世面大了，一聽這話，馬上明白，這是在問他為什麼要繞道來清江。他謙虛地一笑說：「魏某此行，一來是為聖上請安，二來嘛，聽說蕭家渡決了口子，想順便看看靳輔和于成龍他們有什麼困難。河口一決，災民要賑濟，河工要修復，用錢的地方少不了，所以隨身帶來二十萬銀子。雖說是杯水車薪，但有總比沒有強！」魏東亭說著，從懷中掏出一張銀票，遞給靳輔，「靳大人，你派人去南京海關總署領銀子好了。」這一下，事出意外，所有的人都愣了，靳輔、陳潢他們，高興得不知說什麼才好，伊桑阿卻覺得太便宜靳輔了，便冷冷地說：「哎呀呀，虎臣兄，你這可真是雪中送炭哪。」（二月河《康熙大帝》）

全部

【一應俱全】 應有的一切都很齊全。

【包羅萬象】 形容內容豐富，應有盡有的樣子。

【面面俱到】 形容各方面都照顧到。

【應有盡有】 該有的都有。形容萬物齊備。

【一覽無遺】 一眼望去就看得很清楚，毫無遺漏。

【一網打盡】 如同用網子全部抓住，無所遺漏。

【一網打盡】 全部清除乾淨。

【百不失一】 形容人思慮周密，無所遺漏。

【無一不備】十分齊備、完整。

【芸芸眾生】泛指世間一切生靈或特指塵世凡人。

【傾巢而出】比喻動用全部的人力。

【連皮帶骨】指全部，也可以解釋為皮與骨頭。

【全軍覆沒】全部軍隊傷亡殆盡，沒有人生倖免，用以比喻完全失敗。

【傾腸倒腹】把心底的話全部說出來。

【和盤托出】毫無保留的全部說出來，或者全部拿出來。

他是在叩一扇生理本能的門，那道門的鑰匙因為芸芸眾生各持一把，丟掉了借來別人的也無濟於事，便那麼自責的又敲又戳起來。（鍾怡雯〈垂釣睡眠〉）

這是怎麼開始的？具體的情節井然有意地欺瞞我入夢，不厭其煩地重複過往的生活細節，鉅細靡遺乃至偷天換日，一行人搭上遊覽車，「勘查傳說中的美景」這樣的爛哏竟也說服了我繼續參與夢境的拓路。（陳育萱〈恐怖中秋〉）

瓊森鎮的夜晚，隱藏著諸多祕密，只有好奇的眼睛，才能觀察到各種細膩之處。我想，這短短一個月時光，肯定無法將北美洲夜晚的秀麗一覽無遺。（何敬堯〈夜光草〉）

一群和莫那一樣在臉龐上擁有歲月痕跡的男人們聽命，像從蜂窩裡傾巢而出的虎頭蜂，發出了震懾人心的喊殺聲。他們衝進霧社的街道，也長驅直入地殺進霧社分室附近的日人宿舍裡！（嚴云農《賽德克．巴萊》）

其實，所有成人可能有的東西，小孩的小小的心裡必也一應俱全。因此小孩也是可怖的，他們是所有不可知的未來的決定者，純美的表相之下隱藏著無窮或善或惡的可能。（黃碧端〈愛憎童蒙〉）

部分

【冰山一角】呈現在表面的一小部分現象。

【可見一斑】由事情的某一點可推論其全貌。

【九牛一毛】九頭牛身上的一根毫毛。比喻極大數量中的一小部分。

【滄海一粟】大海中的一粒粟米。比喻渺小而微不足道的一小部分。

【盲人摸象】盲者以各自所摸大象身體的不同部位來形容象。比喻以偏概全，不能了解真相。

【見驥一毛】只看到好馬身上的一根毫毛，比喻見識短淺，只了解事物的一小部分。

【以管窺天】透過竹管看天空，只能見到一小部分。比喻見識短淺、狹窄。

【掛一漏萬】形容能夠顧及的很少，遺落的很多。

【鳳毛麟角】形容極其稀罕珍貴的人、事、物。

【百裡挑一】在一百個之中，選出一個。比喻極其優秀、難得的人事物。

【屈指可數】扳著手指，即可數清，形容數量極少，通常用於形容及旗優秀的人物。語本唐·韓愈〈憶昨行和張十一〉詩：「自期殞命在春序，屈指數日憐嬰孩。」

我們現在可以翻來覆去講述的話語，其實都是近一個多世紀考古學家們在廢墟間爬剔的結果，與早已毀滅和尚未爬剔出來的部分比，只是冰山一角。（余秋雨〈巨大的問號〉）

容老師是真人不露相，他不僅會吃，他還很懂如何做菜，是位執有烹飪證書的美食者，耳聞他做的雲吞曾被個傢伙一口氣幹掉了幾十個，手藝之好由此可見一斑。（吳錡〈樓上三老〉）

她出身在富家，富家出身的人原來有嗇刻的，也有慷慨的，她的慷慨還不算頂稀奇。真正難得的是她那不會厭倦的同情和不辭勞苦的服務。富家出身的人往往只知道貪圖安逸，像她這樣給自己找麻煩的人實在少有。再說一般的醫師，也是冷靜而認真就算是好，像她這樣對於不論什麼病人都親切，恐怕也是鳳毛麟角罷！（朱自清〈劉雲波女醫師〉）

「開什麼廠！真是淘氣！當初為什麼不辦銀行？憑我這資本，這精神，辦銀行該不至於落在人家後面罷？現在聲勢浩大的上海銀行開辦的時候不過十萬塊錢……」他頓了一頓，用手去摸下頷，但隨即轉成堅決的態度，右手握拳打著左手的掌心「不！我還是要幹下去的！中國民族工業就只剩下**屈指可數**的幾項了！絲業關係中國民族的前途尤大！——只要國家像個國家，政府像個政府，中國工業一定有希望的！——竹齋，我有一個大計畫，但是現在沒有工夫細談了，我們出去看看萬國殯儀館送來的棺材罷。」（茅盾《子夜》）

唯一

【獨一無二】只此一個，別無其他。比喻最突出或極少見。

【絕無僅有】只此一個，絕無其他。形容極為稀少。

【空前絕後】比喻超越古今，無與倫比。

【千古獨步】形容古往今來，絕無僅有。

【曠古一人】從古至今，唯有此一人，絕無僅有。

【天下無雙】天底下沒有第二個，獨一無二。

【無出其右】沒有能夠勝過的。因古時以右為尊。

【碩大無朋】貌壯德美，無相比之行。

【碩果僅存】比喻唯一仍然存在的人或物。

【無與倫比】沒有能比得上的，比喻僅只一個。

【不二法門】佛教用語，指到達絕對真理的方法。後比喻唯一的方法或途徑。

人的名字是所有文字最粗率、霸道的，既要求有名有利大富大貴，又要求**獨一無二**別無分號。（周芬伶〈問名〉）

善良從小在織品中打轉，習慣從布料和花色去認識一個人，冰涼帶水光的粉紅細絹牽連著一個肢體柔

靜的女人，她的矜持可是碩大無朋。（周芬伶〈綠背心〉）

一次又一次的託付，傳遞包裹文件任何人都會做，叉叉叉付出的卻是獨一無二的熱忱。眾人一陣笑，影射他們都熟悉的某個女人。（朱天文〈帶我去吧！月光〉）

李尋歡忽然想起了阿飛。阿飛的聰明才智是不是比王憐花更高，因為他只學了一樣事，只練一劍。他這一劍本可練到空前絕後，無人能抵擋的地步。「只可惜聰明人偏偏時常要做傻事。」李尋歡嘆了口氣，不願再想下去。（古龍《多情劍客無情劍》）

我這個題目，是把《禮記》裡頭「敬業樂群」和《老子》裡頭「安其居，樂其業」那兩句話，斷章取義造出來。我所說是否與《禮記》、《老子》原意相合，不必深求；但我確信「敬業樂業」四個字，是人類生活的不二法門。（梁啟超〈敬業與樂群〉）

貳・內在世界

一 情感

1 情緒

喜愛

【愛不釋手】喜歡得捨不得放手。

【愛不忍釋】喜愛到捨不得放手。

【情有獨鍾】特別鍾愛於某種事物。

【拍案叫絕】拍桌子叫好，形容非常讚賞。

【樂此不疲】特別喜好做某些事，而不以為倦苦。

【愛屋及烏】比喻愛一個人也連帶地關愛與他有關的一切。

【心嚮往之】形容內心想望、景仰的感覺。

【如醉如痴】形容人神情恍惚，陶醉其中，難以自拔。也作「如痴如醉」。

【高山仰止】景仰崇高的德行，語出《詩經·小雅·車舝》。舝，ㄒㄧㄚˊ。

【五體投地】比喻非常的敬佩。五體投地本是古代印度最恭敬的致敬禮儀，以身體雙膝、雙肘及頭等五處著地，佛教徒沿用此禮以敬三寶。

然後史密夫在不遠處的屈臣士藥房（A.S. Watson & Co.），買了暈船藥和一瓶蘇格蘭威士忌，以及在雪廠街的阿方照相館（Afong Studio）搜購了一些他太太必定愛不釋手的本地風景和人物照片，其中一幀拍攝一個本地窮家男孩揹著小嬰兒的著色照，更加令他內心產生「對人類的純真本性的深深觸動」。（董啟章〈史密夫先生的一日遊〉）

可能是因為在微涼的秋天裡抱著滿懷的期望入學吧，所以喜歡學校在秋天裡的所有模樣。經過了四個冬天，仍然對那所學校情有獨鍾，喜歡她的景色，喜歡她的人文，喜歡她的自由，喜歡她的孤獨。

（樊孝娣〈關於在烏山頭水庫旁那所學校的時光〉）

乾隆皇帝弘曆登基的時候（一七三六）才二十四歲，在位時，文治武功均稱隆盛，他喜歡外出遊覽「巡幸」，詩文書法雖不見佳，卻又樂此不疲。民間流傳乾隆皇帝的故事不少。單就乾隆皇帝游江南就能說上幾天，不過真實性如何就難說了。（周簡段〈乾隆賜匾「都一處」〉）

厭惡

【深惡痛絕】厭惡、痛恨到極點。

【不共戴天】比喻仇恨極深。

【疾惡如仇】憎恨壞人壞事如同仇敵一般。

【痛心疾首】痛恨、怨恨到極點。

【怒目切齒】張眼瞪視，咬牙切齒。形容憤怒、痛恨到了極點。

【恨之入骨】恨到了極點。

【疾之如仇】痛恨到彷彿仇敵一般的厭惡。

【仄目而視】仄，ㄗㄜˋ。斜眼注視，表示痛恨或者是畏懼。

【人神共憤】形容充滿憤恨、憎惡到極點。

【掩鼻蹙頞】頞，ㄜˋ，鼻莖。形容極其厭惡，而不願談及。

【掩鼻而過】形容厭惡不潔之物。

【餘食贅行】吃剩的食物，身上的贅瘤，指遭人厭惡的事物。

當然，小孩還別有可憎處。「烏有市」的劉紹銘教授有過名言，說不曾為人父母的，沒資格寫小說，因為「還沒有真正經歷過人生的苦難」。他自己，在我所熟知的人當中，是對小孩的喧鬧最深惡痛絕

的一位。（黃碧端〈愛憎童蒙〉）

樓底下有個俄國人在那裡響亮地教日文。二樓的那位女太太和貝多芬有著不共戴天的仇恨，一搥十八敲，咬牙切齒打了他一個上午；鋼琴上倚著一輛腳踏車。不知道哪一家在煨牛肉湯，又哪一家泡了焦三仙。（淳子《她的城．張愛玲地圖》）

他想起臨來時皇上要他「觀察晉省吏風」的囑咐，所以他盡管對席間的談話很是反感，卻只是「觀察」，並不說話。田文鏡當然知道，這故事全是編出來給他聽的。因為他就是三進考場，屢試不第，才花錢捐的官。他也知道，自己在山西折騰了這麼多天卻一無所獲，這裡的大小官員早就把他恨之入骨了，這是要趕他走哪！可是，他心裡有數，不但不怕，還笑了笑說：「好，講得真好，田某受益匪淺。我也想給大家說個真事：剛才田某到這裡來之前，已經用我的欽差關防把山西的藩庫封了。你們聽到這個消息，不知道還能不能笑得起來。」他說得很輕鬆，但就是這麼一句話，卻如春雷炸響，驚得在座的人面面相覷，不知如何是好了。（二月河《雍正皇帝》）

平和

【心平氣和】心氣平和，不急不怒。

【心如止水】心志如靜止不流動的水，不為外物所動。

【高枕無憂】形容身心安適，無憂無慮。亦作「高枕而臥」。

【氣定神閒】形容人的神態安詳閒適。

【安步當車】形容態度悠閒從容。

【從容不迫】沉著鎮定不慌張。

【揚揚自若】態度從容鎮定。

【悠然自得】神態從容，心情閒適的樣子。

【不慌不忙】形容人舉止從容不迫。

【不忙不暴】形容態度從容平和，不焦躁、不忙亂。

【好整以暇】形容在紛亂、繁忙中顯得從容不迫。

【大大方方】態度自然而從容的樣子。

【輕裘緩帶】原本是指身穿輕暖的皮衣，繫寬大的衣帶，後來用於比喻行動、態度從容閒適的樣子。

【面不改容】不改面部神色。形容遇到危險時，仍然保持態度平和沉著。也作「面不改色」。

【泰然居之】遭遇事情時，保持鎮定的態度，神色鎮定。也作「處之泰然」。

【泰然自若】遇到緊急或危難時，情緒上保持鎮定、不驚慌。

【和氣致祥】氣氛平和融洽可招來吉祥喜慶。

【見怪不怪】遇到奇怪的事物而不覺得奇怪。比喻處事鎮定。

貴婦超市就有一種不慌不忙、既似優雅又似裝模作樣的高尚氣氛。在一堆標榜有機、無毒的嚴選食材中，像我這種非貴婦級的顧客，最大的樂趣來自於欣賞與想像。（黃雅昕〈超市的表情〉）

機會來了，是駐臺美軍撤離前的盛大通宵化裝舞會，臺北社交名媛花招盡出，莫不鑽破頭冀望出奇致勝。老太太這廂神閒氣定取出壓箱底前朝衣飾給拿主意打扮。當晚朱愛倫祭出文化陣仗舉座驚豔。（蘇偉貞〈日曆日曆掛在牆壁〉）

我從沒想過會與書燁此華麗的照面，古人或許見怪不怪，早用以糊壁、糊窗，偶爾口占「三更有夢書當枕」……總之，我在一種微醺的氛圍中，啜飲金黃醇美的酒液，暫時把滿牆如蝴蝶飛舞的書頁當成李白斗酒之後的題詩。（廖志峰〈機械複製的時代〉）

字雖是走雲連風，氣勢磅礡，觸目卻教人看出大寂寞來：即使心如止水的山僧，也有他的青春歲月，也有他的盛年，然而朝顏瞬息，只有寒松獨見；人，只是悠悠地老去。（黃碧端〈寂寞〉）

第二天早晨，木蘭來和莫愁商量當前的情形。她也聽到黑名冊和懷瑜回來的事。她答應把立夫那一包文字拿去放在華太太的古玩店裡。她還出主意讓立夫離開北京些日子，等時局好轉再回來。那是早晨十一點鐘，木蘭姊妹正和立夫說話，陳三跑進來說：「警察進來了。」姊妹二人臉變得煞白。莫愁說：「由後門跑。」立夫泰然自若說：「那有什麼用？一定都包圍了。」四個警察立刻進來。莫愁出去見他們，問：「你們要幹什麼？」警官說：「少奶奶，我們有拘捕狀，要逮捕孔立夫。」陳三邁步向前，手放在槍上。立夫出來喊說：「別胡來！」（林語堂《京華煙雲》）

憤怒

【七竅生煙】眼耳鼻口都氣得冒煙，形容非常憤怒。

【大發雷霆】盛怒時斥責聲如雷霆，令人驚恐。形容大發脾氣，大聲責罵。

【火冒三丈】形容人十分生氣。

【正言厲色】言辭鄭重，神情嚴厲。

【勃然大怒】忿怒的樣子。

【咬牙切齒】咬緊牙齒，表示非常悲痛憤恨。

【怒不可遏】憤怒得無法抑制，形容十分憤怒。

【怒氣沖天】怒氣直沖天際。形容十分憤怒。

【怒氣沖沖】十分激動、憤怒的樣子。

【怒氣填胸】胸中充滿怒氣。形容非常氣憤、忿怒。

【怒髮衝冠】憤怒得頭髮豎起，連帽冠都頂立。形容極端憤怒。

【柳眉倒豎】形容女子發怒的樣子。

【氣急敗壞】上氣不接下氣，狼狽不堪的樣子。形容十分慌張的樣子。

【疾言厲色】指言語急迫，神色嚴厲。形容人發怒的樣子。

【惱羞成怒】因羞愧到極點而惱恨發怒。

【義憤填膺】胸中充滿因正義而激起的憤怒。

【憤憤不平】心中十分氣惱、不服氣。

【暴跳如雷】暴躁得像打雷一樣猛烈。形容脾氣暴躁或憤怒的樣子。

【聲色俱厲】說話時的聲音和臉色都很嚴厲。

這一天放假回家，檢點了一下，又發現有一條褥單是丟了。七巧暴跳如雷，準備明天親自上學校去大興問罪之師。（張愛玲〈金鎖記〉）

等我以考古的功夫掘開那襲香草屍衣，底下純潔無染的魚身其實還算鮮嫩，只可惜讓廚子給糟蹋了——這雖不至於讓人萬念俱灰，也夠火冒三丈了。（張讓〈我的菜裡有根頭髮〉）

他母親每回提到這次往事必然淚眼汪汪。那些男形老婦必然是義憤填膺一頓咒罵。只有他知道母親人格裡那像鬆脫的扣榫或散開的畫框的部分，乃至於有某些根柢性的東西，她永遠是會像糊了的字跡或泡水的肖像畫，不清不楚兜兜反反像霧裡看花……（駱以軍〈運屍人〉）

我覺得，母親對於姊姊限制她每天進食麵包的數量，並不感到厭惡，她確切被刺傷的是姊姊把問題歸咎於那些她視作孩子般的麵包。她咬牙切齒地說這是一種報復，原因是多年以前，姊姊在麵包裡啃到一顆她壓麵糰時不慎掉落的早已壞死多時的牙齒。（韓麗珠〈酵母〉）

彼時我比現在年輕幾歲，仗著一股學生式的天真與憤憤不平，我質問母親，媽，你怎麼可以蒙蔽阿嬤，病人有知情的權利，換成是你，你難道不想知道自己得了什麼病？（吳妮民〈謊〉）

畫面中接著出現的是一個氣急敗壞的女人，從屋裡奔出趕到門邊，對那個男子大聲喝斥了幾句。男子張開原先緊握的拳頭，露出掌心中的糖果朝他面前送來。他害怕地看著男人，又望了望女人，直到聽到一個溫柔的聲音，拿去。（郭強生〈罪人〉）

快樂

【喜不自勝】高興得不得了。

【樂以忘憂】非常快樂而忘了憂愁。

【心曠神怡】心情開朗，精神愉悅。

【心花怒放】形容心情極其快活。

【眉開眼笑】眉頭舒展，眼含笑意。形容愉悅欣喜的神情。

【笑逐顏開】形容心中喜悅而眉開眼笑的樣子。

【眉飛色舞】形容非常喜悅得意的神情。

【怡然自得】欣悅自得的樣子。

【喜出望外】因意想不到的事感到欣喜。

【大喜過望】因結果超過原本預期而感到特別高興。

【樂不可支】快樂到無法承受，形容快樂到了極點。

【歡欣鼓舞】歡樂興奮的樣子。

【歡天喜地】非常歡喜高興的樣子。

【興高采烈】形容興致勃勃，情緒熱烈的樣子。

【滿面春風】形容滿臉笑容，心情喜悅或得意的情狀。

【欣喜若狂】形容快樂、高興到了極點。

我聽到這消息，簡直欣喜若狂。後來經過志魚兄的引介到宣外永光寺中街鄒老的寓廬求見。慕老極為念舊，知我是秋宸公侄孫，又是虔誠求教而來，欣然答應。（唐魯孫〈印泥〉）

玉清非常小心不使她自己露出高興的神氣——為了出嫁而歡欣鼓舞，彷彿坐實了她是個老處女似的。玉清的臉光整坦蕩，像一張新鋪好的床；加上了憂愁的重壓，就像有人一屁股在床上坐下了。（張愛玲〈鴻鸞禧〉）

整個夏季，我們都興高采烈地強迫蟬從枝頭搬家到鉛筆盒來，但是鉛筆盒卻從來不會變成音樂盒，蟬依舊在河邊高高的樹上叫。（簡媜〈夏之絕句〉）

憶及年幼之時，家父好飲香片，每見他握杯把玩，先聞其香氣，再徐徐飲之，最後則閉目養神，一副怡然自得狀。（朱振藩〈茉莉花茶撲鼻香〉）

一生不知作過多少次迷路夢。從前在警察廣播電臺工作時，夢中迷路，會逢人便問「請問怎麼樣才能到臺北？」有時在迷路中，只見滿街泥濘，兩旁店鋪都非常陌生，忽然迎面開來電臺的車子，於是喜出望外，趕緊招手，平安抵達。（羅蘭〈這一次的迷路夢〉）

我們登上了五峰山頂，心曠神怡地恣意吸取著四周的風景。海水是那末無窮的廣大、深遠，它擁抱著大大小小的無數的島嶼，白色的浪沫在澎澎湃湃地有節奏而徐緩地撲向海邊的赭蒼色的古老的岩石上來，彷彿是摔碎在岩下，卻又像是有節奏而徐緩地引退了。（鄭振鐸〈移山填海話廈門〉）

哀愁

【千愁萬恨】形容憂愁怨恨極多。

【千愁萬緒】形容憂愁思慮極多。

【心如刀割】謂內心痛苦，像被刀割一樣。

【以淚洗面】淚流滿面。形容極度憂愁悲傷。

【坐困愁城】形容極度憂愁、煩惱的樣子。

【抑鬱寡歡】憂愁不樂的樣子。

【忽忽不樂】心中失意而不快樂。

【咳聲歎氣】因憂愁、煩悶或痛苦而發出嘆息聲。

【紅愁綠慘】形容哀愁傷懷。

【食不下咽】飲食不下。形容內心非常悲傷、憂愁或煩惱。

【借酒澆愁】借喝酒來排遣愁悶。

【悒悒不樂】鬱悶憂愁、不快樂。

【悶悶不樂】心情憂鬱不快樂。

【忽忽不樂】心中失意而不快樂。

【鬱鬱不樂】憂悶的樣子。

【神愁鬼哭】形容極其淒慘悲苦。

【柔腸寸斷】形容極度悲傷。

【視丹如綠】把紅色看成

綠色。形容憂愁太甚致視覺模糊。

【愁眉不展】雙眉緊鎖，很憂愁的樣子。

【愁眉苦臉】眉頭緊皺，苦喪著臉。形容憂傷、愁苦的神色。

【愁眉淚眼】眉頭緊鎖，雙眼含淚。形容愁苦悲傷的樣子。

【樂極生悲】歡樂到了極點，往往會轉生出悲哀。

【愁腸寸斷】因憂愁而使腸子斷裂。形容極其憂愁苦悶。

【肝腸寸斷】比喻悲傷到了極點。

【愁腸百結】憂愁纏結在腹中。比喻憂愁無從排解。

【愁緒如麻】憂愁的思緒如同亂麻一樣。形容心情非常愁悶，難以排遣。

【意擾心愁】指心思煩亂愁悶。

【落落寡歡】形容人心情鬱結，面帶憂愁。

【抑鬱寡歡】憂愁不樂的樣子。

【鬱鬱寡歡】悶悶不樂。

【槁木死灰】形容人清虛寂靜，對外物無動於衷。後比喻灰心絕望的樣子。

【滿面愁容】滿臉憂愁的樣子。

【憂心如焚】內心憂慮有如火在焚燒。形容非常焦急憂慮。

【憂心忡忡】憂愁不安的樣子。

【憂能傷人】憂愁煩悶會損害人的健康。

【顧影自憐】看著自己的形影，自憐身世。形容孤獨失意的樣子。

然而，同學們都沒把握，不相信自己愁眉苦臉、胡搞瞎搞出來的東西可以稱之為詩。現代的情感寫進古典的格式中，怎麼看，都不順眼。（廖玉蕙〈護岸小桃紅滿樹〉）

家裡第一次堆滿隔壁的鄰人，是爸爸去世的夜晚，看著救護人員抬走重病的父親，每一個人都是憂心忡忡，這一次，同樣的畫面，同樣那一堆鄰人，同樣為在門口，所不同的是，母親卻是喜氣洋洋，連門外一棵白蘭樹都特別清香。（林超榮〈薔薇謝後的八十年代〉）

我們的白雪公主，自從喪失了牠的第三位駙馬以後，更顯得鬱鬱寡歡了。牠每天在籠子裡跳來跳去，有時把鐵絲網弄得咚咚作響；有時展開雙翅拍拍地打著木籠；有時從鐵絲網的小洞裡伸出頭來，好像一下就要衝出來的樣子。（謝冰瑩〈鴿子的愛〉）

美國之行取消，他們之間又恢復了那種隨時就會破滅的危機感，當她發現月經終於來了，她哭得肝腸寸斷，彷彿孩子曾經存在體內卻因他的冷漠而夭亡。（陳雪〈歧路花園〉）

照中國審美標準，蘭熹的嘴是大了點，不過唇形端正，算是歐風美唇，塗上豔紅的唇膏嫣然一笑，並不輸給那時幾個走紅的好萊塢明星。何況人都知道她頗有私房充妝奩，怎麼會滿二十四歲了連上門提親的都沒有呢？蘭熹側過臉，伸長脖子耷拉著眼皮繼續顧影自憐，她想張家老二一定知道自己看不上他才連提都不敢來提。（蔣曉雲〈百年好合〉）

衝動激動

【血氣方剛】泛指年輕人精力正當旺盛，易於衝動。

【意氣用事】處理事務但憑情緒，缺乏理智。

【不假思索】不經過思考探求，立即做出反應。

【慷慨激昂】志氣高昂，情緒激揚。

【鼻頭出火】形容意氣風發，或情緒激動、生氣的樣子。

【鼻中出火】情緒激動。

【不能自已】不能控制自己激動的情緒。

【憤恨不平】憤慨痛恨，情緒激動難以平和。

【怒氣沖沖】情緒激動、憤怒。

【情不自禁】情緒激動得無法自制。

【情不自勝】情緒激動到難以承受的地步。

【攘袂切齒】捲起衣袖，咬牙切齒。形容情緒激動、憤怒。

【揚眉奮髯】形容說話時神情激動興奮。

勸架的人聽了，也慷慨激昂起來，也同樣大聲地搶著表明他們對歌仔戲的態度，到最後，大家都開口在講話，一時人聲鼎沸，分不清誰是敘述者，誰是聽眾；至於阿旺嫂與秀潔，早就被許多聲音隔開了，她們都聽不到對方在說什麼，卻賣力的講個不停。（洪醒夫〈散戲〉）

你的態度叫做矯情。這是危險的不安定的情緒的來源。會叫一個活潑好動的心靈走到牛角尖去轉不過身來！矯情是不對的。那多少帶點意氣用事。人時時應當查考他自己的思想是否轉動自如，而不受任何壓力？如果有不能考慮，或不堪考慮時，便是離開正道了，需要清醒，趕緊尋路回來！（鹿橋《未央歌》）

她一看見志摩，一下子倒退幾步，把手舉到嘴邊，鐵鍋砰然墜地，過了一會，她猛然撲上前去，噙著滿眶熱淚，用盡全身力氣緊緊抱住志摩，尖聲喊叫：「史密斯！史密斯！快來啊，史密斯！」史密斯先生還以為太太把滾油潑灑在身上，或者是廚房失火了，立刻像一個仗義行俠的武士似地手執水壺衝了出來，一見到志摩，他情不自禁地扔掉水壺，搶著上來與他抱吻。史密斯先生的板煙味，史密斯太太的香水味，都留在志摩的兩頰上。志摩在這裡吃了午飯，他重新品嘗到了史密斯太太的美味的烤仔雞、奶油蘑菇湯，當然不忘奉上一連串熱烈的贊語，直把史密斯太太樂得手舞足蹈，大聲呼喚：「可愛的孩子，我的寶貝！」（王蕙玲《人間四月天》）

消沉

【萎靡不振】形容頹喪消沉，沒有精神。

【垂頭喪氣】低垂著頭，意氣消沉。

【一蹶不振】比喻一遭受挫敗，就再也不能振作起來。

【朽木死灰】比喻心志有

如枯朽的木頭、冷卻的灰燼一般消沉，毫無生氣。

【槁木死灰】形容外表軀體寂靜，如同枯木，精神則有如燃燒後冷卻的灰燼。形容人清虛寂靜，對外物無動於衷。現多用於形容因為遭受困挫，而顯得灰心絕望的樣子。

【心如寒灰】形容意志消沉，有如冷卻的灰燼，沒有生機。

【心慵意懶】形容人意志消沉，精神萎靡不堪，心灰意冷。

【死氣沉沉】形容人沒有生氣，意志消沉委靡，也用於形容氣氛沉默、不活潑的樣子。

【意懶心灰】灰心絕望，缺乏意志，沒有生氣。

【醉生夢死】像在酒醉和睡夢中那樣醉醺醺、昏沉沉地過日子。形容生活目的不明確，過得糊裡糊塗。

搭救孟良的新使命，在他心裡燃起了新的火焰。他不再一蹶不振，愁容滿面，而是一心一意，又有了生活的目的。他到處打聽，找當官的，找特字號的，四處花錢，打聽孟良到底給關到哪兒去了。（老舍《鼓書藝人》）

紫衣少婦淡淡道：「我們姊妹若輸了，自然會有人跟著你走，反正我們家姊妹多得很……」軒轅三光的眼睛忽然瞇成一條線，上下瞧了這少婦幾眼，道：「你們的姊妹真的多得很？有沒有九個？」紫衣少婦沉默了半晌，緩緩道：「不多不少，正是九個。」這句話說出來，軒轅三光謎著的眼睛忽又睜開，而且瞪得比銅鈴還大，那死氣沉沉的黑瘦漢子身子一震，一張臉陡然變得通紅，全身的血像是全都衝上了頭頂，也瞪著那少婦道：「你……你是慕容……」紫衣少婦微微一笑，道：「我是七娘，這是我六姊……這是八妹。」她身旁的兩位少婦也嫣然一笑，年紀較大的那人道：「你雖未見過我們，我們卻久已知道你了。」那黑瘦漢子的臉色忽又變成蒼白，腳下一步步向後退。（古龍《絕代雙驕》）

公元十七世紀中葉，大明王朝已近末年，實底子早已爛透，朝不保夕。朝廷昏庸，官府腐敗，社會不公，民不聊生。但表面上仍要打腫臉充胖子，從上到下，整日裡高呼盛世，聲色犬馬，醉生夢死，就像臨終之人的迴光返照。（沈寧《麒麟墜》）

煩躁

【心煩意亂】指心情煩躁，思緒凌亂。

【方寸已亂】形容心緒煩亂。

【憂心如搗】形容心情焦慮難安。

【憂心如焚】內心焦慮，有如火焚。

【坐立難安】形容情緒焦慮、煩躁、心神難寧的樣子。

【如坐針氈】心神不寧，片刻難安。

【意攘心勞】心情焦躁繁亂。

【五內如焚】形容人的焦躁、焦慮之情，有如五臟被火燒一般。

【打枕捶床】形容情緒煩躁、無奈、憤懣或極悲痛的樣子。也作「搗枕槌床」、「推床倒枕」。

【食不知味】形容人因為煩躁或過度勞累，進食時也無法感受味道。

【茶飯不思】因為煩躁焦慮，不想吃飯喝水。

【更長夢短】形容人焦躁、焦慮，徹夜難眠，睡不好覺。

【寢食難安】因為焦躁、焦慮，無論吃飯或睡覺都無法安心。

【搔首抓耳】形容人因為煩躁焦慮或想不出辦法的模樣。

錦兒去送禮。回來說，曾太太一定要木蘭去吃飯。木蘭說：「那像什麼呀？我可不好意思去。」下午快到五點了，雪花來催木蘭，說祖母想她呢。木蘭更覺得心煩意亂，因為她半年來沒看見過蓀亞，跟他坐在一張桌子上吃飯太難為情，並且，另一件事，是她也有幾個月沒有見立夫。（林語堂《京華煙

雲》）

那時店中有一位當手，姓張，表字鼎臣。他待我哭過一場，然後拉我到一間房內，問我道：「你父親已是沒了，你胸中有什麼主意呢？」我說：「世伯，我是小孩子，沒有主意的。況且遭了這場大事，方寸已亂了，如何還有主意呢？」（吳趼人《二十年目睹之怪現狀．第二回》）

項少龍壓下心中翻起的滔天巨浪，知道呂不韋洩出小盤的身分問題後，就像在平靜的水面投下巨石，引發了其他聯想，例如郭開便在懷疑小盤就是嬴政。此事非同小可，若讓呂不韋知道，配合從邯鄲抓回來那對夫婦，他們更難有辯白機會。口上卻應道：「那孩子痛母之逝，途中茶飯不思，兼之旅途勞碌，早病死了。」郭開「哦」的一聲，表情像是早猜到你會這麼說的模樣。項少龍再沒興趣和他纏下去，一聲告罪，驅馬加速，連越數十輛馬車，進入王宮。（黃易《尋秦記》）

「就是不許你坐飛機。」「為什麼？」志摩大叫起來，「坐火車，要兩天一夜呢！你倒捨得讓我受那份罪？」「我寧可讓你受那份罪。」「為什麼，我喜歡坐飛機，你不知道？坐在飛機上，那才叫做享受呢。穿雲破霧，翻山越嶺，我的『想飛』的渴望就好像得到了滿足似的……」「不，不，摩。我怕……你坐飛機，我會寢食難安的。我也說不上是什麼原因，但是，我害怕……」「怕我會死？」「別發痴！」「我真巴不得就這樣的死去呢！像雪萊的那種死法，真是一種緣份，一種福氣，一種——」小曼撲上去堵他的嘴。「你又瘋瘋癲癲了！你忘記了嗎，以前你不是答應過我不再說這種混話了嗎？」（王蕙玲《人間四月天》）

怨妒

【不忮不求】不嫉妒，不貪得。

【爭風吃醋】因爭奪感情而生嫉妒之心，爭執之事。

【拈酸吃醋】男女間因嫉妒所引起的不悅情緒。

【禿妃之髮】比喻女子嫉妒。相傳唐太宗賜尚書任環兩名美麗的宮女，任妻柳氏妒嫉，使二女髮爛頭禿。皇帝聽聞，賜假毒酒令其自盡，柳氏卻一飲而盡。帝知無法改變其意志，令改置二女於別室。

【尹邢避面】漢武帝寵幸尹夫人與邢夫人，並下詔二人不得相見。尹夫人自願請見邢夫人，見面後自嘆不如而低頭哭泣。比喻相互嫉妒，彼此不見。

【妒賢嫉能】嫉妒比自己有德望、有才能的人。

【懷璧其罪】身負才能，因而招人嫉妒。

【怨天尤人】抱怨上天，責怪他人。比喻面對不如意時，一味地歸咎客觀環境，而不能自我檢討。

【幸災樂禍】因為嫉妒，見到別人的不幸遭遇而快樂。

在伊斯坦堡，你總會留下一件遺憾的事。照片中的男子立在那裡做什麼呢？獨立大道如滾滾流水，行人摩肩接踵，何曾一刻歇停過，他卻獨自立在那裡，單手持舉一份刊物，面目莊嚴，神思專注，如念天地之悠悠，傲然不忮不求。（馮平〈伊斯坦堡素描〉）

不巧的是，他現在有二個女人。我們烤栗子吃時，二個女人為他爭風吃醋。那二個女人和他一起住在那棟市長的房子。他們有一個滿好的地址：2ViaRoma。羅馬街二號。（陳玉慧《日記藍》）

臺灣的童年並不悲慘，但也稱不上是普魯斯特的貢布雷。我只記得整個社會瀰漫著一種等待的情緒。就像黑夜即將結束前的一刻。似乎，每個人都相信，只要我們不怨天尤人，埋頭工作，會有那麼一天，該有的，我們都會有。（胡晴舫〈我這一代人〉）

閉了眼，那時的景象就赫然展開：父親滿面怒容在客堂裡踱方步，橐橐地，每一步像要踹爛什麼似的。我在廂房裡整理行李，我很鎮定，但覺得心裡空蕩蕩的；我知道那時父親又是恨我，又是有幾分不願意我就此走開，要是有什麼人從旁解勸幾句，父親一定會趁勢下臺的。然而姨太太卻在旁邊冷言冷語挑撥：「老爺，你是過時的人了。你不曉得二小姐多能幹，朋友又多，怕沒有人照應麼？再不用你老頭子操心了。回頭做了官，咱們還要叨二小姐的光呢！」這陰毒的女人！那時她那幸災樂禍的眼光，冷酷而毒辣的口吻，我是一輩子忘不了的。然而，現在她到底死了！恩恩怨怨，都像荒唐一夢罷哩！（茅盾《腐蝕》）

懼怕

【膽顫心驚】形容十分驚慌害怕。

【提心吊膽】形容心理上、精神上擔憂恐懼，無法平靜下來。

【人心惶惶】形容人心動搖，驚恐不安的樣子。

【心驚肉跳】形容恐懼不安，心神不寧。

【聞風喪膽】聽到一點消息就嚇破膽。形容極度恐懼。

【不寒而慄】非因寒冷而顫慄，形容恐懼的顫抖。

【風聲鶴唳】到風聲和鶴鳴，都以為是敵兵。形容驚慌疑懼，自相侵擾。

【草木皆兵】見到風吹草動，都以為是敵兵。形容疑神疑鬼、驚恐不安。

【杯弓蛇影】誤以為酒杯裡的弓影是蛇，以致喝下後心生疑懼。比喻為不存在的事情枉自驚擾。

【驚弓之鳥】比喻曾受打擊或驚嚇，心有餘悸，稍有動靜就害怕的人。

【吳牛喘月】比喻人見到曾受其害的類似事物，而過分驚懼害怕。也用來形容天氣酷熱。

【花容失色】形容女子受到驚嚇，如花朵般美麗的容貌失去顏色。

【六神無主】形容心慌意亂，拿不定主意。

【張皇失措】驚惶恐懼，舉止失常，不知道該怎麼辦才好。

【驚慌失措】驚恐慌張不

知如何是好。

【心有餘悸】形容危險不安的事情雖然過去，但回想起來心裡仍感到緊張、害怕。

【芒刺在背】像是有許多細小的芒刺沾在背上。比喻因畏忌而極度不安。

【噤若寒蟬】像寒冷季節時的蟬，一聲不響。比喻不敢說話。

【戰戰兢兢】形容戒慎恐懼的樣子。

【臨深履薄】指走近深淵，踩在薄冰上。比喻戒慎恐懼，十分小心。

【毛骨悚然】從外在的毛髮到骨頭裡都感到害怕。形容極端驚懼害怕。

【畏首畏尾】前也畏懼，後也畏懼。形容疑慮顧忌，膽小怕事。

【惴惴不安】形容因恐懼擔憂而心神不安寧。

最初的日子，當我夢見這樣急速墜落的過程，我難免**驚慌失措**，拚命想轉動身體，想看清楚周身環境，大吼大叫，不明白自己為何陷入這樣困窘的境遇。（何敬堯〈一千個不接受我們的星球〉）

哥哥去世後，父親的愛集於我一身，我也體弱多病，每一發燒就到三十九度。父親是**驚弓之鳥**，格外擔心，堅持帶我去城裡割扁桃腺。（琦君〈父親〉）

星級賓館裡一切都很乾淨，只要多給點小費，男性侍者的微笑也應有盡有。但不管有多少笑臉，嗡嗡蚊聲仍然不時可聞，令人**心驚肉跳**，令人心裡「登格」。（韓少功〈歲末恆河〉）

如果給你寄一本書，我不會寄給你詩歌／我要給你一本關於植物，關於莊稼的／告訴你稻子和稗子的區別／告訴你一棵稗子**提心吊膽**的／春天（余秀華〈我愛你〉）

她望著熟睡中父親的灰白濃眉，想像當年那個**戰戰兢兢**，在小吃攤前引頸企盼的年輕小夥子的熱切眼神。一路行來，父親轉戰生命道途的身量也罷，低頭蒸騰熱食的背影也罷，忽地全透著一絲蒼涼。（高自芬〈地圖〉）

阿嬤原本是拜偶像的，但後來卻突然改信基督教。阿嬤改信有大動作，她把家中的各式佛像通通帶到後院去燒掉了，看得我十分膽顫心驚，從這一面，我也看出阿嬤決絕的一面。（韓良露〈阿嬤的滋味〉）

她聽見蠢蠢夜音，知道月亮又圓了，圓得像一口井，天上的井對著地下的井，像瓶蓋牢牢栓在瓶身上。她忽然覺得毛骨悚然，透不過氣來。（陳淑瑤〈女兒井〉）

他聽得毛骨悚然。這兩個老人之間，究竟埋藏著怎樣的深仇大恨，竟然會從其中一人的意識底層，挖出這樣一個二人的腦袋上插著一柄深埋進去的鋤頭底畫面。（駱以軍〈醫院〉）

不安

【寢食難安】睡覺和吃飯都不安心。形容憂慮煩亂的樣子。

【忐忑不安】心緒起伏不定的樣子。

【芒刺在背】像是有許多細小的芒刺沾在背上。比喻因畏忌而極度不安。

【如坐針氈】像是坐在插滿針的氈子上。比喻身心痛苦，惶恐難安。

【坐立難安】坐也不是，站也不是，形容非常不安。

【誠惶誠恐】形容內心非常惶恐不安。

【七上八下】形容心情起伏不定、忐忑不安。

【心神不寧】心思精神恍惚、不安寧。

【提心吊膽】形容心理、精神上憂鬱不安，難以平靜。

【六神無主】心神慌亂，拿不定主意，慌張失措的樣子。

【六神不安】形容人因為驚慌而心神不定

【惶悚不安】心中慌亂，難以安定。

【蹀躞不下】蹀，ㄉㄧㄝˊ；躞，ㄒㄧㄝˋ。形容心中焦慮，難以放心。

【蒿目時艱】憂慮世局，心中難安。

【民不安枕】形容身處亂世，人民不能安穩度日，終日不安。

【跼蹐不安】跼，彎腰。蹐，後腳接前腳地小步走。跼蹐不安形容緊張恐懼，不知所措的樣子。

無奈這「歸馬於華山之陽」，竟踏壞了他們的夢境，使兩個人的心裡，從此都有些七上八下起來。（魯迅〈採薇〉）

露露在這種時候就特別困惑，平日退縮慣了，忽然被抬舉到太顯眼的位置，愧不敢受、誠惶誠恐。（柯裕棻〈父親與狗〉）

他不知道教官的線索怎麼來的，還盤查他的家庭，若不是他是軍人子弟，父親掛著梅花軍階，可能還糾纏下去。但這件事讓他心神不寧。誰知道他的父親有沒有因此在單位裡被暗中盤查。（蔡素芬〈往事〉）

福康安一陣興奮，眼中放光，覺得欠老成，斂去鋒芒，小心顫聲問道：「那皇上指的是……」「指的你這次出京，其實是硬從家裡掙脫出來的。」乾隆盯著福康安，「你父親出兵放馬遠在成都，母親在家約束不了你，急得六神無主。你又是微服出行，白龍魚服，魚蝦可以欺之，難道沒聽見過這話？」「是！」「你父親身統十萬大軍在前線，不應該讓他為你的事分心。」「是。」「兒行千里母擔憂，明白麼？」「是，明白……奴才，奴才……不孝……」福康安眼中突然湧滿了淚水，轉悠了轉悠，還是順頰淌落在地下，哽聲兒說道：「在家總嫌母親絮絮叨叨，把我當成任事不懂的……小孩子……出來了，天天都想母親……」（二月河《乾隆皇帝》）

交錯

【悲喜交集】 悲傷與歡喜的感覺交織在一起。

【五味雜陳】 各種滋味交雜在一起。比喻心情非常複雜。

【忐忑不安】 心緒起伏不定的樣子。

【百感交集】 各種感受混

雜在一起。比喻思緒混亂，感情複雜。

【心亂如麻】 心緒紛雜如亂麻般毫無頭緒。

【回嗔作喜】 從生氣轉為高興。

【排愁破涕】 由憂轉喜，排解憂愁，不再落淚。

【樂極生悲】 快樂到了極點，往往轉生悲愁。

【興盡悲來】 高興到極點，悲哀往往隨之而來。指事事只能點到為止。

【苦中作樂】 在困苦之中，仍能找到歡樂。

【惱羞成怒】 因為羞愧到了極點，情緒轉而成為憤怒。也作「老羞成怒」。

【喜怒無常】 情緒變化不定，難以捉摸。

年輕時蒙難的作家住在附近，不知道心裡是否五味雜陳？初訪他的家居前通了電話，福林路幾號？說了地址後，特別聲明門口掛著畫上小提琴標記的牌子——妻子在家教音樂。（林文義〈最初的陳列〉）

妳以女性的直覺並不懷疑他的操守、用心、專業有何問題。只是他那股言談間瀰漫不去「以國家興亡為己任」的濃濃眷村味兒，讓妳覺得因為太熟悉了而反倒心煩意亂，但畢竟也每足以讓妳百感交集的喟嘆「噢，原來你在這裡，眷村的兄弟」。（朱天心〈想我眷村的兄弟們〉）

他們在會客室坐下，默默地相對無語。鄧宗平覺得它真是一間不吉祥的房間，每一次坐在這裡，都有不愉快的事情發生，上趟他來，是為著要與宦楣分手。他只能說：「快過年了。」「年？呵，是。」宦楣低下頭。「白皮書將在三月分公布，屆時直選問題可獲分曉。」宦楣輕輕說：「原諒我，我不關心這些。」她心亂如麻，身如湯煮，整個城市在此刻沉下海底，也不能使她比現在更加愁苦。「我明白。」鄧宗平說。「你真的了解我的意願？」鄧宗平忽然說：「眉豆，等這件事告一個段落之後，讓我倆結婚吧。」（亦舒《風滿樓》）

想到這兒，下了決心，他搶前一步跪下奏道：「皇阿瑪，兒臣胤禎請旨，願代父皇出征。兒臣雖不知兵，但方先生剛才所說的辦法，兒臣能做到。請皇阿瑪放心，有兒臣坐鎮西疆，定讓父皇安枕高臥。」康熙沒有即刻回答，沉思了好大一會兒才說：「老四，起來吧。你有這份忠心，朕感到欣慰。唉，你小的時候，喜怒無常，在阿哥們中並不出色。長大以後，讀書養性，進益很快，剛毅之性沒丟，卻沉穩老練多了。你辦事，朕還是放心的。可是，朕不能放你去帶兵。這些年，你把戶部、刑部、吏部的事，辦得很有起色。熟悉民政，成了你的長處。朕怎能讓你棄長就短，再去帶兵呢？再說，你走了，誰能代替了你呢？」（二月河《康熙大帝》）

2 感覺

孤單

【孑然一身】形容孤獨一個人。

【孤窮一身】孤單窮苦一個人。

【形單影隻】身形與影子都是孤獨的，形容孤單無伴。

【孤形吊影】孤獨一人，形單影隻，無依無靠。

【孤家寡人】原為王侯自稱的謙辭。後比喻孤立無助、隻身一人。

【孤苦伶仃】形容孤單貧苦，無依無助。

【顧影自憐】看著自己的形影，自憐身世。形容孤獨失意的樣子。或指自我欣賞。

【舉目無親】放眼看去，沒有親眷。形容人在異地，人生地疏，或是孤單無靠的樣子。也作「舉眼無親」。

【少親失眷】形容孤單，沒有親屬家眷。

【踽踽獨行】孤單沒有伴，獨自行走。

【斷雁孤鴻】失群的孤雁，比喻孤身獨居。通常指未婚男子。

【鏡裡孤鸞】罽賓王捕獲一隻鸞鳥，將牠養於籠中，以珍饈餵食，卻三年不鳴。王夫人謂鳥見其類必鳴，以鏡臨之。此鸞視鏡，誤以為見到同類，慨然悲鳴，展翅奮飛，撞籠而死。比喻夫妻生離死別後，孤獨淒涼的悲哀。罽，ㄐㄧˋ。

【衾寒枕冷】被單寒冷，枕邊孤獨。用以形容夫妻、愛侶分別後的孤單寂寞。

【向隅而泣】面對牆角，孤獨哭泣。後來多用於形容孤獨絕望的哭泣。

李浩然時常沉思，想追究自己何以這般疼愛這個孩子。是不是因為自己小時候，念中學的時候，和這個孩子個性相同，寂默，內向，沒有朋友？還是因為楊健和自己一樣，從小失去父親，孤苦伶仃？

（歐陽子〈最後一節課〉）

改編自小說的電影，虛構了一個民國八年（一九一九）的故事，一群帶著麻將九筒面具的土匪，在首腦張麻子的帶領下，打劫了一個買官赴任的馬縣長，土匪索性冒充馬縣長赴鵝城走馬上任，但是鵝城有個惡霸黃四郎，與假縣長展開鬥智鬥狠，最後連碉堡一起被爆翻天。張麻子帶領的兄弟不再追隨他，全往浦東去了，留下張麻子孑然一身。（焦雄屏〈新媒體平台引起的詮釋狂歡——《讓子彈飛》〉）

鄔思道架著雙拐，在房間裡來回踱著步子，過了好久，他才長嘆一聲說：「唉，何嘗你是如此，就連當今皇上也和你想的一模一樣。」「什麼，什麼？你……」「你沒有看到嗎？皇上要『振數百年頹風』，他就要得罪幾乎所有的人哪！當年，皇上在藩邸時，就曾以『孤臣』自許，如今，他真正地成了孤家寡人了。別看他高坐在龍位之上，其實他也是在荊棘中一步步地走著啊！正因為皇上自己是孤臣出身，是在飽受擠兌、壓制之中衝殺出來的。所以，他才最能賞識孤臣，保護孤臣。甚至，誰受的壓力越大，他就越要保護誰。」田文鏡似乎是明白了一些，但他卻手足無措，不知該怎麼辦才好。

（二月河《雍正皇帝》）

太原王生，早行，遇一女郎，抱襆獨奔，甚艱於步。急走趁之，乃二八姝麗。心相愛樂。問：「何夙夜踽踽獨行？」女曰：「行道之人，不能解愁憂，何勞相問。」生曰：「卿何愁憂？或可效力，不辭也。」女黯然曰：「父母貪賂，鬻妾朱門。嫡妒甚，朝詈而夕楚辱之，所弗堪也，將遠遁耳。」問：「何之？」曰：「在亡之人，烏有定所。」生言：「敝廬不遠，即煩枉顧。」女喜，從之。生代攜襆物，導與同歸。（清·蒲松齡《聊齋誌異·畫皮》）

愧疚

【無地自容】沒地方可以藏身。形容羞愧至極。

【無以自容】因為羞愧到極點，覺得沒有地方可以容身。

【自慚形穢】因容貌儀態等不如別人而感覺羞愧。

【容身無地】沒有地方可以容身，形容慚愧。

【寄顏無所】比喻羞愧到極點，感覺無地自容。

【措顏無地】形容羞愧至極，感覺臉沒有地方可以擺。

【羞面見人】因為羞愧而無臉見人。

【悔不當初】對當初的作為感到懊悔、愧疚。

【包羞忍恥】容忍羞愧、恥辱。

【面紅耳赤】形容羞愧、焦急或發怒時的樣子。

【老羞成怒】羞愧到了極點，轉而為憤怒。

七巧帶著兩個老媽子去了一趟回來了，據她自己鋪敘，錢雖然沒收回來，卻也著實羞辱了那校長一場。長安以後在街上遇著了同學，臉上紅一陣白一陣，無地自容，只得裝做不看見，急急走了過去。

（張愛玲〈金鎖記〉）

而聽美的良好家教和自覺正是在這種事上令我們自慚形穢，她連一碗米苔目都能夠吃得清清爽爽，慢

條斯理的。（柯裕棻〈小吃店〉）

高松年的功夫還沒到家，他的笑容和客氣彷彿劣手仿造的古董，破綻百出，一望而知是假的。鴻漸幾次想質問他，一轉念又忍住了。在吵架的時候，先開口的未必占上風，後閉口的才算勝利。高松年神色不動，準是成算在胸，自己冒失尋釁，萬一下不來台，反給他笑，鬧了出去，人家總說姓方的飯碗打破，老羞成怒。還他一個滿不在乎，表示飯碗並不關心，這倒是挽回面子的妙法。吃不消的是那些同事的態度。他們彷彿全知道自己解聘，但因為這事並未公開，他們的同情也只好加上封套包裹，遮遮掩掩地奉送。（錢鍾書《圍城》）

驚訝

【驚為天人】 形容才能或容貌卓越出眾，令人驚嘆。

【目眩神迷】 形容所見情景令人驚異。

【驚世駭俗】 言論或行為與一般人不同，使人覺得特別驚奇。

【不足為奇】 形容尋常事物，不值得驚訝。

【嘖嘖稱奇】 咂嘴作聲，表示驚奇、讚嘆。

【大驚小怪】 形容為一些不足為奇的小事而過分聲張、驚怪。

【少見多怪】 因為少見而感到驚異奇怪。譏諷人見識不廣，遇平常之事亦以為驚怪。

【不可思議】 語出《維摩詰所說經》，比喻出乎常情，令人無法想像，難以理解。

【一鳴驚人】 一出聲就令人吃驚。比喻平時默默無聞，而後卻突然有驚人的表現。

【嘆為觀止】 讚美所看到的事物好到極點，無與倫比。

【瞠目結舌】 睜大眼睛，說不出話的樣子，用以形容吃驚受窘的情況。

【石破天驚】 形容樂器彈奏出來的聲音激越高亢，驚天動地。

【觸目驚心】 形容事情景況令人震驚。亦作「怵目驚心」。

【大吃一驚】 形容非常驚訝意外。

我說起我的花蓮與紐澳經驗後，陳有城聽我緩緩地述說，他說我母親應該停筆，把筆轉給我時，就像畢卡索的父親看到畢卡索小時候的畫時驚為天人，自嘆弗如地決定擱筆全心培養小畢卡索一般。（鍾文音〈國中女生的旅行與情人〉）

來到了佛蒙特州的瓊森鎮，原先綠葉油亮的風景，過了三天後，卻猛然鮮紅竄綻，滿鎮楓火翻飛，颯然美景使人目眩神迷。（何敬堯〈火紅秋豔的瓊森鎮〉）

冬寒若此聽來不可思議，有奇異的古遠素樸，彷彿寒冷也是歷史的一部分，在民俗筆記裡聊記一筆，而眼下無止盡的濕寒是現代人的罪過與宿命。（柯裕棻〈寒流（冬至）〉）

受歡迎的百年老榕樹，因為去年夏季一場颱風，受創嚴重，從樹心裂開的傷口，在夜裡看起來，更加怵目驚心。雖然校方已在周遭為上護欄，也為垂倒的樹身加了支撐，可是，這顆裂開的榕樹，接下來會生長成什麼模樣呢？（賴香吟〈雨豆樹〉）

美國遼闊的大地，平遠的山河，本讓夜空下安靜的子民遙想車撞槍響、幽浮降臨等驚世駭俗之奇夢。（舒國治〈早春塗鴉〉）

其時，康明遜和薩沙都銷聲匿跡了似的，一個閉門不出，一個遠走高飛，倒是半路裡殺出個程先生，一日三回地來。嚴師母雖然不清楚究竟發生了怎樣的事，但自視對王琦瑤一路的女人很瞭解，並不大驚小怪，倒是那個程先生給了她奇異的印象。（王安憶《長恨歌》）

我猶豫了一下，判斷作為一頭大象，應不應該、適不適合跑到對街去。圍兜兜女孩看到原來應該發傳單的大象過馬路肯定會大吃一驚。正當我猶豫的時候，綠燈又再次轉紅。（吳明益〈一頭大象在日光朦朧的街道〉）

總之，我們這一支喪失心神的黨項倖存男兒漢，就那樣瞠目結舌看著天際上方那兩尊巨大神祇在表演瑰麗屠殺秀。（駱以軍〈神棄〉）

我一直喜歡花，卻種不好花。就像花農不一定能欣賞他的花，這原是不足為奇的。可是，心裡總是遺憾。（簡媜〈一瓢清淺〉）

感觸

【長吁短嘆】長一聲，短一聲的嘆息不已。表示感觸很深，非常憂戚。

【百感交集】各種感受混雜在一起。比喻思緒混亂，感情複雜。

【今愁古恨】形容感慨很深。

【新亭對泣】東晉名士王導等人南渡後於新亭飲宴，感慨國土淪亡，相與對泣。比喻懷念故國或感時憂國的悲憤心情。

【感慨萬千】因內心感觸良多而發出深遠的慨嘆。

【扣人心弦】形容十分感動人。

【驚心動魄】形容人內心感受極深，震撼很大。

【感同身受】感受像自身承受過一樣。

【感慨萬千】因內心感觸良多而發出深遠的慨嘆。

【今昔之感】從眼前現狀，對比過去的情景，表示對世事感慨。

原來瞿耐庵老夫婦兩個，年紀均在四十七、八，一直沒有養過兒子。瞧耐庵望子心切，每逢提起沒有兒子的話，總是長吁短嘆。心上想弄小，只是怕太太，不敢出口。太太也明曉得他的意思，自己不會生養，無奈醋心太重，凡事都可商量，只有娶姨太太這句話，一直不肯放鬆。每見老爺望子心切，他總在一旁寬慰，說什麼「得子遲早有命。命中注定有兒子，早晚總會養的。某家太太五十幾歲，一樣

生產。咱們倆口子究竟還沒有趕上人家的年紀，要心急做什麼呢」。（清·李寶嘉《官場現形記·第三十九回》）

身穿風衣，手提「〇〇七」，這是廣告上朝氣蓬勃的事業家的畫像。但是我，在透過溪邊落地窗照射進來的夕陽微光裡，低著頭，心中感慨萬千，那形象，實在更像一個孤單的「憑弔者」的畫像。（林良〈寫字檯，過年見！〉）

「指南」激不激發「欲遊者」之夢？若然，那指南豈不如同扣人心弦的散文或遊記？是得，好的指南常是好的散文寫作，但不多。（舒國治〈再談旅行指南〉）

面對著這些驚心動魄的景象，老警察們不睡覺又能怎麼樣？再多幾倍或幾十倍的警察又能怎麼樣？幸好，一切還沒有理由讓人們絕望。交通雖混亂，但亂中有序；街市雖破舊，但破中無險。（韓少功〈歲末恆河〉）

二 心理活動

1 欲望

希望

【夢寐以求】睡夢中都在尋找、追求。形容願望強烈而迫切。

【望穿秋水】秋水，指眼睛。望穿了眼睛，形容殷切盼望。

【指日可待】指願望或期盼不久即將實現。

【望眼欲穿】眼睛都快望穿了，形容盼望極其深切。

【翹首企足】抬頭踮腳遠眺，形容殷切盼望。

【翹首引領】抬頭，伸長脖子遠眺，形容盼望之心殷切至極。

【延頸舉踵】伸長脖子、踮腳根，形容盼望殷切。

【眼穿腸斷】形容盼望的殷切，或是形容極度傷心。

【大旱雲霓】乾旱時，人們渴望見到下雨的徵兆。形容殷切盼望。

【雲霓之望】形容盼望殷切至極。

【挖耳當招】把他人掏挖耳朵的動作，當成是招呼自己的表示。表示盼望之心非常渴切。

【心心念念】殷切的盼望、惦記。

【懸懸而望】非常盼望與掛念。

【犀牛望月】比喻長久的盼望。

【吐哺待賢】渴望得到賢才。

【拭目以待】擦亮眼睛等待著。比喻期待事情的發展及結果。

他們的笑裡飽含了羨慕，羨慕著夏先生有向學的自由、思考與寫作的自由，也有出版的自由。因之，大陸作家們的歡笑終至化為淚水。他們珍惜夏先生的鴻文巨製，他們更珍惜夏先生有條件保持一位獨立文化人的真性情。那是他們夢寐以求卻至今也辦不到的。（韓秀〈一九八七年〉）

公共汽車也是來得慢，也要等得久。好在大家有的是閒工夫，慢點兒無妨，多等點時候也無妨。可是剛從重慶來的卻有些不耐煩。別瞧現在重慶的公共汽車不漂亮，可是快，上車，賣票，下車都快。也許是無事忙，可是快是真的。就是在排班等著罷，眼看著一輛輛來車片刻間上滿了客開了走，也覺痛快，比望眼欲穿的看不到來車的影子總好受些。重慶的公共汽車有時也擠，可是從來沒有像我那回坐宣武門到前門的公共汽車那樣，一面擠得不堪，一面賣票人還在中途站從容的給爭著上車的客人排難解紛。這真閒得可以。（朱自清〈回來雜記〉）

說起看戲，米先生就談到外國的歌劇話劇，巴島上的跳舞。楊老太太道：「米先生到過的地方真多！」米先生又談到坎博地亞王國著名的神殿，地下鋪著二尺厚的銀磚，一座大佛，周身鍍金，飄帶上遍鑲紅藍寶石。然而敦鳳只是冷冷地朝他看，恨著他，因為他心心念念記挂著他太太，因為他與她同坐一輛三輪車是不夠漂亮的。米先生道：「那是從前，現在要旅行是不可能的了。」楊老太太道：「只要等仗打完了，你們去起來還不容易？」米先生笑道：「敦鳳老早說定了，再去要帶她一塊去呢。」楊老太太道：「那她真高興了！」（張愛玲《留情》）

火車裡的人們聽到這句吼叫全站立起來了。沒有人能夠明白一個男人為什麼要撕自己的嘴唇。這裡頭的故事也太複雜了。但是閒人的表情總是拭目以待的。（畢飛宇〈火車裡的天堂〉）

失落

【事與願違】事實和願望相違背。

【失魂落魄】形容人極度驚慌或精神恍惚、失其主宰。

【大失所望】非常失望。

【萬念俱灰】所有念頭全化成了灰，比喻心灰意冷。

【心灰意冷】心情失望，意志消沉。

【垂頭喪氣】低垂著頭，意氣消沉。

【灰心喪氣】心灰意冷，氣餒不振。

【心灰意懶】心情失望，意志消沈。

【悵然若失】神志迷惘，若有所失的樣子。

【求之不得】努力追求卻無法得到。或指難得卻意外獲得。

【若有所失】神情悵惘，有所失落的樣子。

床頭有許多藥，也曾經有許多大夫來看過，她變成一個真正的病人了。是真是假，連她自己也分不清了。有時她確實是心灰意懶的，賴在床上連探起半個身子的動作都懶得做。（林海音〈燭〉）

而無論何時何地，月光下的山林與城鎮那種黑色的剪影，總讓我覺得似曾相似，總會帶給我一種遙遠的鄉愁，心中若有所得又若有所失。（席慕蓉〈泉源〉）

直至對電視內千篇一律的風光生厭的人漸漸增加，而新的電視臺牌照又被拒絕發放，他們終於不得不承認，在城市裡，改變成了一種奢侈的希望，心灰意冷的觀眾便在關上了窗子的同時也關上了電視機。（韓麗珠〈死線〉）

有一次當一個和我交往了相當時間的男人終於被我拒絕了以後，我的朋友們都為我惋惜，他們怪我不應當放棄這樣一個求之不得的機會。是的，那真是個一等的男人，有事業，有金錢，有健康；送給我的是上好的禮物，上好的小心。但可惜的是他像完全沒有理會到我的身邊還有兩個小傢伙，他對我的孩子總是漠然無視。（林海音〈再嫁〉）

滿意

【心滿意足】心理滿足如意。

【天從人願】事態發展順心如意。

【正中下懷】恰好符合自己的心意。

【稱心如意】非常合乎心意。

【如願以償】心願得以實現。

【春風得意】形容人因事情如願，心情愉悅滿足的樣子。

【知足不辱】知道滿足，便不會受到羞辱。

【知足知止】知道滿足，不會過度要求。

【志得意滿】形容人因為願望滿足，得意的樣子。也作「志足意滿」。

【差強人意】大致上能夠令人勉強滿意。

【躊躇滿志】自得的樣子。

【沾沾自喜】自以為得意而感覺滿足。也作「沾沾自足」、「沾沾自滿」。

消夜讓老太太多吃半個這兩年極迷的手工揉麵大饅頭，老太太心滿意足提早上床。這場子豈不正像深夜召開的巫師大會，孩子們重返往日樓下活動盛況，全員到齊。（蘇偉貞〈日曆日曆掛在牆壁〉）

我國小四年級那年，母親在連續生了我們五個女兒後，終於如願以償的生下了弟弟。全家都高興極了。尤其是父親，簡直不知道要如何和人分享他的喜悅才好。於是，除了親朋好友外，家裡的每一個學生都分到了兩個紅蛋。（柯翠芬〈酒與補品的故事〉）

「我……我……」孫延齡口吃了半天，勉強笑道，「公主別挖苦我了。是我打錯了主意，沒聽你的好言，如今腸子都悔斷了，求公主代我想個法兒……」孔四貞冷冷地看他一眼，也不言聲，坐在石墩上，理著頭髮，半晌才道：「女人家，頭髮長見識短，我能有什麼法兒？再說你如今是王爺，正是春風得意的時候嘛，怎麼就又『打錯了主意』，『悔斷了腸子』呢？你可憐巴巴地跑來，跟我說這些個，究竟是什麼意思呢？」孫延齡心一橫，硬著頭皮跪了下去：「公主，目下境況十分艱難，前有深谷，後有餓狼，求你念我們夫妻情分，進京在聖上跟前為我周旋，延齡永世不忘你的恩情！」（二月河《康熙大帝》）

李滿智凝視乃意，「你成熟了。」「謝謝你，你現在好嗎？」「托賴，還混得不錯，大生意不敢碰，此刻做意大利二三線時裝。」她取出一張卡片給乃意。「那多好，聽說利錢比名牌豐厚。」李滿智笑，「**差強人意**罷了。」看得出很滿意現狀。她說下去：「自食其力，勝過天天與情不投意不合的某君糾纏，晚晚查他襯衫有無印著胭脂回來。」乃意不敢告訴李女士，有一次此君領子上的唇印，是她的惡作劇。（亦舒《痴情司》）

貪心

【巴蛇吞象】相傳古時有巴蛇能吞食大象，經過三年，象的骨頭才被吐出。以小吞大，比喻人心的貪婪無度。

【螞蝗見血】比喻貪婪無厭，不知道滿足。

【得寸進尺】得到一些利益，即想進而獲得更多利益。比喻貪得無厭。

【貪得無厭】貪心而不滿足。也作「貪婪無厭」。

【窮坑難滿】比喻人貪心不足，無窮無盡。

【狼貪鼠竊】郎的天性貪婪，鼠的天性竊奪，用以比喻人的欲望無窮。

【殺雞取卵】把雞殺了，取出腹中的蛋。比喻貪圖眼前的好處而斷絕了長遠的利益。

【竭澤而漁】排盡澤水捕魚。比喻取盡所有，不留餘地。

【唯利是圖】只要有利益，什麼事都可以做。

【得隴望蜀】平定隴西之後，又想進軍蜀地。比喻貪心不知滿足。

【東食西宿】在東家吃飯，到西家過夜。比喻企圖兼有兩利，貪得無厭。

【剖腹藏珠】形容人因愛財而傷身的輕重顛倒行為。

【貪小失大】貪圖小利而造成重大損失。

這些措施當然引起既得利益者的反彈，也立即提高了國民失業率，後者執政官早有安排，前者則多屬工商界及各級民代，但執政官亦早有對付之策，執政官則讓此等人一一失蹤。執政官說，此等人不是沒有飯吃，而是貪得無厭，此等人乃是國家的癌，國家病入膏肓，動大手術，大割除，乃是不得不然之勢。（陳冠學〈大洋國〉）

那些樹看起來很老了，祖先的樣態。身軀巨大癭腫，疤瘤累累，大片泛黑如遭火炙。刀創直入木心。你看得出持刀的人技藝低劣，唯利是圖。老樹已受傷沉重，多半榨不出什麼汁來了。（黃錦樹〈彷彿穿過林子便是海〉）

二人遂在兩個湘妃竹墩上坐下。只見天上一輪皓月，池中一輪水月，上下爭輝，如置身於晶宮鮫室之內。微風一過，粼粼然池面皺碧鋪紋，真令人神清氣淨。湘雲笑道：「怎得這會子坐上船吃酒倒好。這要是我家裡這樣，我就立刻坐船了。」黛玉笑道：「正是古人常說得好，『事若求全何所樂』。據我說，這也罷了，偏要坐船起來。」湘雲笑道：「得隴望蜀，人之常情。可知那些老人家說得不錯。說貧窮之家自為富貴之家事事趁心，告訴他說竟不能遂心，他們不肯信的；必得親歷其境，他方知覺了。就如咱們兩個，雖父母不在，然卻也忝在富貴之鄉，只你我就有許多不遂心的事。」（清．曹雪芹《紅樓夢．第七十六回》）

壓抑

【忍氣吞聲】形容受了氣也強自壓抑忍耐，不敢出聲反抗。

【忍辱負重】忍受屈辱怨謗而承擔重任。

【委曲求全】委曲自己，遷就別人，以求保全。

【含垢忍辱】忍受恥辱。

【含羞忍辱】心懷羞憤之情，忍受恥辱。

【忍尤含詬】忍受罪過，含容恥辱。

【忍無可忍】忍耐到了極點，無法再忍受。

【傲雪欺霜】不畏霜雪侵害。比喻雖處逆境，亦能堅定不移。

【以屈求伸】形容以表面上的退讓，求取前進的機會。

【臥薪嘗膽】越王句踐戰敗後以柴草臥鋪，並經常舔嘗苦膽，以時時警惕自己。比喻刻苦自勵。

有執鞭子或竹棒的人在旁，稍一不慎，或硬軋進隊伍去，便被打了出去。有時，在說明理由，有的，只好忍氣吞聲而去。強有力的人，有時中途插了進去，後邊的人便大嚷起來，制止著；秩序頓時亂了起來。（鄭振鐸〈從「軋」米到「踏」米〉）

比起家底，玉芝自是及不上茵蓉是大戶人家出身，可是她跟一般姨奶奶一樣，多上兩分姿色伶俐。當初委曲求全，也是盼這一天，踏入趙家門，就什麼都好辦了。天下姨奶奶，哪個不是看錢財份上的？（鍾曉陽《停車暫借問》）

太子道：「還求你別殺百姓。」李自成呵呵大笑，道：「孩子不懂事。我就是老百姓！是我們百姓攻破你的京城，你懂了麼？」太子道：「那麼你是不殺百姓的了？」李自成倏地解開自己上身衣服，只見他胸前肩頭斑斑駁駁，都是鞭笞的傷痕，眾人不禁駭然。李自成道：「我本是好好的百姓，給貪官汙吏這一頓打，才忍無可忍，起來造反。哼，你父子倆假仁假義，說什麼愛惜百姓。我軍中上上下下，哪一個不吃過你們的苦頭？」太子默然低頭。李自成穿回衣服，道：「你下去吧。念你是先皇的太子，我封你一個王，讓你知道我們老百姓不念舊惡。封你什麼王？嗯，你父親把江山送在我手裡，就封你為宋王吧。」（金庸《碧血劍》）

2 思想

思考

【深思熟慮】 仔細而深入地考慮。

【搜索枯腸】 比喻竭力思索。

【發人深省】 啟發人深刻思考而有所醒悟。

【三思而行】 再三考慮才行動。比喻謹慎行事。

【不假思索】 不經過思考探求，立即做出反應。

【殫精竭慮】 竭盡精力與思慮。

【絞盡腦汁】 形容費盡腦力，盡心思考。

【不求甚解】 書著重理解義理，而不過度鑽研字句上的解釋。或形容學習或工作的態度不認真，只求略懂皮毛而不深入理解。

【心血來潮】 思緒像浪潮般地突起，形容突然興起的念頭。

【靈機一動】 心思忽然有所領悟。

【朝三暮四】 比喻人心意不定、反覆無常。

執政官執政之後，絞盡腦汁，企圖建設一個國民真正安居樂業的國家，但他一直覺得很難，除非使用非常的手段。早在他當執政官之前，他便徹底研究過普遍存在於現代國家的共同問題，即罪惡橫行的問題。（陳冠學〈大洋國〉）

上了碼頭，杜雲裳說要去書店，方玉菡沒好氣，提著大鐵鑊一個人走向彌敦道。走了兩步，心血來潮，回頭遠遠跟在杜雲裳身後，一直跟到海運大廈內，確見女兒走進了辰衝書店，這才轉身離去。（陳慧〈日光之下〉）

當酒精水日夜不斷地流過時，水管上的泥土都會被燙成白色的粉末，宛如土撥鼠翻過的痕跡一般。父

親靈機一動，接上了一條小水管到家裡的浴室，酒精水便滔滔不絕地流了進來。（古蒙仁〈溧堂春秋〉）

為順從姨婆的要求，十三歲時母親從日本人設立的「番人公小學」中途輟學，立刻投入田裡的工作，這種遺憾，變成她後來堅持要我們六個兄弟姊妹完成學業的動力。十七歲，在姨婆、姨公公的安排下和父親結婚。她對自己的順從，從來沒有後悔過，相反地她堅持到底，絕不朝三暮四。（孫大川〈母親的歷史，歷史的母親〉）

判斷

【當機立斷】當下立刻作出決斷，毫不遲疑。

【明辨是非】清楚的分辨是與非。

【明鏡高懸】比喻官吏辦事明察無私，執法公正嚴明。

【斷決如流】決定事情多且快。

【隔皮斷貨】隔著封皮，斷定貨物的好壞。比喻由外表判斷內部底細。

【是非不分】不辨好壞、對錯。

【六神無主】形容心慌意亂，拿不定主意。

【猶豫不決】遲疑不定，無法拿定主意。

【委決不下】遲疑著難以決定。

【舉棋不定】拿著棋子，不能決定下一步該怎樣走。比喻做事猶豫不決，拿不定主意。

【遲疑未決】形容人困惑遲疑，猶疑不定。

【徘徊歧路】在叉路口來回反覆，不能決定自己的去向。比喻猶豫不決，不能當機立斷。

【當斷不斷】比喻做事猶豫不決，難以當機立斷。

【三心二意】猶豫不決，意志不堅的樣子。

【不分皁白】皁，ㄗㄠˋ。不分黑白。比喻人不能辨別是非情由，只憑一時衝動魯莽做事。

老崔問：「老師！我的孩子是不是由你來教？」老師頷首。「老師！我也不知道孩子讀幾年級好，請你決定好不好？」老師把眼睛睜圓了：「我不能替你決定。」當機立斷，十分鋒利，到底是飽經世故了。（王鼎鈞〈崔門三記〉）

燕南天不禁怔了一怔，喝道：「某家這一生行事，雖得天下之名，卻也有不少人罵我，善惡本不兩立，那也算不得什麼，但你這這句活，某家倒要聽聽你是憑什麼說出來的。」金猿星冷笑道：「是非不明，恩仇不辨，算得了大丈夫麼？」燕南天怒道：「某家……」金猿星大聲截道：「你老是明辨是非之輩，便不該殺我。」燕南天道，「為何不該殺你？我二弟江楓……」金猿星再次大聲截止道：「這就對了，你若為別的事殺我，那我無活可說，但你若為江楓殺我，你便是不明是非，不辨恩仇。」（古龍《絕代雙驕》）

喪事由二奶奶操持。天還熱，三天以內就得下葬。寶慶已是六神無主，他就知道哥已經炸死，人死不能復生，再也聽不見哥的聲音了。他的腦子發木，什麼也感覺不到，吃不下，睡不著，蓬頭垢面。（老舍《鼓書藝人》）

頭天晚上，趙大架子還面約今日下午在貴寶房中擺酒送行，誰知等到天黑還不見來催請。自己卻又為了早晨之事，好生委決不下，派了師爺、管家出去打聽，獨自無精打彩的在家靜等。誰知等到起更，一個管家從院上回來稟報說：「趙大架子趙大人不知為了什麼事情，行李鋪蓋統通從院上搬了出來。後來小的又打聽到孫大鬍子孫大人門口，才曉得京城裡有幾位都老爺說了閒話，連制台都落了不是，總算仍舊派了制台查辦，還算給還他的面子。」（清．李寶嘉《官場現形記．第三十三回》）

郭芙望著武敦儒的背影，見他在假山之後走遠，竟是一次也沒回頭，心想：「不論是大武還是小武，世間倘若只有一人，豈不是好？」深深歎了口氣，獨自回房。楊過待她走遠，笑問：「倘若你是她，便嫁那一個？」小龍女側頭想了一陣，道：「嫁你。」楊過笑道：「我不算。郭姑娘半點也不歡喜我。我說倘若你是她，二武兄弟之中你嫁那一個？」小龍女「嗯」了一聲，心中拿二武來相互比較，終於又道：「我還是嫁你。」楊過又是好笑，又是感激，伸臂將她摟在懷裡，柔聲道：「旁人那麼三心二意，我的姑姑卻只愛我一人。」（金庸《神鵰俠侶》）

認知

【盲人摸象】 盲者以各自所摸大象身體的不同部位來形容象。比喻以偏概全，不能了解真相。

【以偏概全】 以少數的例證或特殊的情形，強行概括整體。

【高瞻遠矚】 形容見識遠大。或形容往遠處眺望，看得更全面。

【囫圇吞棗】 吃棗子時不加咀嚼，把整個都吞下去。比喻理解事物籠統含糊，或為學不求甚解。

【心知肚明】 雖未明言說出，但心裡已經知道。

【恍然大悟】 猛然醒悟過來。

【一廂情願】 出自單方面主觀意識的認知。

【心領神會】 不必經由言行的表達，心裡便已明白。

【半信半疑】 有些相信，也有些懷疑，難以判斷是非真假。

【疑神疑鬼】 內心多疑。

【如夢方醒】 形容人彷彿從睡夢中清醒過來，後比喻人從糊塗、錯誤的認識中恍然大悟。

【醍醐灌頂】 佛家以此比喻灌輸智慧，使人得到啟發，徹底醒悟。

【洞若觀火】 觀察事物非常清楚透徹。

儘管我推託別詞，問題就盤在她的心裡多年——在陪她上市場入廚房的好兒子，與遭異樣眼光的同志兒子兩者之間推拉。時間一久，大家心知肚明，只是她總還有那麼一點期望：拜託，告訴我你還會交女朋友；或者乾脆掀開底牌，讓她一次死心也好。（謝凱特〈我的蟻人父親〉）

阿公點點頭，立刻灑漏了記憶，繼續問同樣的問題。為了讓阿公能留住丁點訊息，我們一遍遍回答，直到阿公恍然大悟，反覆說，你沒嫁，你嘛沒嫁，你們住作夥？阿公的淺色眼珠一如晴空，沒有絲毫雲翳。好，好，按呢好。他點點頭。（廖梅璇〈當我參加她外公的追思禮拜〉）

是夜，鎮上的名妓如意竟在終身大喜之夜忽然生熱病罔效。後來的傳言說是如意得了梅毒，但當時沒有人懂得什麼是梅毒，只一廂情願地認為如意是「不潔」的。（鍾文音《短歌行》）

我點點頭，委婉地告訴他，我不想要任何外人知曉這件事，這個庫房的東西，都是我自己的家私。塗文綬自然心領神會，當場起誓說，所有具體事務，他都會和他的兒子塗遷親自去辦。（彭寬〈禁武令〉）

想像

【胡思亂想】 謂不切實際地妄想。

【想入非非】 形容脫離現實的想像或念頭。

【望梅止渴】 典出《世說新語》曹操以前方梅林結實累累，誘使士兵流出口水以解渴的故事。比喻以空想來安慰自己。

【異想天開】 不符實際、不合事理的奇特想法。

【天馬行空】 比喻文才氣勢豪放不拘，亦用於形容浮誇不著邊際。

【望梅止渴】 比喻以空想來安慰自己。

【捕風捉影】 風和影子均無可捉摸，「捕風捉影」比喻所做的事或所說的話毫無根據，憑空揣測。

【畫餅充飢】 比喻徒事空想無益於事。

【空中樓閣】 比喻思想明澈通達。或比喻虛構的事物或不切實際的幻想。

【海市蜃樓】 比喻虛幻的事物。

【鄉壁虛造】 原指在牆壁上假造。比喻憑空想像捏造。

我站起來，把毛巾掛起來，決定不再中小黑的毒，胡思亂想。因為我居然有了個不倫不類的聯想：趙小黑的說法，彷彿我這種情形不僅沒有個性，甚至與人盡可夫的女人沒兩樣！（林懷民〈穿紅襯衫的男孩〉）

作曲家順著食材準備與烹調步驟天馬行空，馳騁出奇幻誇張的音樂想像。但要說能讓聽眾跟著聞香嘗味，恐怕還是力有未逮。畢竟，聽覺和味覺，傳統上就被歸於美感經驗的兩端。（焦元溥〈貪吃之樂〉）

男孩費盡心思、用盡方法複製了大門以及女孩居住房間的鑰匙，趁她不在時潛進去；接著他發現女孩的床底下堆滿雜物，但中間地方卻是中空的，於是他異想天開，將自己藏身於床底，如此便可日日夜夜陪伴著女孩；而他也幾乎每天晚上都宿居於女孩的床底，享受著只有自己才能領略的甜蜜。（林斯諺〈床鬼〉）

鴻漸進了報館兩個多月，一天早晨在報紙上看到沈太太把她常用的筆名登的一條啟事，大概說她一向致力新聞事業，不問政治，外界關於她的傳說，全是捕風捉影云云。他驚疑不已，到報館一打聽，才知道她丈夫已受偽職，她也到南京去了。他想起辛楣在香港警告自己的話，便寫信把這事報告，問他結婚沒有，何以好久無信。他回家跟太太討論這件事，她也很惋惜。不過，她說：「她走了也好，我看她編的副刊並不精彩。她自己寫的東西，今天明天，搬來搬去，老是那幾句話，倒也省事。看報的人看完就把報紙擲了，不會找出舊報紙來對的。想來她不要出集子，否則幾十篇文章其實只有一篇，那真是大笑話了。像她那樣，《家庭與婦女》，我也會編；你可以替她的缺，編《文化與藝術》。」（錢鍾書《圍城》）

記憶

【刻骨銘心】刻在骨頭，刻在心上。形容感受深刻，難以忘懷。

【沒齒不忘】「沒齒」指終身。比喻永遠不會忘記。

【似曾相識】對所見的人、事、物感覺熟悉，卻又記不真切。

【銘肌鏤骨】形容如同鏤刻於肌骨般感受深刻，永誌難忘。

【切膚之痛】比喻極為深刻難忘的感受與經驗。

【念念不忘】心裡時時刻刻惦記著。

【記憶猶新】對接觸過的人或事，還記得很清楚，就像最近才發生的一樣。

【朝思暮想】白天晚上都在想念。形容思念極深。

【念茲在茲】對某人或某事牢記在心，念念不忘。

【前事不忘，後事之師】記取過去的經驗教訓，可作為今後行事的鑑鏡。

【魂牽夢縈】形容十分掛念、思念的樣子。

【丟三落四】形容人因為馬虎或健忘，不是忘了這個，就是忘了那個。

我害怕牙醫，每次補牙剝牙洗牙，像翻動海床暗黑深處的一個活塞，輾過血肉，銘心刻骨。我相信人的意識安頓於牙床某處。（區家麟〈歸途〉）

味覺與記憶有著驚人的聯繫，從大文豪普魯斯特對瑪德蓮蛋糕的魂牽夢縈就不難理解。但味覺所牽引的，不只是短暫的人生所遭遇的吉光片羽，它更像一朵難以定型的雲，載著人們對於世界初始的集體記憶，隨著時間日漸老去，這朵雲最終降落為雨，遁入夢土之中（卓玫君〈食事〉）

芸康說我變成老夫子了，我也覺得自己愈來愈像馮老師，只差沒去買跟菸斗。芸康可仍念念不忘她的高爾夫球，雖然她根本不會打。我總說，總有一天我們一定會去。（林懷民〈穿紅襯衫的男孩〉）

多想一點更不妙，我試著煮的第一道菜確實是紅燒肉，心裡念茲在茲的就是要重現我媽的紅燒肉味道，紅燒肉的做法當然有許多種，但是我永遠記得我媽在我小時候做得最好吃的狀態，最後將肉湯收到油光黏稠少流動，完整地包裹住梅花肉塊，帶有鮮明晶瑩的焦甜味，筷子輕輕一撕開肉，嘶的一聲熱氣釋放出來，隨之肉湯慢慢地從四周滲進鬆軟又肌理分明的肉絲裡。（王聰威〈媽寶的便當〉）

我想了又想，朝思暮想，再思再想，黃河讚美詩總有道理。道不遠人，人同此心。人愛其所有，既然有了，就愛，既然愛，就冠冕堂皇理直氣壯，自尊由此維護，自信由此產生。黃河已經存在，萬古千秋，天造地設，命中注定。無法填塞，無法更換，無法遺忘，無法否認。（王鼎鈞〈對聯〉）

計畫

【深謀遠慮】 計畫周密而處事深遠。

【老謀深算】 心思精密，計慮深遠。

【群策群力】 聚合眾人的智慧和能力策畫。

【有備無患】 事先有準備，即可免除後患。

【機關用盡】 用盡所有精巧的計謀。比喻費盡心機。

【運籌帷幄】 籌，計數的器具。帷幄，軍旅中的帳幕。比喻謀劃策略。

【天衣無縫】 比喻事物或計畫周密完美，沒有一絲破綻或缺點。

【兵機莫測】 善用謀略，調兵遣將，令敵人有高深莫測之感。

【六出奇計】 指出奇制勝的謀略。典出《史記》，指西漢陳平曾為漢高祖劉邦六次出奇計，以定天下。

【夙夜為謀】 指人日夜謀劃。

【虎略龍韜】 作戰用兵的謀略。

【玄謀廟算】 玄妙難測的謀略。

【才疏計拙】 才能淺薄，不善謀略。

【圖謀不軌】 謀畫不法叛逆的事。

雍正眼光一跳，「他說得不是時候，不是地方。朕還沒有糊涂，不能剛剛即位，就讓心懷叵測的人鑽了空子。至於孫嘉淦嘛，他倒是個御史的材料，等過些時朕是要用他的。」允祥知道雍正說的「心懷叵測的人」，是指八哥、九哥，十哥和十四阿哥這些人。他不禁在心裡暗暗佩服皇上的心計：「萬歲聖明，深謀遠慮，令臣弟頓開茅塞。」「唉，難哪！十三弟你以為這江山是好坐的嗎？從前朝到如今，可以說是積弊如山。吏治的敗壞，更讓人氣憤。上上下下，幾乎無官不貪，他們又都相互勾結，聯成朋黨，一動百動，一驚百驚。皇阿瑪是看到了這些的，可是，老人家晚年已經沒有力氣做這件事了。他留下的這件事，關乎著大清社稷，也關乎著朕的生死存亡啊！我們不管又交給誰來管？我們不做又要誰來做？要辦這件大事，朕知道一個人是辦不成的。你不來為朕當幫手，還要叫朕去指靠誰？所以，十三弟呀，不是我這當哥哥的不心疼你，你還得振作起來才是啊！」（二月河《雍正皇帝》）

此仙乃是黃石公，此子乃是漢世張良，石公坐在圯橋上，忽然失履於橋下，遂喚張良取來。此子即忙取來，跪獻於前。如此三度，張良略無一毫倨傲怠慢之心，石公遂愛他勤謹，夜授天書，著他扶漢。後果然運籌帷幄之中，決勝千里之外。（明・吳承恩《西遊記・第十四回》）

就整體而言，颱風過境前後，必有防颱準備，也有損害評估，若不是過於嚴重，對於風大雨勢的吹襲，雖有損毀人之事件發生，但在有備無患的心理準備中，何有懼怕之憂？（黃光男〈颱風〉）

三 性格品德

1 個性

開朗

【樂天知命】順應天意的變化，固守本分、安於處境且悠然自得。

【天真爛漫】性情率真，毫不假飾。

【朝氣蓬勃】形容精神振作，充滿旺盛的活力。

【心寬體胖】心境樂觀開朗，生活無憂無慮，身體自然舒坦。

【心曠神怡】心情開朗，精神愉悅。

【心怡神悅】心情怡悅，爽朗豁達。

【胸無城府】為人坦率正直，沒有心機。

山陽的教育事業的狀況很不佳。我到校兩月，得不到一文薪水，只得連菸卷也節省起來。但是學校裡的人們，雖是月薪十五六元的小職員，也沒有一個不是樂天知命的，仗著逐漸打熬成功的銅筋鐵骨，面黃肌瘦地從早辦公一直到夜，其間看見名位較高的人物，還得恭恭敬敬地站起，實在都是不必「衣食足而知禮節」的人民。（魯迅〈徬徨〉）

陳家的少爺小姐都住在中院裡。頌蓮曾經看見憶容和憶雲姊妹倆在泥溝邊挖蚯蚓，喜眉喜眼天真爛漫的樣子，頌蓮一眼就能判斷她們是卓雲的骨血。她站在一邊悄悄地看她們，姊妹倆發覺了頌蓮，仍然

旁若無人，把蚯蚓灌到小竹筒裡。（蘇童《妻妾成群》）

蓀亞背誦出來。那首詩是：人本過客來無處，休說故里在何方，隨遇而安無不可，人間到處有花香。木蘭問：「你真是愛這首詩嗎？那麼你是寧願騎鶴遨遊而不去紅塵萬丈的揚州了。咱們去萍蹤浪跡般暢遊名山大川吧。如今父母在，這當然辦不到。將來總有一天會吧，是不是？」木蘭這樣輕鬆快樂，蓀亞真覺得心曠神怡，他說：「聽來真是詩情畫意。但是將來能不能如願以償，誰又敢說？」木蘭大笑：「暫時說一說，夢想一下兒，又有何妨？比方這種夢想不能實現，做不成漁翁船夫？將來你飛黃騰達做了國家大臣，或是做了外交大使，我成為大官夫人，也滿不錯呀！那時候兒再一齊想起來笑一笑今天的痴想，不也很有趣嗎？」（林語堂《京華煙雲》）

孤僻

【陰陽怪氣】 形容個性怪僻。

【落落寡合】 性情孤僻高傲，不易與人為伍。

【牛心古怪】 脾氣固執，性情古怪。

【歸奇顧怪】 清朝的歸莊和顧炎武。因二人相友善又行事奇特，性情怪僻，時人稱為「歸奇顧怪」。

以O先生素為朋友所識的陰陽怪氣，要踏上他死黨新居鬼氣幢幢的石階和門檻，仍需要相當勇氣。這房子絕對有資格作為任何萬聖節鬼片的最佳場景，就因它地點好，不須整修都不愁租不出去。（林郁庭〈Onion 洋蔥〉）

賈政朝罷，見賈母高興，況在節間，晚上也來承歡取樂。設了酒果，備了玩物，上房懸了彩燈，請賈母賞燈取樂。上面賈母、賈政、寶玉一席，下面王夫人、寶釵、黛玉、湘雲又一席，迎、探、惜三個又一席。地下婆娘、丫鬟站滿。李宮裁、王熙鳳二人在裡間又一席。賈政因不見賈蘭，便問：「怎麼不見蘭哥？」地下婆娘忙進裡間問李氏，李氏起身笑著回道：「他說方才老爺並沒去叫他，他不肯來。」婆娘回覆了賈政。眾人都笑說：「天生的**牛心古怪**。」賈政忙遣賈環與兩個婆娘將賈蘭喚來。賈母命他在身旁坐了，抓果品與他吃。大家說笑取樂。（清．曹雪芹《紅樓夢》）

豪放

【氣壯山河】形容氣勢如高山大河般雄壯豪邁。

【不拘小節】不被生活上的細節所拘束。

【不拘一格】不局限於某一種形式或標準。

【放蕩不羈】原指豪放而不受拘束。後用以形容行為放縱隨便，不加檢點。

【不拘形跡】不受禮法所拘束。

【拓落不羈】性情疏狂，不受拘束。

【放誕不羈】行為放縱，不受約束。

【五陵豪氣】比喻英雄、豪俠的氣概。

巴爾札克的手稿，呈現的不但是他的才華橫逸，還有他那種**不拘小節**的任性。他不知道世界上有兩種東西叫做「糨糊」和「剪刀」嗎？像他那樣大幅度修改文章我也不是沒做過，不過都會非常恭謹的去剪剪貼貼，倒也不是如何體貼排字工人，實在是擔心自己在稿件上到處牽拖，讓排字工目眩神迷，以至於指鹿為馬張冠李戴……。（袁瓊瓊〈手稿〉）

他們並不比其他地方小子為蠢，大人也如此。小孩子的**放蕩不羈**，也就是家長的一種聰明處。盡小孩

子在一種輸贏得失的趣味中學到一切常識，做父兄的在消極方面是很盡了些力的。（沈從文《阿麗思中國遊記》）

在晨風中的練兵場，他遠遠仰望身穿紅色大斗蓬，官帽上威武流麗的翎毛隨風搖曳的劉永福，身形不高，卻雙目精亮的統領風采，劉永福朗聲訓示，緊握的右拳高高舉起，句句鏗然：「……日寇謀臺急切，我大清軍士，上承朝廷令諭，下受臺民所託，誓必以命衛我疆土！」何等的氣壯山河，好個英雄劉永福。（林文義〈十二天〉）

拘謹

【躡手躡腳】放輕手腳走路，行動小心翼翼，不敢聲張的樣子。

【三緘其口】嘴巴加了三道封條。形容說話謹慎或不說話。

【小心翼翼】形容舉止十分謹慎，不敢懈怠疏忽。

【謹言慎行】言談小心，行事謹慎。

【慎小謹微】小心慎重的面對、處理微小的事情，多用以形容過分審慎小心。

【慎始敬終】自始至終都抱持謹慎小心的態度，不苟且懈怠。

【蝨處褌中】褌，ㄎㄨㄣ。比喻俗人處世拘謹，見識不廣。

我大聲問：「你的雪鐵龍呢？」「拿去修。」她說，一邊坐進我的車。「這個故事是教訓人，」我笑道，「起碼要買兩部車才夠用，你是回家去？」「你送我到計程車站好了。」「我知道你住石澳。」我說，「別擔心，我會送你到家，而且如果途中你不想說話，千萬別挖空心思找話題。」「謝謝。」於是她三緘其口，像是說話會出賣她。車子經隧道，我付出五元，她用手撐著頭，天涼，沒開冷氣，車窗搖下一半，她迎著風雨。靜寂中我把車開得飛快，前面玻璃上灑滿水珠，燈光之下都是繁星。我感覺怪異，竟與她單獨同車，真想不到，我們一直是敵人，如果沒有美眷，我們可能一直爭吵下去。（亦舒《兩個女人》）

當然是學姊，當然要從高中生活開始。在年輕的還沒有受過傷害的心裡深深地挖一個洞，不管會不會痛。接著，妳就需要小心翼翼地放進一個名字，那是妳的時光寶盒，是妳的救命錦囊。（李屏瑤《向光植物》）

身旁三個女人，一個適逢更年期，一個在青春期，一個在叛逆期，情緒波動特別大，言行舉止完全受到荷爾蒙影響，我每天必須戒慎恐懼，深怕稍微不夠謹言慎行即得罪了任何一個。我每一天都想灌醉她們。（焦桐〈論醉酒〉）

剛毅

【疾風勁草】經過猛烈大風的吹襲，才知道堅韌的草挺立不倒。比喻在艱難困苦的環境下，才能考驗出人的堅強意志和節操。

【不屈不撓】意志堅毅，不肯屈服。

【百折不撓】意志剛強，即使受到很多挫折，仍不屈服。

【寧死不屈】寧願犧牲生命，也不屈服，表示意志堅定。

【威武不屈】面對權勢壓迫，亦堅貞不屈。

【堅貞不屈】節操堅定，毫不屈服。

【剛毅木訥】個性剛強堅毅、質樸且不善於言辭。

【動心忍性】以外在的困厄，震撼其心志，使其性格愈發堅強。後多用於不顧外在困難阻礙，堅持到底。

他滿臉皺紋，但眼神依舊如我初見他般的堅忍、清亮。我相信挽花的意志。他一定辦得到。唯我所熟悉四十餘年不屈不撓的目光，來到第二次中風，終於變得渾濁。（沈默〈晚年〉）

我乘機學到了一點有關東正教的知識，東正教的十字架，除大十字外，上端有一小橫，說明耶穌的頭部也曾被釘住，下端一個斜橫，高的一端是一位聖徒寧死不屈，至死承認耶穌是主的兒子，從此端升入天堂。（王蒙〈2004・俄羅斯八日〉）

故事中的母親象徵墨西哥，而仙人掌則代表著墨西哥人威武不屈的氣魄，所以仙人掌在墨西哥人心中有常青不凋的含意。在墨西哥的國旗、國徽和紙鈔上，都繪有一隻雄鷹，牠叼著蛇，並傲踞於仙人掌上。（莊銘國、卓素絹〈花與樹的相遇，從鈔票開始〉）

蠻橫

【橫行霸道】形容凶橫不講理。

【作威作福】仗著權勢欺壓別人。

【飛揚跋扈】形容態度蠻橫放縱，不受約束。

【強詞奪理】沒有道理卻強為狡辯，硬說成有理。

【狗仗人勢】比喻倚仗權勢欺人。

【作威作福】仗著權勢欺壓別人。

【頤指氣使】形容以高傲的態度指使屬下。

【無法無天】沒有法紀、天理。形容人肆意妄為毫無顧忌。

【胡天胡地】形容任意胡為，不知檢點。

【橫行無忌】任意行為，無所顧忌。

【離經叛道】思想和言行背離經典和正統的規範。

【肆無忌憚】形容人恣意妄為，毫無顧忌。

【有恃無恐】形容有依靠而無所顧忌。

【胡作非為】不顧法紀或不講道理的任意妄為。

我十一歲的時候，愛上了我們的大隊長，就是說相聲的那位。選舉，評三好學生，五好隊員，我總是肆無忌憚地投他的票。假如有人不同意，我就大聲地和人吵。（王安憶《蜀道難》）

陳世美的戲裡，這一段最容易演，那是絕處逢生，又兼狗仗人勢的小人得意之貌；阿發伯說，只了解這一層，就容易入戲，演出來的表情，就叫人看得咬牙切齒，就是成功。（洪醒夫〈散戲〉）

人是不可替代神的，否則人性有恃無恐，其殘缺與醜陋難免胡作非為。唯神是可以施行強制的——這天，這地，這世界，這並不完美的人性，以及這差別永在、困苦疊生的人之處境，都可理解為神的給定。（史鐵生《病隙碎筆》）

阿菊可以忍受店裡頭的人對她頤指氣使、呼東喊西，但身為一個外人卻大搖大擺鳩佔鵲巢，讓她從早忙到晚上痠疼疲累的身軀，還要睡在柴房裡凹凸不平的稻草上。（何敬堯〈虎姑婆〉）

溫柔

【柔情密意】親密、溫柔的情意。

【溫柔敦厚】性格溫和而篤實寬厚。

【柔心弱骨】性格溫順、柔和。

【柔情綽態】情態溫婉動人。

【內柔外剛】內在柔弱而外表剛強。

【一團和氣】形容一個人態度和藹可親。

其實小龍女一派天真，心中充滿了對楊過的柔情密意，只要眼中看著他，就已心滿意足，萬事全不掛懷，他勝了固好，敗也無妨，均是無甚相干，至於他是否用本門武功，是否聽由黃蓉指點，她更是半點也不放在心上。（金庸《神鵰俠侶》）

柏克萊朋輩頭角崢嶸，唯能飲者並不多，大概只有鄭清茂解此酒趣，其他諸子都不行。清茂為人溫柔敦厚，但出身早期的臺大中文系，親自體驗了幾位國學大師的杜康豪情，酒量雖非第一流，情趣也確實老到。（楊牧〈六朝之後酒中仙〉）

善良

【赤子之心】嬰兒的心。比喻純潔、善良的心地。

【菩薩低眉】形容人慈善或柔弱的樣子。

【博施濟眾】廣施德惠，救助眾人。

【惻隱之心】同情憐憫之心。

【菩薩心腸】比喻慈悲之心。

【大慈大悲】形容人心腸好，非常慈悲善良。

【慈眉善目】形容慈祥、和善的容貌。

【仁人君子】德行寬厚而熱心助人的人。

【心慈面軟】慈祥而富同情心。

【宅心仁厚】心地仁慈厚道。

【大仁大義】極盡仁義之道。

嚴師母不由受了感動，覺出些江湖不忘的味道，暗裡甚至還對王琦瑤生出羨嫉。這時聽說王琦瑤生了，也動了惻隱之心，感觸到幾分女人共同的苦衷，便決定上門看望。（王安憶《長恨歌》）

他們後來才告訴我，印度是一個宗教的國度，大多數人都持守戒殺的教規，而且將這種大慈大悲惠及蚊子。蚊子也是生命，故可以驅趕，但斷斷不可打殺。對於我兩手拍出巨響的血腥暴行，他們當然很不習慣。（韓少功〈歲末恆河〉）

物之能感人者：在天莫如月，在樂莫如琴，在動物莫如鵑，在植物莫如柳。為月憂雲，為書憂蠹，為花憂風雨，為才子佳人憂命薄，真是菩薩心腸。（林語堂〈論山水〉）

陰狠

【狼心狗肺】比喻人心腸狠毒，毫無良心。

【居心叵測】比喻心存險詐，難以預測。

【心懷叵測】居心狡詐，難以預料。

【喪心病狂】形容人殘忍可惡到了極點。

【喪盡天良】形容泯滅人性，極為狠毒。

【包藏禍心】懷藏詭計，圖謀害人。

【大奸似忠】形容人外表看似忠厚老實，內心卻是奸詐險惡。

【老奸巨猾】形容人世故老練、極為奸詐狡猾。

【笑裡藏刀】笑容的後面藏著刀。形容人外貌和善可親，內心卻陰險狠毒。

【口蜜腹劍】嘴甜心毒，內藏陰謀詭計。

【棉裡藏針】外表和善，內心險惡的人。

【佛口蛇心】比喻人嘴巴說得十分仁善，卻心懷惡毒。

【嘴甜心苦】形容人說話動聽卻居心狠毒。

【人面獸心】形容人凶狠殘暴，如野獸一般。

【狼子野心】比喻人凶狠殘暴，難以教化。

【心狠手辣】心腸狠毒，手段殘忍。

【兩面三刀】比喻陰險狡猾，耍兩面手法，挑撥是非。

七巧只顧將身子擋住了她，向春熹厲聲道：「我把你這狼心狗肺的東西！我三茶六飯款待你這狼心狗肺的東西，什麼地方虧待了你，你欺負我女兒？……」（張愛玲〈金鎖記〉）

小葛穿起五〇年代的合身，小腰，半長袖。一念之間了豁，為什麼不，她就是要占身為女人的便宜，越多女人味的女人能從男人那裡獲利越多。小葛學會降低姿態來包藏禍心，結果事半功倍。（朱天文〈世紀末的華麗〉）

康熙低沉著聲音，一字一字慢慢的說道：「好！我要你反天地會！」韋小寶道：「是，是！」心中暗暗叫苦，臉上不自禁的現出難色。康熙道：「你滿嘴花言巧語，說什麼對我忠心耿耿，也不知是真是假。」韋小寶忙道：「十足真金，十足真金，再真也沒有了。」康熙道：「我細細查你，總算你對我還沒什麼大逆不道的惡行。倘若你聽我吩咐，這一次將天地會挑了，斬草除根，將一眾叛逆殺得乾乾淨淨，那麼將功贖罪，就赦了你的欺君大罪，說不定還賞賜些什麼給你。如你仍然狡猾欺詐，兩面三刀，哼哼，難道我殺不了天地會的韋香主嗎？」韋小寶只嚇得全身冷汗直流，連說：「是，是。皇上要殺奴才，只不過是好比捏死一隻螞蟻。不過……不過皇上是鳥生魚湯，不殺忠臣的。」（金庸《鹿鼎記》）

2 品格

清高

【兩袖清風】形容作官廉潔，毫無貪贓枉法之事。

【一片冰心】讚美他人心境高潔清明。

【山高水長】比喻人品高潔，垂範久遠。

【德高望重】形容人品德高尚，極有聲望。

【空谷幽蘭】比喻人品高潔、幽香，如生長在深谷中的蘭花。

【高風亮節】形容人的品格高尚，氣節堅貞。

【光風霽月】形容人品光明磊落。

【潔身自好】保持自身純潔清白，而不與人同流合汙。或指怕招惹是非，只管自己的人。

【堂堂正正】形容光明正大。

【一塵不染】泛指人品純潔，絲毫不沾染壞習氣。

【冰清玉潔】人的品行如冰般清澈潔明，如玉般潔白無瑕。

【年高德劭】指年紀大而品德好。

【品學兼優】品行和學問都很優良。

【高山景行】值得效仿的崇高德行。

【懷瑾握瑜】比喻高潔的品德和卓越的才能。

【梅妻鶴子】以梅為妻，以鶴為子，比喻清高或隱居生活。

【嶔崎磊落】山勢險峻多石的樣子。或比喻人品高潔，有骨氣。

【山高水長】形容距離遙遠。或指人品如山高潔，流傳久遠。

【松柏後凋】比喻君子處亂世或逆境時，仍能守正不苟，不變其節操。

【一介不取】形容人的操守非常清廉。

【涓滴歸公】即使是極微小的錢財或物品，也要上繳給公家，形容為人廉潔。

南書房課讀的師傅們，當然都是翰林院出身、千挑萬選飽學之士。至於公主們的師傅，也都是年高德劭、知名之士。（唐魯孫〈清代的宮廷女子生活〉）

我覺得每所學校都有自己獨特的風格，而南藝大最吸引我的便是她如蓮花般不為誰開不為誰落、沾汙泥而不染的精神，任何事情都影響不了她的高風亮節，還有隱居偏鄉寧願孤芳自賞也不願與世俗同流合汙的底氣。（樊孝娣〈關於在烏山頭水庫旁那所學校的時光〉）

而只有王春申清楚，傅百川並不是傅家甸女人想像的那麼潔身自好，因為他夜晚在埠頭區昏暗的街區，不止一次撞見傅百川進了俄國人或是日本人開的妓館。（遲子建《白雪烏鴉》）

李萍道：「為今之計，該當如何？」郭靖道：「媽，你老人家只好辛苦些，咱倆連夜逃回南邊去。」李萍道：「正是，你快去收拾，可別洩露了形跡。」郭靖點頭，回到自己帳中，取了隨身衣物，除小紅馬外，又挑選八匹駿馬。若是大汗點兵追趕，便可和母親輪換乘坐，以節馬力，易於脫逃。他於大汗所賜金珠一介不取，連同那柄虎頭金刀都留在帳中，除下元帥服色，換上了尋常皮裘。他自幼生長大漠，今日一去，永不再回，心中不禁難過，對著居住日久的舊帳篷怔怔的出了會神，眼見天色已黑，又回母親帳來。（金庸《射鵰英雄傳》）

低劣

【沐猴而冠】獸類穿上人的服飾，諷刺無真才實學，依附權勢，竊取名位的人。

【衣冠禽獸】空有外表而行同禽獸。比喻品德敗壞的人。

【寡廉鮮恥】形容人缺乏廉恥之心。

【恬不知恥】形容有過錯卻安然不以為恥。

【狼心狗行】比喻心腸貪婪凶殘，手段卑劣無恥。

【狗彘不食】比喻人的品行卑劣無恥，連豬狗都嫌棄。

【舐癰吮痔】癰，ㄩㄥ。比喻阿諛諂媚之徒的無恥行為。

「慢！」福康安叫住了他，瞇眼看著山巒，慢吞吞又道，「你看這座八卦山，控扼住了這裡，可以阻礙驛道，可以卡住臺灣府和諸羅的咽喉，這麼要緊的地方，他姓林的只派了一群膿包來駐紮……他只顧了做皇帝，沐猴而冠，何其短見也！你是跟我打金川升的參將吧？聽著，你不要學馬謖失街亭，這個地方和街亭一樣，你給我守好這座山，就好比撬東西的槓桿兒，這就是個支點，我能把全臺灣都給撬翻了，你就立了大功勞。你要丟了這塊地方，什麼交情臉面都不用想，叫當兵的提著你人頭來見我！」「扎！標下一定切記在心，這座八卦山就是標下的命！」（二月河《乾隆皇帝》）

我又沒殺人沒放火，怎麼能派我是壞人呢？這年頭，做壞人做壞事，一概都不必負責，除非真拉到警察局去了，還得延了律師來告，經過法官判決，才能定罪，漏了網的人不知道多少。大概做人只好憑良心，可是各人良心構造又不同。有些人可絕了，剛剛遺棄了妻子與亂七八糟的女人去姘居，還對朋友拍胸拍肺的說：「我對得起良心。」聽的人倒沒有生氣，只是有一種寒毛凜凜的詫異與恐怖，怎麼這種東西也算是人？總算明白衣冠禽獸是什麼玩意兒了。（亦舒《阿玉與阿瓦》）

在他們的商談中，他可也聽見不少他所想像不到的壞事，像已有人趕辦太陽旗與五色旗那種事。聽到這些寡廉鮮恥的事，再聽到堵西汀們設法破壞這些事的計議，他就格外佩服堵西汀與堵西汀的朋友們。（老舍《蛻》）

康熙又是一陣大笑，說道：「皇帝雖不能升自己的官，可是自古以來，不知有多少皇帝愛給自己加尊號。有件什麼喜慶事，打個小小勝仗，就加幾個尊號，雖然說是臣子恭請，其實還不是皇帝給自己臉上貼金。真正好皇帝這麼自稱自讚，已然頗為好笑，何況許多暴君昏君，也是聖仁文武、憲哲睿智什麼的一大串。皇帝越糊塗，頭銜越長，當真恬不知恥。古來聖賢君主，還有強得過堯舜禹湯的麼？可是堯就是堯，舜就是舜，後人心中崇仰，最多也不過稱一聲大舜、大禹。做皇帝的若有三分自知之明，也不會尊號加到幾十字那麼長了。」（金庸《鹿鼎記》）

四 才能態度

1 才智見識

聰明

【冰雪聰明】比喻非常聰明。

【冰雪聰明】比喻非常聰明。

【玲瓏剔透】比喻人聰明伶俐。

【秀外慧中】形容女子外貌秀美，內心聰慧。

【聞一知十】得知一件事，便可推知十件相關的事。形容人稟賦聰敏，善於類推。

【才高八斗】比喻才學極高。

【品學兼優】品行和學問都很優良。

【神機妙算】形容計策高明、預料準確。

【大智若愚】指具有極高智慧的人，往往表面上看起來似乎愚笨。

【滿腹經綸】形容富有才能與智謀，有承擔大事的能力。

【出將入相】比喻人文武雙才。

【足智多謀】形容人聰慧多謀略。

我家的廚師是一個足智多謀的人，除了調和鼎鼐之外還貫通不少的左道旁門，他因為廚房裡的肉常常被貓拖拉到灶下，魚常被貓叨著上了牆頭，懷恨於心，於是殫智竭力，發明了一個簡單而有效的捕貓方法。（梁實秋〈貓的故事〉）

於是父親詩興發了，即時口占一絕：「細細香風淡淡煙，競收桂子慶豐年。兒童解得搖花樂，花雨繽紛入夢甜。」詩雖不見得高明，但在我心目中，父親確實是才高八斗，出口成詩呢。（琦君〈桂花雨〉）

公園坊的學區也隸屬第八國民學校。我有一個同班好友植田玲子便是住在那裡面。她品學兼優，是人人佩服的模範生，常常都做班長。我的成績也跟植田玲子在伯仲之間，但是只能偶爾做副班長。我認為老師有點不公平，但是想不出原因何在？（林文月〈江灣路憶往〉）

愚昧

【酒囊飯袋】只會吃喝卻不會坐視，指無能的人。

【一無所知】什麼都不知道。

【渾渾噩噩】形容渾樸無知，也用來形容糊裡糊塗，茫無目的。

【不辨菽麥】形容人愚昧無知、缺乏常識。

【朽木之才】比喻不堪造就的人。

【一無是處】沒有一點正確或值得肯定的地方。

【一竅不通】一個心竅都沒有通。比喻人昏昧不明事理，或對某事完全不懂。

不表現花瓣的燦黃，行將枯槁的植物反倒成為杉浦康益的關注焦點。我以為不必很玄地說出禪這個字，因為生命榮枯，自會勾起傷懷起落。人類並非一無所知，只是選擇不見不聞。（陳育萱〈想像的回音〉）

我很會念書，置身戶外卻一無是處，而你是孩子王，更像天生動植物學家，語速超快地向我們分享你的蝴蝶洞故事，每週三下午我都被妒忌的幽魂纏身，沒有女生會注意我，男生中我又最羸弱，放大缺

陷童時感覺自卑，忘了自己也能是一隻蝶。（楊富閔〈後山蝴蝶洞〉）

頌蓮掏出手絹擦了擦眼角，她說也不知是怎麼了，你唱的戲叫什麼？叫《女弔》。梅珊說你喜歡聽嗎？我對京戲一竅不通，主要是你唱得實在動情，聽得我也傷心起來。（蘇童《妻妾成群》）

博學

【見多識廣】見聞廣泛，學識淵博。

【博覽群書】形容人閱讀廣博，學識豐富。

【博聞多識】見聞廣博，知識豐富。

【博聞閎覽】見聞廣博，閱覽豐富。

【閎覽博物】形容見聞極為廣博。

【學富五車】形容學問淵博。

【腹笥甚廣】笥，ㄙˋ。腹中所讀的書籍，多如書箱中的藏書。形容人學識豐富，知識廣博。

【滿腹經綸】比喻人學識廣博，讀了許多書。

【博聞強記】見聞廣博，記憶力強。

【江海之學】比喻學問淵博，見識深廣。

【博通古今】學問淵博，通曉古今之事。亦作「博古通今」。

【格古通今】窮究古代，通曉現今。比喻知識淵博。

【洞鑒古今】熟知古今世事。

【學究天人】比喻學問淵博，通曉天道、人事等。

【立地書廚】宋人吳時，為文敏捷，被稱為「立地書廚」。比喻學問淵博的人。

【握瑜懷玉】比喻飽富才學。

【才高八斗】原是對曹植的讚譽，後比喻人具有很高的才學。

【書通二酉】二酉指大、小酉山。相傳小酉山有書千卷。比喻人學識豐富。

他拿她當做一個見多識廣的人看待；他拿她當做一個男人、一個心腹。他看得起她。（張愛玲〈封鎖〉）

這也只說的是逛書店，還說不上是讀書。博覽群書；學識淹通的大學問家，大多不甚逛書店；他們矢志於研讀。（舒國治〈割絕不掉的惡習——逛舊書店〉）

紀昀起先盤腿坐到木榻上攤紙要寫信，聽得也直發笑，擱下筆道：「這麼說我也得防著！這茶裡有沒有弄手腳？」「那得分人，看人下菜碟兒！」卜義見硯裡墨不多，忙過來兌水磨墨，霍霍磨聲中說道：「往主子菜裡擱鹽的事是有的，那是專為侍候御膳的太監才能做手腳。御膳他得先嘗。幾道兒人都嘗過才能到主子跟前，還有監膳的，做手腳不容易的。放春藥的事也有，除非有私仇才敢。雍正爺手裡蔡明明就往孫嘉淦茶裡放過——他爹是孫大人殺的——查出來，雍正爺原是要用籠蒸了他，倒是孫大人說情，說他是為父報仇，孝子！殺了也就了事兒。太監是小人，我們一進宮這是頭一條宮訓。乾隆爺在這上頭從不饒人，我們不敢犯這個諱。小來小去的，比如哪個大人送了包兒，主子喜歡時候兒再說叫見，各宮裡地下金磚都摸遍了，哪塊磕頭響，帶到哪塊叫他跪，頭一磕咚咚響，主子聽著他心誠。有的人見太監黑著個臉，沒丁點兒照應。就帶他到地下墊得磁實處兒跪。他就是頭磕爛，也不得那個『咚咚』聲兒。不定就惹主子惱了他——外頭如今說竇大人名聲兒大，他就吃過這個虧……」紀昀在旁聽著，饒是他飽覽眾書學富五車，竟是聞所未聞，不由嘆道：「君子可欺以方，小人可畏。鬼魑伎倆匪夷所思，真真令人可嘆——你方才說釣魚，釣魚有什麼大學問在裡頭？」（二月河《乾隆皇帝》）

別看王姓武將是個粗人，他這種主張，和中國古代的大思想家老子和莊子，頗有相合之處：「絕聖棄智」！人若是沒有智慧，對只追求平靜的生活，絕對是一件好事。可是王姓武將這個提議，立時被飽讀詩書、滿腹經綸的兩個朋友反對，他們兩人意見一致：「王兄既然不藏私，把家傳武學公開，我們又豈甘後人，也把畢生所學，傳授三姓子弟：只要有天資，管保他們能有大學問。」王姓武將當時沒有再爭，只是問了一句：「縱使學得才高八斗，學富五車，在三姓桃源之中，又有何用處！」一句話，把祝老夫子和宣老夫子堵得半天說不出話來。（倪匡《少年》）

寡聞

【目光如豆】眼光像豆子那樣小。形容目光短淺，見識狹窄。

【一孔之見】狹隘片面的見解，無法窺知全局。

【一隅之見】偏向一面的見解。

【井底之蛙】典出《莊子．秋水》，井蛙不知井外之事，比喻見識狹窄的人。

【坐井觀天】比喻眼界狹窄，所知有限。

【目不識丁】連簡單的丁字都不認識，指不識字。

【以蠡測海】典出《漢書．東方朔傳》。以水瓢測量海，比喻所知有限。

【一知半解】形容一個人所知不全，了解不深。

【孤陋寡聞】形容學識淺薄，見識不廣。

【胸無點墨】比喻人沒有學問在身。

【吳下阿蒙】比喻學識淺陋的人。

【才疏學淺】形容學問才能淺薄。

我常散步鄉村，屢見翁嫗幼童捧搪瓷杯坐蹲門口喝咖啡。我早非昔日呂蒙，雖土氣仍舊，畢竟活在電腦高鐵時代，不比井底之蛙，但睹此情狀，猶覺食事變化驚人。再思，噫，驚人變化豈止吃喝。（阿盛〈土廝與洋食〉）

那時候，好像趕進度般，書一上手就飢不擇食，管它是否一知半解，先吞了再說，那些書不論內容寫的是臺北、羅東、鶯歌、花蓮、通霄或海外的故事，心中總激盪著為何豐厚的臺中那麼少見？（路寒袖〈夢中，發光的溪〉）

金門是一個令人懷念的地方。那一年寫了不少詩和散文，屢次想到酒；但其實我的酒量並不行，高粱喝不多，黃酒之類的比較能夠入口。那一年端午節，曾被士兵連勸帶騙，乾了一瓶黃酒，從此酒膽大增。退伍回臺灣，自覺不再是吳下阿蒙了。但其實我對酒之為物毫無研究，烈酒淡酒，還是分不太清楚。（楊牧〈六朝之後酒中仙〉）

出眾

【鶴立雞群】 鶴於雞群中顯得突出，形容人的才能出眾不凡。

【一鳴驚人】 典出《史記》，比喻平時沒沒無聞的人，突然有了驚人的表現。

【脫穎而出】 典出《史記》。錐尖刺破囊袋，比喻人的才能外露，超於旁人。

【與眾不同】 獨樹一幟，不與常人相同。

【頭角崢嶸】 年輕有為而才華出眾。

【出類拔萃】 才能傑出，超越眾人。

【卓然不群】 特立突出，超越眾人。

【一枝獨秀】 比喻傑出於他人。

其實在班上，我是個並不出色的學生，課業表現一向平平，唯獨十四歲那年，地理一門功課一枝獨秀，有兩次月考還得了全年級獨一無二的滿分。導師對我地理成績的突飛猛進，感到幾分訝異，但也沒說什麼。（陳幸蕙〈青果〉）

因為經濟上的因素，我們直到婚後第三年才敢生小孩。我們唯一的獨生子，名叫魯銘城，自幼聰穎絕倫，從小學到臺大醫學院，都十分資優，特別是數理科目，更是出類拔萃，高中和大學聯考都是全國榜首。（陳金漢〈空號〉）

玉不同，玉是溫柔的，早期的字書解釋玉，也只說：「玉，石之美者。」原來玉也只是石，是許多混沌的生命中忽然脫穎而出的那一點靈光。正如許多孩子在夏夜的庭院裡聽老人講古，忽有一個因洪秀全的故事而興天下之想，遂有了孫中山。（張曉風〈玉想〉）

平庸

【庸人自擾】庸碌的人無端自尋煩惱。

【碌碌無能】平庸沒有才能。

【畎畝下才】畎，ㄑㄩㄢˇ。比喻才能平庸、泛泛之輩。

【樗櫟庸材】樗，ㄕㄨ。比喻平庸無用之材，或自謙才能低下。

【樗朽之材】平庸無用之材。

【碌碌庸才】才能平庸的人。

【駑馬鉛刀】駑鈍的馬，不鋒利的鉛質刀。才能平庸，不中用。

【蓼菜成行】才能平庸，只能成小事而無法擔大任。

【肉眼凡胎】比喻人的見識平凡，僅有平常人的眼睛和軀體。

【飯囊衣架】庸碌無能的人。

直到他換了個較為舒適的姿勢，告訴自己別庸人自擾了，才緩緩墜入自己的夢世界。他誠心希望自己也能夠進入月亮的世界，找到讓自己身心痊癒的解憂藥，最後他終於睡著了，卻沒有夢。（黃唯哲〈河童之肉〉）

眾人聽了，不由得面面相覷，均想：「群龍無首數十年，好容易得了位智勇雙全、仁義豪俠的教主。日後倘是本教一個碌碌無能之徒無意之中拾得聖火令，難道竟由他來當教主？」（金庸《倚天屠龍記》）

2 求學做事

謹慎

【未雨綢繆】 還沒有下雨之前，就先把門窗修好。比喻事先預備以防患未然。

【防患未然】 趁禍患還未發生之前就加以防備。

【防微杜漸】 在錯誤或壞事萌芽的時候及時制止，杜絕它發展。

【一板一眼】 比喻人言行謹守法規，有條有理。

【三思而行】 再三考慮才行動。比喻謹慎行事。

【鉅細靡遺】 重要的或不重要的，都不會遺漏。或比喻做事仔細。

【小心翼翼】 形容舉止十分謹慎，不敢懈怠疏忽。

【步步為營】 比喻行動謹慎，防備周全。

【兢兢業業】 兢兢，小心謹慎的樣子。業業，危懼的樣子。形容戒慎恐懼，認真負責。

【瞻前顧後】 形容做事謹慎周密。或形容做事猶豫不決，顧慮太多。

【朝乾夕惕】 形容勤奮戒懼、兢兢業業，不敢懈怠。

【如履如臨】 比喻處事極為謹慎小心。

【如臨深淵】 好像走到深水潭的邊上。比喻行事十分小心謹慎。

【如履薄冰】 好像走在薄冰上。比喻處事極為謹慎小心。

【慎始敬終】 自始至終都抱持謹慎小心的態度，不苟且懈怠。

【謹言慎行】 言談小心，行事謹慎。

【慎終如始】 即使到了最後，仍能像開始一樣謹慎，始終如一。

【鞠躬盡瘁】 恭謹戒慎，不辭勞病地貢獻心力。

【臨事而懼】 處事謹慎小心。

【小廉曲謹】 在小事上守分謹慎，拘泥小節，卻未能注重大局。

【慎小謹微】 小心慎重的面對、處理微小的事情，多用以形容過分審慎小心。

【無微不至】 沒有細節不照顧到的，形容做事非常細心周到。

【三緘其口】 嘴巴加了三道封條。形容說話謹慎或不說話。

【躡手躡腳】放輕手腳走路，行動小心翼翼，不敢聲張的樣子。

【鄭重其事】處理事物的態度嚴肅認真。

【奉命唯謹】遵守命令，行事謹慎。

但其實我們是在一個想像中對照著天體星象的式盤上如履薄冰地走著。像你們的電影裡演的誤闖地雷區的士兵，滿頭大汗匍匐地上用刺刀一寸寸插地前進。（駱以軍〈神棄〉）

整個的花團錦簇的大房間是一個玻璃球，球心有五彩的碎花圖案。客人們都是小心翼翼順著球面爬行的蒼蠅，無法爬進去。（張愛玲〈鴻鸞禧〉）

她哼著哼著，沒有聲音了，屋裡靜得只有均勻安寧的鼻息聲。就在這時候我輕輕溜下眠床，躡手躡腳摸黑打開門溜進奶奶屋裡。（鍾理和〈假黎婆〉）

父親愛我，無微不至，我想看他手上的夜光錶，他就脫下來給我，我打碎了他心愛的花瓶、玉杯，他也不責罵。（琦君〈父親〉）

他默然良久，然後鄭重其事地說，希望我能叫人在他的墓碑上刻一行濟慈的詩：他的名字是寫在水上的。（吳魯芹〈懶散〉）

冥冥之中，有四個「少男」正偷偷襲來，雖然躡手躡足，屏聲止息，我卻感到背後有四雙眼睛，像所有的壞男孩那樣，目光灼灼，心存不軌，只等時機一到，便會站到亮處，裝出偽善的笑容，叫我岳父。（余光中〈我的四個假想敵〉）

草率

【暴虎馮河】 指不用武器，空手與虎搏鬥；不靠舟船，徒步渡河。比喻人做事有勇而無謀。

【大而化之】 本指一個人已達到超凡入聖的境界。後形容人做事不謹慎、不細心、不拘小節。

【虛應故事】 依照慣例，敷衍了事。

【草草了事】 隨意草率的解決事情。

【馬馬虎虎】 勉強將就，敷衍了事。

【漫不經心】 隨隨便便，不加留意。

【輕舉妄動】 未經慎重考慮，即輕率地採取行動。

【敷衍塞責】 形容做事不認真負責，只是表面應付。

【敷衍了事】 形容做事不認真，表面應付了事。

【粗枝大葉】 比喻疏略，做事不細密。

【粗心大意】 做事草率，不細心。

我不怎麼喜歡運動，體育課表現也馬馬虎虎，但有次立定跳遠，我一躍竟跳出二點五米，比全校最佳紀錄遠了二十公分。老師毫不猶豫要我進入田徑隊，參加初夏的全縣運動會。（黃暐婷〈細綁〉）

很多事情發生了就不可以忘記。我要說的這個故事，如何呢。結局也許過於草草了事。但是確實的結局是怎樣呢，我永遠無法知道。事情還未發生。有時，雖然我還是過分悲觀，但我還是會想，人一日還活著，結局還是未知的事情。（羅喬偉〈她們不是孿生〉）

這是日本海側北國之地小麻雀一樣的航空站，此刻只有這一班次入境，早點進關的話，能看見工作人員漫不經心打開日光燈，一切閃閃爍爍，移民官一面整理衣領，從辦公室出來，一面魚貫進入驗關的卡座。（黃麗群〈如果有一天你去金澤〉）

勤奮

【韋編三絕】讀書讀到編書的牛皮繩多次斷裂，比喻勤奮用功。

【懸梁刺骨】比喻人發憤努力學習。

【手不釋卷】手裡總是拿著書卷。形容人勤奮好學。

【夙興夜寐】早起晚睡。形容終日勤勞。

【夙夜匪懈】語出《詩經．大雅．烝民》，形容日夜勤奮，不懈怠工作。

【枵腹從公】餓著肚子辦理公務，形容不顧己身，勤於公事。

【宵衣旰食】天未明即起身穿衣，深夜才吃飯，比喻工作辛勤忙碌。

【克勤克儉】既勤勞又節儉。

【孜孜不倦】勤勉而不知疲倦。

【亹亹不倦】亹，ㄨㄟˇ。指連續而不倦怠。

【聞雞起舞】一聽到雞啼聲，立即起床操練武藝。比喻把握時機，及時奮起努力。

【牛角掛書】典出《新唐書》李密乘牛時掛書於牛角上，邊走邊讀書之事。比喻勤勉讀書。

【焚膏繼晷】晷，ㄍㄨㄟˇ。形容夜以繼日地勤讀不怠。或不眠不休地工作或活動。

【鑿壁偷光】典出漢代匡衡鑿穿牆壁，藉由鄰家燭光照讀之事。比喻刻苦勤學。

【映雪囊螢】囊螢指晉時車胤借螢火亮光讀書。映雪指晉孫康夜晚利用雪光照明讀書。比喻刻苦勤學。

【發憤忘食】專心學習或工作以致忘記吃飯。形容十分勤奮。

雖說時間待人最為公正，無論貧富貴賤，各皆一日二十四小時，哪怕有渾噩茫然十二個時辰當作一個鐘頭給廝混過了，有人焚膏繼晷夜以繼日一日充當兩天用，都無損於時間「逝者如斯，不捨晝夜」，一分一秒地消逝無蹤。（張輝誠〈時間手〉）

另外，自家產米，可是我們三餐並非全部米食，若不是「蕃薯箍糜」（地瓜粥），就是「蕃薯籤飯」，只有年節和宴客才有白米飯，這些情形是大部分村民共有的現象，大家克勤克儉，聽天由命，很少有埋怨聲，因為「艱苦也是一世人」，祖母說的。（林央敏〈故鄉長大了〉）

沒有自身的勤奮，就算是天資奇佳的雄鷹也只能空振雙翅；有了勤奮的精神，就算是行動遲緩的蝸牛也能雄踞塔頂，觀千山暮雪，渺萬里層雲。成功不能單純依靠能力和智慧，更要靠每一個人自身孜孜不倦地勤奮工作。（林想〈我們為什麼要努力工作〉）

懶惰

【一暴十寒】典出《孟子》，比喻人學習或工作不能有所堅持，缺乏恆心。

【好逸惡勞】貪圖安逸而不願勞動。

【拈輕怕重】挑選輕易的事，避開繁重的工作。

【酒囊飯袋】譏稱只會吃喝，而不會辦事的無能之人。

【無所事事】什麼事也不做，形容閒蕩無事的樣子。

【好吃懶做】愛吃又懶得勞動。

【飽食終日】整天吃得飽飽的，不做任何事。比喻無所事事。

【不勞而獲】不勞動就獲取成果，多用以比喻懶惰或投機。

【坐吃山空】比喻只消費而不事生產，以致把家產吃盡用光。

【坐享其成】不出勞力，而享受現成的福利。

【遊手好閒】遊蕩貪玩，無所事事的樣子。

【玩歲愒日】貪圖安逸，虛度光陰。

以陳桑的財力，養著這個紈褲子在東京繼續遊手好閒並不是問題，所以當眾人聽說陳慎回國的消息時都異常驚訝。（郭強生〈罪人〉）

金水嬸的家道原本極為艱苦，她的丈夫又是一個沒有責任的好吃懶做的人，而她竟能使每一個兒子都讀書。所以，一提起金水嬸來，八斗子的人無不豎起大拇指打從心底稱讚她。（王拓〈金水嬸〉）

科學翻案迭起，最近就有一群醫生指出，膽固醇事實上沒有那麼可怕，降膽固醇藥也沒有多少實質效益，膽固醇值的高低與個人壽命未必有直接關聯。此話一出，馬上引起美國心臟協會的反撲，因為有一群病人真的跟著吃肉不吃藥，好逸惡勞起來。（莊裕安〈膽固醇與法斯塔夫〉）

專心

【一絲不苟】 形容做事認真，一點也不馬虎。

【聚精會神】 形容專心致志，精神集中。

【一心一意】 同心同意。亦用於指心意專一，毫無他念。

【全心全意】 將全副精神投入，無其他想法。

【全神貫注】 將心思精神完全集中於某事物上。

【專心致志】 專一心思，集中精神。

【專心一意】 全神貫注，心無雜念。

【心無旁騖】 專心致志，不受外物擾動。

【專精一思】 專心一意，精神集中。

【目不轉睛】 眼睛動也不動。形容凝神注視的樣子。

【廢寢忘食】 形容專心努力工作或學習。

【屏氣凝神】 屏住呼吸，集中精神。謂專心一意。

而那坐在對邊的女子低著頭，像是在看著自己的手，或手上的戒指，那麼無關宏旨的動作（甚至根本沒做動作），你卻一絲不苟地用眼睛輕巧而自然地記錄下來。（舒國治〈旅途中的女人〉）

嬰兒啼哭了，阿月把她抱在懷裡，解開大襟給她餵奶。一手輕輕拍著，眼睛全心全意地注視著嬰兒，

一臉滿足的神情。（琦君〈一對金手鐲〉）

現在，三個室友似乎都很平靜地閉目躺著，或許也在追憶或想望一個流動的世界，或許在嚼噬著自己的不幸或悔疚，或許什麼都不是，而是真正在全心全意的睡眠。（陳列〈無怨〉）

當然，守恆也發現那個校刊社的馬子了，她就站在正行的老位子上看他們打球，當他幾次眼光瞥向那馬子時，那馬子的眼神似乎也回應著他，笑著的。於是，漸漸地，守恆心無旁騖起來了，他專心打，帶球上籃、三分球、蓋別人火鍋，神準。（許正平〈光年〉）

三十秒，老崔拱出去的雙手怎生收得回來，那紅包好重，捧著好吃力。祕書小姐打字的手停下來，清潔工人關掉吸塵器，還有警衛，都聚精會神看這一幕戲。又是二十秒。孔老師到底不是才出道的妮子，她想了一想，伸手去取紅包，卻又停在空中，五指半張半合，目光卻掃視觀眾，為介紹中國文化而做了一分鐘演說。（王鼎鈞〈崔門三記〉）

我提筆的手勢擱淺在半空中，無法評點眼前這看不見、摸不到的一卷聲音！多驚訝！把我整個心思都吸了過去，就像鐵沙衝向磁鐵那樣。但當我屏氣凝神正聽得起勁的時候，又突然，不約而同地全都住了嘴，這蟬，又嚇我一跳！（簡媜〈夏之絕句〉）

分神

【心不在焉】 心不在其位。比喻心思不集中。

【心猿意馬】 心思如猿猴不定地跳躍、快馬四處地奔馳而難以控制。比喻心思不專注集中。或比喻心意反覆不定。

【漫不經心】 隨隨便便，事不過心的樣子。

【視而不見】 雖然看到，但因心不在焉，好像沒有看到一樣。或形容漠視。

兒子出門後，中間曾數度回家。每次回來，對於他親手捧回，親手把牠託付給我的小貓龍子，卻似乎心不在焉，視而不見。（琦君〈難忘龍子〉）

我們到餐廳裡吃晚餐。有一桌年輕的臉龐在笑，一邊看手機，一邊跟旁人心不在焉的。櫃檯的老闆娘同時做三件事，一手按計算機，一手飛快揮舞，嘴裡急速說話。（賀淑芳〈初始與沙〉）

果決

【一刀兩斷】 一刀將物品砍斷為二，形容處理事情堅決果斷，乾脆俐落。

【大刀闊斧】 形容軍隊聲勢浩大，殺氣騰騰。後形容做事果斷、有魄力。

【雷厲風行】 像打雷般猛烈，如颳風般快速。比喻政令或人行事嚴格迅速。

【斬釘截鐵】 形容說話辦事堅決果斷，毫不猶豫。

【當機立斷】 當下立刻作出決斷，毫不遲疑。

【毅然決然】 形容態度堅決，毫不猶豫退縮。

【直截了當】 形容說話或做事乾淨俐落，毫不拐彎抹角。

【義無反顧】 秉持正義勇往直前，絕不退縮。

台北市的紅綠燈就是這樣，只能讓一群人剛剛好過馬路，然後一切就會再次被阻斷，你得毫無猶豫地過馬路，就好像你的人生裡真的好像還有些事得那麼義無反顧地去完成一樣。（吳明益〈一頭大象在日光朦朧的街道〉）

約翰孫博士主張不廢體罰，他以為體罰的妙處在於直截了當，然而約翰孫博士是十八世紀的人，不合時代潮流！（梁實秋〈孩子〉）

她賤賣物品，要錢不要貨，所以從不剔選「自動延長競投」的設定——實現一到就結束吧，如同將戀

愛一刀兩斷、畫清界線。（麥樹堅〈千年獸與千年詞〉）

他停下來，扶了扶細框眼鏡，問我，你猜，我們這裡有多少影像的主人實際上還活著？我搖搖頭。他油亮的額頭皺了起來，雙下巴跟著抖動，正以為要說出什麼斬釘截鐵的答案，結果是不知道。（黃崇凱〈七又四分之一〉）

遲疑

【瞻前顧後】 形容做事謹慎周密。或形容做事猶豫不決，顧慮太多。

【三心二意】 形容猶豫不決、意志不堅。

【猶豫不決】 遲疑不定，無法拿定主意。

【左顧右盼】 左右四處觀察、張望，或指有所顧慮而猶豫不決的樣子。

【優柔寡斷】 形容行事猶豫，不能當機立斷。

【舉棋不定】 拿著棋子，不能決定下一步怎樣下。比喻做事猶豫不決，拿不定主意。

【投鼠忌器】 想投擊老鼠，卻怕擊中老鼠身旁的器物而不敢下手。比喻想要除害，但因有所顧忌而不敢下手。

【躊躇不決】 猶豫不決，不能做下決定。

【畏縮不前】 因畏懼怯懦，遲遲不敢前進。

【裹足不前】 包纏腳部，不往前行。形容有所顧忌，而停止腳步。

【徬徨歧路】 徘徊猶豫，不知所措。

【拖泥帶水】 身上被泥、水沾汙，不利行動。比喻言辭或行為不乾脆。

【拖拖拉拉】 做事猶豫、慢吞吞，不乾脆俐落。

【婆婆媽媽】 形容人拿不起，放不下，做事不乾脆。

死亡的河豚，毒素會擴散全身，無法食用，因此，處理食材的廚師，必須持有特別執照。然而，至今每年仍約有十數人死於河豚之毒。因此，有句日本俗諺是這麼說的：「欲河豚之肉，思致命之危，遲

疑再三。」生動地描寫了吃與不吃的舉棋不定。（既晴〈禍從口入〉）

凡所謂個性，包括一人之體格、神經、理智、情感、學問、見解、經驗、閱歷、好惡、癖嗜，極其錯綜復雜。先天定其派別，或忌刻寡恩，或爽直仗義，或優柔寡斷，或多病多愁，雖父母師傅之教訓，不能易其骨子絲毫。（林語堂〈寫作的藝術〉）

播完後，沿著山腳舔露水，想要尋找食物，但一看到馬路，就裹足不前了。整個早上，繼續待在垃圾場。在這個領域裡胡亂找東西，找累了便懶洋洋地趴著。鎮日處於飢餓的狀態下，牠們沒有一般小狗的頑皮個性，總是無精打采的形容。（劉克襄〈四隻小狗〉）

不知道其他路人是否跟我有類似的感覺，有事該發生卻沒真的發生。我當然也不真的希望突如其來一顆砲彈炸得我要死不活，心理懦弱想著解放軍要來就快啊，趕快讓這一切有個了結，不要拖拖拉拉拜託。（黃崇凱〈水豚〉）

踏實

【腳踏實地】比喻做事切實穩健。

【安分守己】安於本分，謹守其身，不逾規矩。

【循規蹈矩】遵守禮法，不踰越法度。

【穩紮穩打】穩健切實，逐步進行。

有時她也覺得犧牲得有點不值得，暗自懊悔著，然而也來不及挽回了。她漸漸放棄了一切上進的思想，安分守己起來。她學會了挑是非，使小壞，干涉家裡的行政。她不時地跟母親嘔氣，可是她的言談舉止越來越像她母親了。（張愛玲〈金鎖記〉）

明明是循規蹈矩的標準過程，烤箱裡面出來的卻沒有一次不是令人大驚失色的成品。如果這樣的東西是從燒陶的窯裡取出來的話，還或許有可能成為珍貴的「窯變」的機會，可是，從烤箱之內取出來之後，卻是萬劫不復了。（席慕蓉〈劉家炸醬麵〉）

不切實際

【天花亂墜】形容說話動聽，但多浮誇不切實際。

【好高騖遠】一味地嚮往高遠的目標而不切實際。

【異想天開】不符實際、不合事理的奇特想法。

【華而不實】只開花而不結果，比喻虛浮而不切實際。

【空中樓閣】比喻思想明澈通達。或比喻虛構的事物或不切實際的幻想。

【不著邊際】四邊都靠不了岸。比喻言論空泛或想法不切實際。

有的指南，太情感用事，作者自己沉醉其所旅遊之地，說得天花亂墜，而展書者越讀越生疑懼，這樣的指南亦不成功。乃這樣的書，像是描寫天堂。（舒國治〈再談旅行指南〉）

一堂課裡數十位小孩扭來扭去雙手沾滿顏料，畫樹畫房子畫太陽，畫幸福的爸爸媽媽，每天處在這麼做作的快樂裡他會瘋掉。更別說那些家長的臉，來接小孩的時候那種嚴厲凝視的雙眼，一副讓我看看你教什麼的態度。以為上個課小孩就會變畫畫天才嗎？真是異想天開。（川貝母〈兒子的肖像〉）

3 待人處事

寬厚

【以德報怨】不記仇恨，反以恩德回報他人。

【心慈面軟】慈祥而富同情心。

【手滑心慈】出手慷慨，心地仁慈。

【海納百川】形容如海接納河川一般肚量宏大。

【寬宏大量】度量寬大。

【豁達大度】形容心胸寬闊、度量宏大。

【網開一面】比喻寬大仁厚，對犯錯的人從寬處置。

【既往不咎】對過去的錯誤不再追究責難。

【唾面自乾】當別人吐口水在臉上時，不擦拭而讓它自己乾掉的故事。比喻逆來順受，寬容忍讓。

程靈素道：「啊，先師左手少了兩根手指，那是給苗大俠用劍削去的？」苗人鳳道：「不錯。雖然這番過節尊師後來立即便報復了，算是扯了個直，兩不吃虧，但前晚這位兄弟要去向尊師求救之時，在下卻知是自討沒趣，枉費心機。今日姑娘來此，在下還道是奉了尊師之命，以德報怨，實所感激。可是尊師既已逝世，姑娘是不知這段舊事的了？」程靈素搖頭道：「不知。」苗人鳳轉身走進內室，捧出一隻鐵盒，交給程靈素，道：「這是尊師遺物，姑娘一看便知。」（金庸《飛狐外傳》）

祖母臉上維持著老人家寬宏大量的笑容，仔細考慮著兒女的建議，她的白頭髮把水泥袋一樣大的枕頭都遮住了，布滿皺紋的臉孔像小樹枝做的鳥巢，繃帶上的血漬有如一隻遍體通紅的小蜘蛛。（張貴興〈沙龍祖母〉）

按學校規定，開頭還跟著一般的年輕同學上一些共同科目、記筆記、做作業，歷經數次溝通，校方終於為這執意要學玻璃的臺灣老學生網開一面，允許選讀初級、中級、進階的所有玻璃課程。（王俠軍〈寂靜疾走的溫度〉）

刻薄

【尖嘴薄舌】形容說話尖銳刻薄。

【尖酸刻薄】待人苛刻或言辭銳利。

【刻薄寡恩】形容人苛刻、殘酷無情。

【咄咄逼人】形容人言語凌厲，氣勢凌人。

【吹毛求疵】比喻刻意挑剔過失或缺點。

婆婆與小姑每一句尖酸刻薄的話，使她的臉部歪斜，呼吸狂亂，嘴唇不停哆嗦，數次有爆發的跡象。終於下定了決心，面對著婆婆，以激烈的淚聲大叫大嚷。（呂赫若〈月夜〉）

這一年起，我的研究室發生了好多事，大學主管常更改計畫內容，我的心情也跟著起伏了一陣子，就在這時，我和南維的相處也出現了問題。好幾個月以來，她常常先是咄咄逼人地將問題和責任指向我，然後便保持習慣性地沉默，而她沉默時，我便走開，我們二人都在逃避。（陳玉慧〈告別威尼斯〉）

真誠

【一言九鼎】形容說話有信用。

【一諾千金】形容信守承諾，說話算數。

【內省不疚】沒有需要反省內疚的地方，比喻為人處事端正無過。

【行不由徑】處事光明正大，不投機取巧。

【俯仰無愧】行事光明，因此不感到慚愧。

【肝膽相照】以肝膽互相照見。比喻竭誠的相處。

【披肝瀝膽】比喻赤誠相待，忠貞不二。

【肝膽照人】比喻赤誠相待。

【開誠布公】以誠意待人，坦白無私。

【心口如一】形容人外在表現和內心所想相同。

【不欺暗室】獨處隱僻處亦居心端正，形容坦誠磊落。

【推心置腹】把赤忱之心推到人家肚子裡。比喻待人至誠。

【問心無愧】憑著良心自我反省，沒有絲毫慚愧不安，比喻心胸坦蕩。

我說可以問他事情嗎？他說他見到我的不凡，一個國三女生的不凡，所以他願意開誠布公對我無所不談，有問必答。（鍾文音〈國中女生的旅行與情人〉）

你已經養成什麼事都抱著必死的決心，還好班上同學很麻吉，對這個宇宙無敵超級大衰神還算友愛，當你又被抽到掃廁所還要清水溝時，子恩和光頭那些人很兄弟義氣地拍拍你肩：你真的太苦命了。然後眉頭深鎖重嘆一口氣，用肝膽相照的豪情喊著，好啦！一句話！幫你啦！（張曉惠〈月光迴旋曲〉）

但徐錚聽來，心中酸溜溜的滿不是味兒。他生性魯莽，此時師妹又成了他未過門的妻子，不禁疾言厲色地追問起來。馬春花問心無愧，這師哥對自己又素來依順容讓，想不到昨天父親剛把自己終身相

許，他就這麼強橫霸道起來，日後成了夫妻，豈非整日受他欺辱？（金庸《飛狐外傳》）

老團長是坐過科班的舊藝人，他的話一言九鼎。十九歲的筱燕秋立馬變成了A檔嫦娥。B檔不是別人，正是當紅青衣李雪芬。李雪芬在幾年前的《杜鵑山》中成功地扮演過女英雄柯湘，稱得上紅極一時。（畢飛宇《青衣》）

虛偽

【表裡不一】指思想和言行相反不一致。

【虛與委蛇】形容假意慇懃，敷衍應付。

【爾虞我詐】形容人與人之間的互相猜疑，玩弄欺騙手段。

【陽奉陰違】表面上裝作遵守奉行，暗地卻違背。

【虛情假意】虛偽做作，而無真實的情意。

【口是心非】指心裡想的和嘴上說的不一致。

【言不由衷】形容言詞與心意相違背。

【口蜜腹劍】嘴甜心毒，內藏陰謀詭計。

【巧言令色】話說得很動聽，臉色裝得很和善，可是一點也不誠懇。形容人矯情虛偽。

【鉤心鬥角】原形容詩文的布局結構精心巧製，爭奇鬥勝。後多用於比喻競鬥心機，刻意經營。

【棉裡藏針】外表和善，內心險惡的人。

【佛口蛇心】比喻人嘴巴說得十分仁善，卻心懷惡毒。

【笑裡藏刀】笑容的後面藏著刀。形容人外貌和善可親，內心卻陰險狠毒。

【嘴甜心苦】形容人說話動聽卻居心狠毒。

搶得頭香的人滿面紅光志得意滿，豪氣干雲捐出大筆的香油錢，以銘己志。眾人恨且羨，可是大年初一也不好動氣，虛情假意道賀一番，文明與和氣都維持了。（柯裕棻〈上香（正月）〉）

康明遜自己也是滿腹的心事，因要顧忌王琦瑤，還須忍著，說一些言不由衷的寬慰話，其實是更不自由的。待到忍無可忍，便發作起來。（王安憶《長恨歌》）

據《宋史·禮志》上的解釋：「禡牙」係「『禡』師祭也。軍前大旗曰『牙』，師出必祭，謂之『禡牙』」，可見「禡牙」乃古代軍旅中祭拜牙旗之大禮，祭禮虔誠肅穆，的確非同小可。而在商場中，「同行如敵國」，爾虞我詐，其風險之大，一如行軍打仗。（朱振藩〈打牙祭的進化史〉）

公正

【大公無私】 秉公處理，毫無偏私。

【周而不比】 形容人處事公正，不偏私自己的同黨。

【明鏡高懸】 比喻官吏辦事時明察無私，執法公正而嚴明。

【鐵面無私】 公正嚴明而不偏私。

【一視同仁】 以同樣博愛的仁心平等待人，不分親疏厚薄。

【等量齊觀】 不分輕重，一律同等看待。

【剛正不阿】 剛強正直，不循私逢迎。

【不偏不倚】 一點也沒有偏差。

【守正不阿】 做人處事堅守正道，公正無私。

【無偏無黨】 公正不偏祖。

【開誠布公】 以誠意待人，坦白無私。

組長表示——他是教育學碩士，對於教育心理還有孩童成長學什麼的十分內行——我們要考慮學生的記憶能力，以及將他們的注意力引導到正確的方向，笑話只是知識的延伸，得做到不偏不倚。（羅士庭〈維也納的死亡與慈悲〉）

而草色青青，連天遍野，尤為和平可親，大公無私的春色。花木有時被關閉在私人的庭園裡，吃了園丁的私刑而獻媚於紳士淑女之前。草則到處自生自長，不擇貴賤高下。（豐子愷〈春〉）

偏私

【明哲保身】明達事理、洞見時勢的人，不參與會帶給自己危險的事。

【獨善其身】保持個人的節操修養。後比喻只顧自己好而不管他人。

【厚此薄彼】優厚某一方而冷落另一方。指對人或事不一視同仁。

【一偏之見】偏向某個方面的看法。

雖說在這時代，有點權勢的人都是妻妾姬婢成群，可是他終是來自另一時空的人，思想有異，開始時自是樂此不疲，但當身旁的美女愈來愈多時，又不想厚此薄彼，便漸感到窮於應付。（黃易《尋秦記》）

所以在薰衣草森林的廚房裡，從沒有所謂的偷藏兩招這種明哲保身的事情，不管是阿白或者其他主廚，他們會的技術就毫不保留的教別人。廚師跟廚師之間的關係，不是只在工作上，私底下大家也像哥兒們一樣相互照應，即使有朝一日離開了薰衣草森林另謀發展，那份情誼還是始終維繫著。（詹慧君、林庭妃〈真心關懷〉）

親切

【平易近人】形容態度和藹親切，容易接近。

【平易近民】態度和藹親切，容易親近。

【善氣迎人】以和善之氣待人。形容人和藹可親。

【和藹可親】態度溫和，容易親近。

現在好了，生下了小八子，施桂芳自然有了底氣，身上就有了氣焰。雖說還是客客氣氣的，但是客氣和客氣不一樣，施桂芳現在的客氣是支部書記式的平易近人。她的男人是村支書，她又不是，她憑什

麼懶懶散散地平易近人？（畢飛宇《玉米》）

隨著杉行前的空地起建樓房，阿婆的柑仔店也搬到長安街上，所在位置大抵不太變，只是轉個方向，背對著小西巷，阿婆仍是和藹可親的，樣子沒多大改變，只是我們都慢慢長大上學了，生活圈擴大，逐漸不再頻頻出入她的店。（楊錦郁〈阿婆的柑仔店〉）

冷漠

【木人石心】木作的人，石造的心。比喻意志堅定，任何外在事物皆不足以動其心。或形容人冷酷無情。

【鐵石心腸】像鐵石鑄成的心腸。形容人剛強而不為感情所動的秉性。

【秋風過耳】秋風從耳邊吹過。比喻漠不關心、毫不在意。

【無動於衷】心裡一點也不受感動。

【馬耳東風】東風吹過馬耳邊，瞬間消逝。比喻充耳不聞、無動於衷。

【視而不見】雖然看到，但因心不在焉，好像沒有看到一樣。或形容漠視。

【若無其事】好像沒有那麼一回事。形容神態鎮靜、自然。

【作壁上觀】站在壁壘上旁觀雙方交戰。比喻坐觀成敗，不幫助任何一方。或比喻事不關己，冷淡看待。

【冷眼旁觀】用冷靜的眼光在旁觀察。形容漠不關心。

【袖手旁觀】把手縮在袖子裡，在一旁觀看。形容置身事外，不予過問。

【置身事外】對事情不理會，不聞不問。

【不聞不問】形容置身事外，漠不關心。

【隔岸觀火】在河水對岸看火災。比喻事不干己，袖手旁觀，漠不關心。

【漠不關心】冷冷淡淡，不加關心。

她和他說話，聲音放得特別柔和，談話間，她又不時問他幾句關於他的學業，興趣，等等，表示她對他並非漠不關心。每當美蓉不由自主拿他和雷平比較，她總這樣責備自己：「我怎能這樣重虛榮呢？矮一點有什麼關係，人家可得了獎學金呢。」（歐陽子〈美蓉〉）

她這樣天天夜歸，熊應生沒有不知道的，但她的事他從來不聞不問，就是知道了，吵兩架也就完了事兒，爽然卻隱隱有些擔心，怕一旦情難捨，而又不能有什麼結果，會變得進退兩難，他更怕萬一寧靜死心塌地要跟他，她半生榮華富貴，會轉眼成空。（鍾曉陽《停車暫借問》）

除了河床上幾根鏽蝕的鋼筋，及幾塊像是牆基的大石板之外，我們已經找不出其他部落的遺跡。我們凝望著枯水期中消瘦的溪水，吁嘆著百步蛇在水患中受難的年代。然而，巴古斯站在他的出生地上，仍是一副無動於衷的模樣。（莊華堂〈巴古斯的歸鄉路〉）

謙恭

【和光同塵】 鋒芒內斂，與塵俗相融合。

【虛懷若谷】 心胸寬廣如山谷接納萬物，形容為人謙虛，能接納意見。

【謙沖自牧】 以謙和退讓的態度修養德行。

【謙謙君子】 比喻謙虛又律己的人。

【五體投地】 古印度最誠敬的禮儀，比喻非常欽佩對方。

【肅然起敬】 因受感動而莊嚴地興起欽佩恭敬之心。

【洗耳恭聽】 洗乾淨耳朵恭敬地聆聽，比喻專心恭敬地聆聽。

【不恥下問】 不以向身分較低微或是學問較自己淺陋的人求教為羞恥。

【移樽就教】 帶著酒壺移坐到他人席上共飲，以便請教。比喻以恭謹的態度主動向人求教。

【前倨後恭】 先前傲慢無禮，後又謙卑恭敬。比喻待人勢利，態度轉變迅速。

袁大總統和蔣老總統不同。蔣公選擇「幕僚」，尤其是管「機要」一類的人，務求其謹小慎微、鞠躬盡瘁，像陳布雷先生那樣的謙謙君子。袁世凱則反是，他取其精明強幹，遇有要事，拿出主張，任其艱鉅——這一來，這位精明強幹、才大心細的顧少川，登高而招，順風而呼，不久便錐處囊中、脫穎而出了。（唐德剛〈廣陵散從此絕矣〉）

第二是父親編著的一部幾十萬字《西洋通史》，對我很有啟發。小時候看不大懂，但漸漸入門，對著作很肅然起敬。這大概是我學歷史、又好讀西方文化史之書的一個背景因素。（余英時〈余英時回憶錄〉）

那竹葉特別的形狀和竹竿的纖弱細長，總是使她聯想到一個少女，婀娜多姿，面帶微笑，而且前額上還飄動著一綹秀髮。她常想那竹竿棕黃帶綠的表面，正象徵一位瀟洒的君子；挺直的線條，象徵中立不倚；身子的中空，象徵虛懷若谷；堅硬的竹節，象徵堅貞正直。（林語堂《京華煙雲》）

高傲

【睥睨物表】傲視一切，超脫於世俗之外。

【目中無人】眼中除自己外，沒有他人。形容人高傲自大，瞧不起別人。

【目空一切】形容人高傲自大，什麼都不放在眼裡。

【自命不凡】形容自以為聰明、不平凡。

【孤芳自賞】比喻自命清高，自我欣賞。

【自以為是】自認為觀點與做法正確，不肯虛心接受別人的意見。

【不可一世】指人驕橫自大，以為他人都無法語自己比擬。

【高高在上】本指所處地位極高。後形容人自高自大，脫離群眾。

【妄自尊大】狂妄地自尊自大。

【自鳴得意】自命不凡，洋洋得意。

【沾沾自喜】形容自得自滿的樣子。

【夜郎自大】比喻人見識短淺，狂妄自大。

【妄自尊大】狂妄而自尊自大。

【恃才傲物】依仗本身有才幹而驕傲自大，目空一切。

【恃才倨傲】依仗本身才氣而傲慢無禮。

【恃寵而驕】倚仗得寵而驕傲自大。

【趾高氣揚】走路時腳抬得很高，樣子顯得十分神氣。形容人驕傲自滿、得意忘形。

【前倨後恭】先前傲慢無禮，後又謙卑恭敬。比喻待人勢利，態度轉變迅速。

【驕奢淫佚】傲慢奢侈、荒淫放縱。

我可能跟我的父親一樣不負責任，遺傳了他的所有缺點。我討厭聽他說話，他總是自以為是，他說謊，而且自己還相信他說的謊言，他不斷地背叛母親，頑固堅持，死不悔改。（陳玉慧〈父親〉）

有說女人只輸在兩件事上——愛情與衣服。真侮辱也！那是沒腦子的男人交往了沒腦子的女人而發表的自以為是的認知！男人輸了愛情時是沒有人知道的，人們只好奇他突然老了，酸了，醜了。（愛亞〈生素情事〉）

我很少有機會能遇到彷彿高高在上的他們（又是在隔壁棟），但若是遇到了，他們兄弟都對我非常親切，像真的大哥哥一般鼓勵我認真念書，其實不管說什麼，我一看到他們那漂亮聰明的樣子，心裡立刻就同意：「對，我也要變成他們那樣。」（王聰威〈微妙的邊緣的時間感〉）

牠看見白雪公主飛來，立刻走過去向牠打招呼，咕嚕咕咕，咕嚕咕咕地叫個不住，聳動牠那又光又滑的黑毛，老是圍著白雪公主打圓圈；然而白雪公主只管孤芳自賞，不但對黑鴿子沒有好感，反而覺得討厭，牠一點也不理睬地走開了。（謝冰瑩〈鴿子的愛〉）

戰後的南京，簡直成了我們那些小飛行員的天下。無論走到那裡，街頭巷尾，總碰到個把趾高氣揚的小空軍，手上挽了個衣著入時的小姐，瀟瀟灑灑，搖曳而過。（白先勇〈一把青〉）

老師微笑著，八十八歲的老人此時神情竟有些頑皮，好像當年那個為聰明點子而沾沾自喜的八歲孩童。（鍾怡雯〈八十年前我還是小孩〉）

圓滑

【八面玲瓏】原用以形容屋子四面八方敞亮通明。後形容人言行處世十分圓融巧妙。

【八面見光】形容非常圓滑，善於應付。

【八面圓通】處世圓滑，善於應付。

【左右逢源】比喻辦事得心應手或處事圓融。

【面面俱到】形容各方面都照顧到。

【長袖善舞】衣袖長，有益於作舞，後用以比喻有手腕，善於社交或鑽營取巧。

眾人於是忙著吃飯，曹錫寶端碗喝了一口湯，說「好」，誇老板道：「這也不亞於西安老東門的羊肉膾湯了——老板能說會辦事，怪不得生意興旺！」「借曹爺的吉言！」老板忙笑回：「爺這回必定高魁得中，日後穩坐堂皇太平宰相二十年，日進斗金！」「這老小子真是八面玲瓏，順手就灌一大碗米湯！」惠同濟小口嚼著一片肉笑道：「錫寶有福攜帶一屋，你能輔政二十年而且是日進斗金，咱們是小禿跟著月亮走，人人都要沾光了！」（二月河《乾隆皇帝》）

倘若所謂「悲劇」實由於性情一事的兩用，在此為「個性鮮明」而在彼則為「格格不入」時，那就好好的發展長處，而不必求熟習世故哲學，事事周到或八面玲瓏來取得什麼「成功」，不妨勇敢生活下去，

毫無顧慮的來接受挫折，不用做得失考慮，也不必做無效果的自救。（沈從文〈一個傳奇的本事〉）

他個子很高，雖然穿的是西裝，卻使人聯想到「長袖善舞」，他的應酬實際上就是一種舞蹈，使觀眾眩暈嘔吐的一種團團轉的，顛著腳尖的舞蹈。（張愛玲〈鴻鸞禧〉）

固執

【膠柱鼓瑟】 將瑟的弦以膠固定後彈奏，無法彈出高低的音調。比喻做事拘泥而不知變通。

【故步自封】 指安於現狀，自我限制，不求進取。

【一意孤行】 形容人固執己見，獨斷獨行。

【師心自用】 指人固執己見，自以為是。

【鑽牛角尖】 比喻人固執而不知變通，費力的研究無用或無法解決的問題。

【一成不變】 事情既定之後，從不改變。或形容人守舊，固執不知變通。

【墨守成規】 固守舊規不肯改變，形容行事保守。

【冥頑不靈】 愚昧頑固而不通靈性。

【執迷不悟】 堅持錯誤的觀念而不醒悟。

【食古不化】 固守既有知識而不能充分消化、應用，比喻一味守舊而不知變通。

【按圖索驥】 照前人所畫的圖象，去尋求當代的良馬。比喻做事拘泥成規，呆板不知變通。

【抱殘守缺】 固守舊有事物或思想，而不知改進變通。

【剛愎自用】 性情倔強，自以為是而固執己見。

【桀驁不馴】 性情倔強不聽話。

瘂弦談起那段日子時，總說我那時有一股野氣，像男孩子，不甘雌伏。其實，除了天生桀驁不馴外，維護雜誌社尊嚴也有關係。（陳若曦〈酒和酒的往事〉）

可是看到爸爸聽著聽著電話言語就激動起來了，說妳這孩子，怎麼這麼固執，這種事情上容得妳剛愎

自用壓。妳怎麼就不為妳的父母想想，妳知道他們多麼不容易。後來爸爸就不說話了，只是不斷地嘆氣。（葛亮〈安的故事〉）

張先生並非食古不化的人，他用臉書，也會對朋友轉貼堵爛時局的文章按讚。他甚至知道綜藝節目上那些長得像路人，歌聲卻無比嘹亮的人是出自哪個歌唱節目、哪一屆的。然而他比較像是海外僑民，隔海接收故鄉的一切。（李桐豪〈非殺人小說〉）

4 行為舉止

莊重

【寶相莊嚴】佛、菩薩的法相尊貴美好，令人肅然起敬。

【正襟危坐】整理服裝儀容，端正坐好。形容莊重誠敬的樣子。

【一本正經】形容人態度莊重認真。

【不苟言笑】不隨便談笑，態度嚴肅莊重。

【端人正士】端莊正直的人。

【文質彬彬】舉止文雅，態度端莊。

【雍容華貴】溫和大方，氣質端莊矜貴。

【紋風不動】一點也不動。形容鎮靜、沉著的態度。

【道貌岸然】形容外表莊重嚴肅的樣子，亦用以諷刺表裡不一的偽君子。

葛禮一邊說著，一邊又瞟了一眼站在穆子煦身後的年羹堯：「穆軍門，這位小將是我治下的，玄武湖標營游擊。打起仗來勇敢得很，真是年輕有為，後生可畏呀，還望軍門多加照應。來人，與欽差大人看茶！」穆子煦冷眼瞧著這位江南總督。只見他五十上下的年紀，三綹長鬚，修飾得整齊光潔。一副道貌岸然，居高臨下的神態，口中侃侃而談，卻又絕口不問二人來意。穆子煦不由得暗暗佩服，嗯，有兩下子，像個國舅爺的派頭。便在椅子上略一欠身說道：「制臺大人，兄弟奉了皇上密旨，為明年皇上的南巡到南京來實地查勘一下。有些事，關係重大，不得不深夜前來，驚動制臺大人，還望大人不要見罪。」」（二月河《康熙大帝》）

日前回老家一趟，鄉下長天老日，夜閒無事，舊書堆中翻出星光出版社的《雪鄉、古都、千羽鶴》合訂本。現在看來，十六歲的女孩子哪裡懂這些故事，竟一本正經地在《雪鄉》的「徒勞」二字第一次出現時，做了記號。（柯裕棻〈流雲〉）

光米並沒因此恃寵而驕，時時不苟言笑蹲踞一角觀察人族，不懼人也不黏人。（朱天心〈並不是每隻貓都可愛〉）

金鯉魚坐在人堆裡，眼睛可望著沒有人的地方，身子板得紋風不動，她真沉得住氣。她也知道這時有多少隻眼睛向她射過來，彷彿改穿旗袍是衝著她一個人發的。（林海音〈金鯉魚的百襉裙〉）

輕浮

【拈花惹草】 原指侍弄花草，後指四處留情、勾搭挑逗。

【油頭粉面】 形容男子流裡流氣、油嘴滑舌。

【油腔滑調】 寫文章或言語態度浮滑，不切實。

【輕薄無行】 舉止輕佻，品德不良。

【吊兒郎當】 形容人放蕩不羈的樣子。

【花裡胡哨】 形容舉止或言語等輕佻花俏。或形容顏色華美紛雜。

【撒風撒痴】 行為恣意輕佻放肆。

【妖妖調調】妖嬈嫵媚，舉止輕佻。

【煙視媚行】原本指新婚婦女舉止安詳，眼睛微張，步履緩慢。後比喻女子端莊賢淑的姿態，但今日多用於形容女子放蕩輕佻的行為。

【人盡可夫】典出《左傳》，原為表達夫妻之情不比父女親情可貴，後引申為形容女子輕浮浪蕩。

事實上項少龍一直掛著這未來的始皇帝，雖知剛巧他在上著琴清的課，也只好硬著頭皮去了。他真有點怕琴清。自經過趙倩諸女的打擊，他對男女關係，與初抵此時代時**拈花惹草**的心態，已有天淵之別了。（黃易《尋秦記》）

鍾珊問怎麼想到打電話來。她說今天突然發現射手座的生日到了！好陳腔濫調的說詞。她們聊了一會星座和朋友，她繼續**油腔滑調**，撫摩樹皮，好像沒有這個輔助動作就說不下去，說一個人不該只屬於一個星座，日子或許該跟著星座過，雙魚座時浪漫，射手座時積極。（陳淑瑤〈盛宴〉）

最近拜訪親友時，年近三十的我總會被問到結婚生子之事。正當我啞然不知做何回應時，父親就會用一種**吊兒郎當**的口氣，擋掉我不知道該怎麼替父親轉圜的社會眼光：「他啊，只喜歡自由自在地過，誰跟他在一起誰倒楣。」（謝凱特〈我的蟻人父親〉）

負責

【一言九鼎】形容說話有信用。

【一諾千金】形容信守承諾，說話算數。

【負重致遠】比喻能夠長期擔負重責大任。

【任重道遠】負擔繁重，路途遙遠。比喻長期肩負重大的任務。

【任勞任怨】形容人做事熱心負責，不辭勞苦，不懼嫌怨。

【責無旁貸】自己應盡的責任，沒有理由推卸。【義不容辭】道義上不容許推卻。【當仁不讓】遇到應該做的事，主動承擔起來，而不推讓。【義無反顧】秉持正義，勇往直前，絕不退縮。【言而有信】說話誠實有信用。

張翠山心下一驚，隱隱覺得，若和殷素素再相處下去，只怕要難以自制，謝遜是一個強敵，而自己內心中心猿意馬，更是一個強敵，如此危機四伏的是非之地，越早離開越好，當下強抑怒火，說道：「謝前輩，在下言而有信，決不洩漏前輩行蹤。我此刻可立下重誓，對任誰也不吐露今日所見所聞。」謝遜道：「張五俠是俠義名家，一諾千金，言出如山，江湖間早有傳聞。但是姓謝的在二十八歲上立過一個重誓，你瞧瞧我的手指。」說著伸出左手，張翠山和殷素素一看，只見他小指齊根斬斷，只剩下四根手指。謝遜緩緩說道：「在那一年上，我生平最崇仰、最敬愛的一個人欺辱了我，害得我家破人亡，父母妻兒，一夕之間盡數死去。因此我斷指立誓，姓謝的有生之日，決不再相信任何一個人。今年我四十一歲，十三年來，我只和禽獸為伍，我相信禽獸，不相信人。十三年來我少殺禽獸多殺人。」（金庸《倚天屠龍記》）

他挺直了背，專心一志扮演吳家善解人意的兒子，扮演體貼溫暖的哥哥，更扮演著「吳勝興」糖行中斤斤計較的郊首，統領著底下十幾艘大型帆船的兩岸商貿，他責無旁貸。（何敬堯〈魔神仔〉）

我花了一些時間才適應這種離家獨居的生活。我學會用手洗衣服，而且像灰姑娘那樣任勞任怨，邊洗邊唱歌。偏食的習慣也改掉了，因為如果每次到餐廳都只吃喜歡吃的菜，不久就會膩，膩久了也許會瘋。（蔡智恆〈回眸〉）

我們另外一方面尊敬那些從容就義的先烈，志士，與義無反顧的沙場英魂。他們也是死，而他們死時是四面八方都想到了。只有死是正路才死的，是從容死的。（鹿橋《未央歌》）

躲避

【避重就輕】避開艱難繁重的工作，而選擇輕鬆容易的。或比喻避開主要的問題，而只談些無關緊要的事。

【金蟬脫殼】金蟬蛻變於脫去外殼。比喻利用假象藉以脫身。

【逍遙法外】犯罪者逃避了應受的法律制裁，仍自由自在。

【逃之夭夭】比喻逃跑得無影無蹤。

【溜之大吉】迅速地偷偷逃跑。

【望風而遁】遙見對方的蹤影或氣勢就嚇得逃跑了。

即使我很清楚，由於憤怒、嫉妒，我的身體一再地發出警訊：我故意營養不均，因此消化不良；將你犯下的小錯誤加以擴充，讓自己腎上腺急速分泌；藉由自虐，達成自以為是的報復，我一刀刀將匕首扎進心口，看著血如墨汁濃濃湧出，手上滿是血腥，然後我瞪著你，都是你，都是你。我逃之夭夭，你身陷囹圄，我不斷自虐，讓你的罪名像公路一樣長。（李欣倫〈你在我胃裡〉）

所有的難處都可以歸結到這麼一點：我們厭倦了自我重複，我們無法產生對自己的不可企及。這句話怎麼才能說得家常一點呢？還是回到婚姻上來，當我們否定了自我的時候，我們，我，用離婚做了一次替代。我想我的妻子也是這樣的。我們金蟬脫殼，拿生命的環節誤做自我革新與自我出逃。婚姻永遠是現代人的替罪羊。（畢飛宇〈火車裡的天堂〉）

認同

【心悅誠服】誠心誠意地歸服。

【一呼百應】一人召喚，百人響應。形容響應附和的人眾多。

【馬首是瞻】比喻服從指揮或跟隨他人進退。

【近悅遠來】因為德澤廣被，境內之人認同，境外之人也前來歸附。

出院那天，我到處去送紅包。劉醫師、梁醫師都婉拒紅包，只有王半仙收下了。老實說，到現在我還是不怎麼相信算命、改運之類的事，不過那天送給王半仙的紅包，我倒還真是心悅誠服，由衷感佩。（侯文詠〈改運〉）

你想寫個新的罕用的詞彙，唱片公司的老闆便冷言冷語，說你最好還是改改這句。小弟新入行，不敢造次，只好馬首是瞻，人怎樣我怎樣，生氣都沒辦法。你不寫「蝴蝶繡枕」，唱片公司的老闆說這樣詞藻不美、意境不佳。所以我只好也寫蝴蝶了。（盧國沾〈田園春夢〉）

反對

【眾叛親離】眾人反叛，親信背離。形容不得人心，處境孤立。

【敬謝不敏】恭敬的表示不能接受，或能力不行的客氣話。

【推三阻四】用各種藉口推托攔阻。

【不以為然】不以為如此，表示不同意。

【力辭不受】極力推辭不接受。

周媽鬧著要告老還鄉，過幾天兒子就來接娘了。雖然只是個老傭人，畢竟周媽是從小帶她大的，又還是家中唯一的心腹，蘭熹一時只覺得眾叛親離，心中感傷。她想：周媽總說繼母偏心是隔層肚皮，自己還不是什麼都只想到在鄉下的兒子。（蔣曉雲〈百年好合〉）

莊大老爺明曉得這裡頭周某人有好處，而且當面又托過，犯不著做什麼惡人，所以求了統領，仍交周某人經手。統領面子上雖然答應，等周老爺上來請示要划這筆銀子，他老人家總是推三阻四，一連耽擱了好幾天亦沒有吩咐下來。（李寶嘉《官場現形記・第十七回》）

選擇

【猶豫不決】遲疑不定，無法拿定主意。

【斟酌損益】酌量事理，擇善而定。

【權衡輕重】估量事物的輕重緩急、利害得失。

【吹毛求疵】吹開細毛，仔細尋找皮上的小毛病。比喻刻意挑剔過失或缺點。

【采光剖璞】採集金子，剖取璞石中的美玉。比喻挑選人才。

馬德稱恃顧祥平昔至交，只說顧家產業，央他暫時承認。又有古董書籍等項，約數百金，寄與黃勝家去訖。卻說有司官將馬給事家房產田業盡數變賣，未足其數，兀自吹毛求疵不已。（馮夢龍《警示通言・鈍秀才一朝交泰》）

姜老者乘勢直上，小錘疾掃，便在此時，司馬林的小錘也已向他眉心敲到。諸保昆在電光石火之間權衡輕重，舉錘擋格司馬林的小錘，左腿硬生生的受了姜老者的一擊。（金庸《天龍八部》）

去除

【斬草除根】將雜草連根拔除。比喻除去禍根，不留後患。

【除暴安良】除去殘暴之徒，安撫善良百姓。

【趕盡殺絕】全部消滅。

【寸草不留】連一點小草都不存留，比喻消滅殆盡。

【一乾二淨】完盡、什麼都不剩。

【去蕪存菁】去除雜亂，保留菁華。

【去偽存真】去除虛偽，保留真實。

【冰釋前嫌】將從前的疑慮、舊怨等如冰消融般完全消除。

【煥然冰釋】比喻疑慮、誤會、嫌隙等，一下子完全消除。

父親這才同意我放棄了，一根絃足足繃了五年，這一放棄，五線譜上的豆芽菜一下就忘得一乾二淨，父親當然很生氣，可是我卻好輕鬆、好痛快。（琦君〈父親〉）

我們以前上課問過老師，為什麼種豆，不種大白菜呢？不然蘿蔔、花生或絲瓜也不錯呀！老師並沒有回答這些無理取鬧的發問。我近來慢慢明白，原來「豆苗」和雜草有點像，就像濟世之心和權力欲望並不容易簡單分辨，要在晨曦或夕暉中去蕪存菁，是需要一點經驗和耐心的。（徐國能〈但使願無違〉）

我們是卑微的小草／愛護巨大的樹木／請從愛護小草做起／整理公園綠地／千萬不要斬草除根／請留我們成長的餘地（林梵〈小草之歌〉）

調解

【息事寧人】指平息紛爭，以使彼此相安。

【從長計議】慢慢的仔細商議。

【言歸於好】歸於和好。

【重修舊好】恢復以往的情誼。

她小小年紀，就算武功有獨得之祕，總不能強過孫婆婆去，讓她帶楊過而去，一來念著雙方師門上代情誼，息事寧人，二來誤殺孫婆婆後心下實感不安，只得盡量容讓。（金庸《神鵰俠侶》）

王夫人雖然醋心甚重，但想段正淳的話倒也不錯，過去十多年來於他的負心薄倖，恨之入骨，以致見到了大理人或是姓段之人都要殺之而後快，但此刻一見到了他面，重修舊好之心便與時俱增，說道：「好甥兒，且慢動手，待我想一想再說。」（金庸《天龍八部》）

慫恿

【推波助瀾】推動波浪，使情況更進一步。

【說風說水】說慫恿、推波助瀾的言語。

【狐鳴魚書】秦朝末年，陳勝吳廣欲壯大反秦聲勢，鼓動眾人起事，乃丹書「陳勝王」於布帛上，置魚腹中，再令人買而剖食，得丹書；又令人夜燃篝火，狐鳴呼曰：「大楚興，陳勝王。」後比喻起事者欲鼓動群眾時所使用的手段。

【煽風點火】比喻鼓動慫恿，以挑起事端。

【鼓脣搖舌】鼓動嘴脣與舌頭。比喻以言語搬弄是非。

【挑三窩四】搬弄口舌，挑撥是非。

【掉三寸舌】鼓動舌頭，進行遊說。

但因為梵谷，因為他那種種因挫折而顯得怪異的絕望和反抗。用今天的話說很「酷」很「帥」，他把耳朵割掉的行為更是在他成為大神的路上起到了推波助瀾的作用。在瘋狂的畫了那麼多畫之後，他的謝幕禮是朝自己的胸口開了一槍。（尹朝陽〈當梵谷成為背景〉）

項少龍哪還有爭雄鬥勝之心，點頭道：「君上說得對，田單、呂不韋和郭開都會乘機煽風點火，我若惹出曹秋道，說不定我會像呂不韋遇上我般吃不完兜著走，那就糟了。」龍陽君忍不住噗哧嬌笑，舒暢地道：「今晚奴家可以好好睡一覺了，自那晚後，人家鬱痛得心兒都碎了。」（黃易《尋秦記》）

揭示

【水落石出】水位下降，使石頭顯露。比喻事情經過澄清而後真相大白。

【水清石見】水清澈時可見水底石頭。比喻事情真相大白。

【東窗事發】傳說秦檜與妻王氏在東窗下密謀陷害岳飛。秦檜死後受譴責，於冥司托人告訴王氏說，東窗下的密謀已經暴露了。比喻陰謀敗露，將被懲治。

【圖窮匕見】戰國時，燕太子丹派荊軻獻燕國的地圖，而藏匕首於圖中，以謀刺秦王。後比喻事情發展到最後，形跡敗露，現出真相。

【露出馬腳】暴露出真相或漏洞。

【昭然若揭】本指如同高舉著日月般的明白清楚。後多指真相完全顯露無遺。

但是爸爸的回答驚得我渾身發抖。「不，孩子，咱們家沒有姓，一個姓也沒有。我不姓莫，你也不姓奇，我也不知道咱們老祖宗姓啥。也許咱們老祖宗本來就沒有姓，要不，就是半道兒上把姓傳丟啦！」多倒楣呀！雖然沒有姓並不影響考大學什麼的，但想起來總有些窩囊，好比得了色盲症，沒什麼要緊，但總是一種缺陷呀！我決心把這個問題搞個水落石出。（周銳《無姓家族》）

梁太太聽了，沉默了一會，彎下腰來，鄭重的在薇龍額角上吻了一下，便走出去了。她這充滿了天主教的戲劇化氣氛的舉動，似乎沒有給予薇龍任何的影響。薇龍依舊把兩隻手插在鬢髮裡，出著神，臉上帶著一些笑，可是眼睛卻是死的。梁太太一出去，就去打電話找喬琪，叫他來商議要緊的話，喬琪知道東窗事發了，一味的推託，哪裡肯來。梁太太便把話嚇他道：「薇龍哭哭啼啼，要回上海去了，她父母如何肯罷休，上海方面自然要找律師來和你說話，這事可就鬧大了！你老子一生氣，管叫你吃不了兜著走。我是因為薇龍是在我這裡認識你的，說出去，連我面子上也不好看，所以忙著找你想補救的方法。誰知道你倒這麼舒坦——皇帝不急，急煞了太監！」（張愛玲《沉香屑．第一爐香》）

鴛鴦聽了，只得同平兒到東邊房裡來。小丫頭倒了茶來。鴛鴦因悄問：「你奶奶這兩日是怎麼了？我只看她懶懶的。」平兒見問，因房內無人，便嘆道：「她這懶懶的，也不止今日了，這有一月之前便是這樣。又兼這幾日忙亂了幾天，又受了些閒氣，從新又勾起來。這兩日比先又添了些病，所以支持不住，便露出馬腳來了。」鴛鴦忙道：「既這樣，怎麼不早請大夫來治？」平兒嘆道：「我的姊姊，你還不知道她那脾氣的。別說請大夫來吃藥。我看不過，白問了一聲『身上覺怎麼樣』她就動了氣，反說我咒她病了。饒這樣，天天還是察三訪四，自己再不肯看破些且養身子。」鴛鴦道：「雖然如此，到底該請大夫來瞧瞧，是什麼病也都好放心。」（清．曹雪芹《紅樓夢》）

受限

【騎虎難下】騎著老虎，害怕被咬而不敢下來。比喻事情迫於情勢，無法中止，只好繼續做下去。

【進退失據】比喻行事陷入困境，或臨事張皇失措。

【進退維谷】形容前進後退都無路可走的困窘處境。

【左右為難】處境難堪，無所適從。

【進退兩難】前進不了，又後退不得。形容處境困窘。

【名韁利索】名利像是韁繩，把人束縛。

【裹足不進】雙足被束縛而不良於行，比喻有所顧忌而停止不前進。

【犬牙相制】形容錯綜參差，相互牽制。

【形格勢禁】為環境情勢牽制阻礙。

【去住無門】去留無路，形容進退兩難。

【舉動荊棘】走動就像步在荊棘間一般困難，比喻行為受到束縛。

到了大廈大堂，擠滿了人，果然是剛宣布了戒嚴，在路上趕不及到自己地的都擠進來了，碰上住客正在搬家，家具與人都進退維谷著。梁媽對杜雲裳說，先到我家歇一歇。（陳慧〈日光之下〉）

只是這個午後昏慵困倦，那一長串的叫賣聲猶如催魂之音，教我進退兩難。進者難滿足口腹貪欲（這種開發財車出來亂轉招客的攤子豈有美食？），退者難耐長日漫漫，又受彼干擾，想要睡去已屬不能。（吳岱穎〈薰蕕同車驚午夢〉）

作惡

【為虎作倀】比喻幫惡人做壞事。

【助紂為虐】幫助商紂王施行暴政，比喻協助惡人做事。

【狼狽為奸】惡人相互勾結作惡。

【無惡不作】沒有什麼壞事不幹。形容壞事做盡。

【怙惡不悛】怙ㄏㄨˋ，悛ㄑㄩㄢ。指人作惡多端，不肯悔改。

【為非作歹】做壞事。

【姦淫擄掠】姦汙婦女，搶劫掠奪。

【殺人越貨】殺人搶劫。

【謀財害命】為奪取錢財而謀害人命。

【打家劫舍】搶奪劫掠家舍。

莎士比亞偉大的地方，就是他的台詞包容驚人，試著更改少數幾個關鍵的字彙，這一番話可以安慰減肥失敗自暴自棄的人。雖然法斯塔夫是個打家劫舍的惡崽，一代文豪卻有辦法寓莊於諧，顢頇加上天

真，叫人顛黑倒白無法分出善惡。（莊裕安〈膽固醇與法斯塔夫〉）

她老公跳腳，更名正言順地指控，她確實要毀掉公司和他。他不斷辱罵我們，每次開庭都緊緊尾隨，企圖數落我的當事人的罪章，見我沒有反應便反過頭責難我明知她是壞女人還為虎作倀，讓我頭痛到不行。（賴芳玉〈送行〉）

歷史上宗教情感，最初本出於人類的自卑，但到中世紀時，一部分人賴宗教之名，狂妄跋扈，驕傲非凡，無惡不作。科學把人類的狂妄鞭醒，覺得人不過也是一個動物，並不是有什麼特權，但是這種機械的科學觀發展到黑格爾（Hagel）到了頂峰，以為人是動物中之最高級者，賴科學的萬能就可把世界解釋控制得完完全全的。（徐訏〈西洋的宗教情感與文化〉）

討好

【奴顏婢睞】 形容卑賤無恥、阿諛諂媚的態度。

【奴顏婢膝】 譏諷人卑屈取媚如奴才的樣子。

【奴顏媚骨】 卑躬屈膝，奉承諂媚的樣子。

【伏低做小】 卑躬屈膝，低聲下氣。

【先意希旨】 善於揣度他人心理而迎合其喜好。

【曲意逢迎】 違反己意，去奉迎別人。

【吮癰舐痔】 癰，ㄩㄥ。典出《莊子》和《漢書·佞倖傳》，比喻諂媚之徒逢迎阿順權貴的卑鄙行為。

【投其所好】 迎合他人的愛好。

【卑躬屈膝】 低身下跪去奉承別人。形容對人諂媚阿諛。

【承顏順旨】 迎承臉色，順從其意旨。

【承歡獻媚】 以嫵媚的情態，討好迎合使人歡娛。

【苟合取容】 苟且迎合、取悅別人，以求容身。

【偷寒送暖】 暗中撮合男女私情。或指巴結奉承。

【摧眉折腰】 低頭彎腰。形容卑躬屈膝、阿諛諂媚的樣子。

【趨炎附勢】 指奉承依附有權勢的人。

【脅肩諂笑】 聳立肩膀，露出諂媚的笑容。形容逢迎巴結人的醜態。

【搖尾乞憐】 狗搖著尾巴，以討主人歡心。形容人有所請求，卑躬屈膝向人討好。

【攀龍附鳳】 攀附著龍或鳳。比喻依仗有聲望的人。

【望塵而拜】 望見權貴賈謐來車揚起的灰塵，即行叩拜。形容趨炎附勢，阿諛諂媚的神態。

【狗苟蠅營】 比喻小人鑽營攀附，阿諛諂媚的行為。

無論是君是臣是民是男是女是老是小，都得在這個所謂人類命運的偉大使命之前卑躬屈膝。而人類集體命運總是無常、殘忍而神祕，為了追求一時的史詩高潮，什麼都能順手拈來，順路碾過。（胡晴舫〈誰的北京城〉）

目下再說時筱仁時太守因為舒軍門獲咎，暫避風頭，不敢出面。他生平最是趨炎附勢的，如何肯銷聲匿跡。如今接連把他悶了好幾個月，直把他急得要死。（清．李寶嘉《官場現形記．第二十八回》）

抵長春車站，迎接如儀，溥儀是晚下榻大和旅館，並在旅館餐廳，由建國大典籌備處督辦熙洽、張仁樂，長春市長金璧東——肅親王之子設備盛宴，奉迎「聖駕」。這一班攀龍附鳳的新貴，和扈從到長的遺老親貴，都照舊日儀式，行跪拜禮，極光怪陸離之至。（李念慈《滿洲國紀實》）

段譽上鞍後，縱馬向東。朱丹臣怕他著惱，一路上跟他說些詩詞歌賦，只可惜不懂《易經》，否則更可投其所好。但段譽已是興高采烈，大發議論。木婉清卻一句話也插不進去。（金庸《天龍八部》）

順從

【心悅誠服】誠心誠意地歸服。

【和光同塵】比喻與世浮沉，隨波逐流。

【從善如流】聽從好的意見，就像流水般的自然順暢。比喻樂於接受別人好的意見。

【亦步亦趨】形容事事追隨或仿傚別人。

【蕭規曹隨】比喻後人依循前人所訂的規章辦事。

【和而不同】能與人和順相處，但不盲目苟同。

【三從四德】「三從」，指在家從父、出嫁從夫、夫死從子，「四德」，指婦德、婦言、婦容、婦功。指舊時婦女必須具備的德性。

【隨波逐流】順著水流而行。比喻人沒有確定的方向和目標，只依從環境潮流行事。

【上行下效】在上位的人怎麼做，下面的人就起而效法。

【逆來順受】以順從的態度接受惡劣環境或不合理的待遇。

【委曲求全】委曲自己，遷就別人，以求保全。

【唯命是聽】絕對服從命令，不敢違抗。

【唯唯諾諾】連聲稱是。比喻順從而無所違逆。

【下氣怡聲】低抑其氣息，柔和其聲音。表示態度恭順。

【曲意逢迎】違反己意，去奉迎別人。

【千依百順】形容凡事順從。

【承顏順旨】迎承臉色，順從其意旨。

【趨之若鶩】像成群的鴨子般跑過去。形容前往趨附者極多。

【順水推舟】順著水流推船。比喻順應情勢行事。

米亞真高興她費心選回的家當都被辨識出來，心想要買一個好的菸灰缸放在家裡。次日她也很高興，她的屋子是如此吃喝坐臥界限模糊，所以就那麼順水推舟的把他們推入纏綿。（朱天文〈世紀末的華麗〉）

曾經，遇上談得來可以發展的女朋友，不過，總是有一種過分剛強的感覺，沒有希文的溫婉柔弱，尤

其，希文站在他身邊，她就能給他像回到讀書時千依百順的安全感。（林超榮〈薔薇謝後的八十年代〉）

《禁武令》雖然頒了，但並不是說就沒有人可以練武了，不過這些人都是朝廷的鷹犬。面對有權有勢者的欺壓，老百姓只能逆來順受，稍作反抗，就會被誣為私練武功，觸犯禁律，遭到壓制。於是經過這麼些年的折騰，朝野上下，任俠之氣，終於蕩然無存。（彭寬〈禁武令〉）

其實對里長伯提出的意見，我們頭家倒也從善如流。原來我們這邊招牌上寫的是「中國第一強」五個字的，掛了半年左右，使得每一個經過門前的人都忍不住大笑，收到廣告效果有多大就不必說了。那時節我剛出道，每次出入看到這面招牌，便深驕傲。（鍾鐵民〈約克夏的黃昏〉）

群豪當日臣服於童姥，是為生死符所制，不得不然，此時靈鷲宮易主，虛竹以誠相待，以禮相敬，群豪雖都是桀傲不馴的人物，卻也感恩懷德，心悅誠服，一一拜謝而去。（金庸《天龍八部》）

違背

【陽奉陰違】表面上裝作遵守奉行，暗地卻違背。

【口是心非】指心裡想的和嘴上說的不一致。

【言不由衷】形容言詞與心意相違背。

【大逆不道】指謀反背叛，罪大惡極。或指違反倫常，罪惡深重。

【自相矛盾】比喻言語或行事前後無法呼應，互相牴觸。

爹媽全是在為孩子服務。母親早晨喝稀飯，買雞蛋給孩子吃；父親早晨吃雞蛋，買魚肝油精給孩子吃。最好的東西都要獻呈給孩子，否則，做父母的心裡便起惶恐，像是做了什麼大逆不道的事一般。（梁實秋〈孩子〉）

又由後天之經歷學問，所見所聞，的確感動其靈知者，集於一身，化而為種種成見、怪癖、態度、信仰。其經歷來源不一，故意見好惡亦自相矛盾，或怕貓而不怕犬，或怕犬而不怕貓。故個性之心理學成為最復雜之心理學。（林語堂〈寫作的藝術〉）

我自承在偶爾說過言不由衷的話之中，屢犯的一項，就是在求職或者類似表格的「特長」項下，不敢從實招來，填一個「懶」字。（吳魯芹〈懶散〉）

但是看荷生的神情，卻明明未知首尾，烈風意外。過一刻他才開始：「烈戰勝同家母婚後一直在周氏機構身居要職，野心勃勃，對我外公陽奉陰違，對家母不忠不實，在外早有新歡。」烈風直呼其父姓名，不予絲毫尊重。（亦舒《烈火》）

五 語言

1 說話

言談

【言笑晏晏】形容言談舉止和悅閒適。

【侃侃而談】形容說話從容不迫的樣子。

【促膝長談】膝蓋靠得很近，指親密投機的對話。

【不著邊際】比喻言論空泛或想法不切實際。

【無稽之談】沒有根據，無從考查的話。

【談天說地】漫無邊際的高談闊論。

【肺腑之言】發自內心的真話。

【老生常談】老書生的尋常言論。比喻時常聽到，了無新意的老話。

【言之有物】指言論或文章有根據、有內容。

【拾人牙慧】比喻蹈襲他人的言論或主張。

【紙上談兵】在文字上談論用兵的策略。比喻不切實際的議論。

【紙上空談】不切實際的言談、議論。

【高談闊論】本指見地高超、範圍廣闊地談論。後比喻暢快而無拘束地談論。或沒有實質內容，空泛而漫無邊際地談論。

【津津樂道】形容很有興味的談論。

【人云亦云】別人說什麼，自己也隨聲附和。

【眾說紛紜】各式各樣的說法紛亂不一致。

【莫衷一是】形容眾說紛紜，無法得到一致的結論。

【街談巷議】大街小巷中的談說議論。

【蜚短流長】流傳於眾人之口的閒言閒語。

【議論紛紛】不停的揣測、討論。

【三令五申】再三命令告誡。

【絮絮叨叨】形容言語瑣

碎囉嗦。

【口口聲聲】不停的陳述、表白或把某一說法經常掛在嘴邊。

【苦口婆心】以懇切真摯的態度，竭力勸告他人。

【耳提面命】時時提醒，比喻懇切教誨。

【做好做歹】好說歹說，用盡各種方法勸說。

【語重心長】言辭真誠具影響力而情意深長。

【義正詞嚴】義理正當，措詞嚴厲的說話。

【唯唯諾諾】連聲稱是，無所違逆。

【含糊其辭】把話說得不清楚、不明白。

【一語成讖】本為一句無心的話，竟然變成預言而應驗了。

【擲地有聲】形容說話的文辭巧妙華美、音韻鏗鏘有致。

【南腔北調】指南北各種腔調，或形容很多人說話。

【自圓其說】自行解釋自己牽強矛盾的說法，使無破綻。

【輕描淡寫】形容言論或寫作時，避開關鍵，將重點輕輕帶過。

於是這起太太們，由尹雪豔領隊，逛西門町，看紹興戲、坐在三六九裡吃桂花湯團，往往把十幾年來不如意的事兒一股腦兒拋掉，好像尹雪豔周身都透著上海大千世界榮華的麝香一般，薰得這起往事滄桑的中年婦人都進入半醉的狀態，而不由自主都津津樂道起上海五香齋的蟹黃麵來。（白先勇〈永遠的尹雪豔〉）

好多的、出自他們肺腑之言的祝福，令我感動萬分，畢竟他們的一言一語夾雜著數不清的，對新生代的失望。（夏曼．藍波安〈飛魚季〉）

窈窕的身影與丈夫騎著腳踏車，相偕到鎮上的小學教書，一路上兩人言笑晏晏，一如文藝影片般抒情浪漫。（周芬伶〈絕美〉）

有鄰家婦女趕忙上前，扶住阿罔官，一邊使勁的拿手替她順背和揉胸口。眾人開始議論紛紛。（李昂〈殺夫〉）

做我的徒弟，有時倒楣之至，因為我喜歡打網球，可是從不認真打，也不喜歡和同事打，以免蜚短流長，和學生打網球，可以聽他們胡扯，一樂也。（李家同〈吾愛吾徒〉）

碰到他、她與他，太多人，高談闊論，分析形勢大好，回歸機遇千載難逢，卻暗地跑去申請英國護照，他們要逃生。如果在那報館裡學懂了什麼，就是虛偽。（區家麟〈歸途〉）

記得一九九七年的翡冷翠街頭，到處都是咖啡吧和家庭經營的小餐館。上班以前或者上午十點的休息時間，在附近公司、商店工作的人們紛紛出來到設計精緻的咖啡吧，在吧臺邊站著一邊喝小杯的濃縮咖啡，一邊跟咖啡師以及其他常客談天說地。（新井一二三〈快餐化的義大利〉）

這些民間習俗聽在相信科學和理性的一部分現代人耳裡，或是無稽之談，然而不能否認的是，它們體現了傳統的平民文化和民間智慧。古時農業社會，冬至時天寒地凍，無農事須做，大夥比較有閒情過過小日子，就且把冬至當成小過年，設上酒宴，吃點應景食品，培養好心情，也給身體積聚能量，待冬去春來，又得努力幹活。（韓良憶〈圓滿過冬至〉）

與他相對，過的是家常光陰，許多人生的婆婆媽媽嚕嚕囌囌，合時的感慨喟嘆，合理的人云亦云，極端平凡又甘於平凡，他的腳後跟一出門檻，她就把他忘得乾乾淨淨的。（鍾曉陽《停車暫借問》）

記得國中上地理課時，講到東歐波蘭、烏克蘭一帶盛產甜菜，大家都不知道甜菜是什麼，有人說是一種菜有人說是果實，猜了半天莫衷一是，只好去問地理老師。只見那位剛從師大畢業的老師脹紅了臉，期期艾艾地說：「這個啊……我不太清楚吔……好像是可以榨糖吧？……不曉得吔！」（蔡珠兒〈甜菜正傳〉）

是因為失戀？還是因為創作之途上的挫敗？是染上了毒癮？還是……天之驕子受創的原因，眾說紛紜。嘴巴刻薄一點的，更直接下了嘲諷的結論：不管是失戀還是眼高手低，他到底紙是日本人眼中的二等公民，這場夢終於可以醒了吧？（郭強生〈罪人〉）

記得過年時，家裡有許多禁忌，許多字眼不能講，例如「死」或是死的同音字。每到臘月，母親就會對我耳提面命。奇怪的是，平常也不太說這些字的，可是一到這個時節就會脫口而出，受到處罰。（蔣勳〈情慾孤獨〉）

但夫人無論如何還是率性的人，活了一個世紀的女人，不必有太多顧忌，她告訴自己，何況以前一篇篇擲地有聲的演講稿，她從未掩飾本身對美國的感情。（平路〈百齡箋〉）

她嫂子見她分明有些留戀之意，便做好做歹勸住了她哥哥，一面半攙半擁把她引到花梨炕上坐下了，百般譬解，七巧漸漸收了淚。（張愛玲〈金鎖記〉）

直到我離家出國，父親與我似乎從來沒有好好坐下來促膝長談。我的離鄉前井，等於是徹底與他的時代決裂了。（陳芳明〈相逢有樂町〉）

重陽佳節曹錕在懷仁堂宴請各政要聽平劇，他忽然問王承斌吃到花糕沒有，王承斌根本未蒙賜贈，又為便深說，只好含糊其詞。（唐魯孫〈北平的重陽花糕〉）

她怕話說久了要被人看穿了。因此及早止住了自己，忙著添酒布菜。隔了些時，再提起長安的時候，她還是輕描淡寫的把那幾句話重複了一遍。她那平扁而尖利的喉嚨四面割著人像剃刀片。（張愛玲〈金鎖記〉）

希望朋友們在經由我苦口婆心對感官的分析之後，也能對自己的感官、自己的感覺、甚至自己的生命，有多一重的瞭解。（蔣勳〈生命華美地綻放〉）

老總統不在了，國家也日益富強了，少總統帶領中國終於走上不受美國耳提面命但也不與蘇聯靠攏、

顯示民族進取雄心卻同時保持著現實主義清醒的獨立自主外交道路，是有其必然性的。（陳冠中《建豐二年》）

那一天起，我的搖籃曲、我的採石場，還有我踩著三輪車回收酒瓶的一條通鄰居們，全都跟著鐵道一塊在地圖上被抹去。鐵路旁連棟的矮房子成了公園綠地，栽上溫良恭儉讓的綠化樹，一到三條通一度南腔北調、百家爭鳴的春秋時代，至此告一段落。（陳泳翰〈條通〉）

剛被捕的時候，公鴿眼睛周遭鑲有一圈血紅的眼線，養了一陣子，紅線褪去，看起來反而少了點疲態，眼睛亮亮的——儘管這可能只是人類自圓其說的誤讀。隨著時間的推移，原本驚慌失措、遭褫奪飛行的公鴿，最後露出了一點安逸，甚至肥胖模樣，無論是多麼不得已。（包子逸〈鴿子〉）

然而，我一直在瘦下去，以一種自己都無法明瞭的執拗方式。漸漸的，慢慢的，一直瘦，直到每個人看見我都不得不義正詞嚴地說太瘦了要多吃點啊的這種程度為止。吃什麼都覺得沒味道、都不好吃，三天兩頭就噁心反胃，骨頭長出來，背駝下去，乾乾癟癟，像個小老人，一切都彷彿要乾枯消瘦而去。（楊莉敏〈世界是野獸的〉）

細語

【竊竊私語】私下密語。

【交頭接耳】湊近頭耳，形容低聲私語。

【呢喃細語】不斷的小聲說話。

【喃喃細語】不斷的小聲說話。

【喃喃自語】自己不斷輕聲說話。

【細聲細氣】形容說話的語調輕細。

【輕聲細語】輕柔、小聲的說話。

【自言自語】獨語，自己對自己說話。

父親的身體捆在保守強硬的西服線條框架下，以挺立的姿態、和善的表情拉回客人的注意力，大部分的客人會跟著父親以不回應將奶奶的建議變成喃喃自語，把她變成地震過後牆上留下的裂縫，一個視而不見比較令人安心的缺陷。（張耀升〈縫〉）

總覺得要演一個自閉症或性冷感的男子，只需瞪著攝影機，面無表情即可，自言自語要說給誰聽呢？（張瀛太〈夜夜盜取你的美麗〉）

竊竊私語未已，沒想到那個從遠方來的女人動手脫下本來就穿得很少的衣服，而且毫不遲疑的脫光，面對觀眾如面對空氣。（王鼎鈞〈網中〉）

對這個鄉下遠房侄子送來孝敬她的十五歲丫頭，外婆連她手上挎的一個藍布包袱都沒叫她擱下，就開始了一項一項地盤審。上過幾年學？一個字不識？你媽是大躍進過後把你給尚家做養媳婦的？餓飯餓死了你兄弟？外婆細聲細氣地提問，若答得她不滿意，會細聲細氣請她就掉頭回去似的。（嚴歌苓〈柳腦姐〉）

你的燈光輕聲細語，除非需要的關卡，絕不大聲號叫。典雅寫意，呼吸般起落的燈光成為雲門的特色。臺灣舞評少，評舞也不提燈光。國外談雲門不讚美你的舞評極少。他們說你是大師，你一笑置之。（林懷民〈阿桃去旅行〉）

爭執

【指桑罵槐】指著桑樹罵槐樹，比喻拐彎抹角地罵人。

【疾言厲色】指言語急迫，神色嚴厲。形容人發怒的樣子。

【興師問罪】前去宣布他人罪狀，並嚴加譴責。

【大發雷霆】盛怒時斥責聲如雷霆，令人驚恐。形容大發脾氣，大聲責罵。

【脣槍舌戰】形容辯論時言語鋒利，爭辯激烈。

【爭長論短】爭論是非。

【破口大罵】以惡言大聲咒罵。

於是，各家各派的脣槍舌戰混淆了一切。最初的源頭，其實只不過是不忍看到牛蛙的生命即將終結。而這隻想要逃出袋外的牛蛙，也只不過是單純地想要存活下來。就如同四百年前「砰地」跳下水的青蛙，只是單純地想要跳進池塘。那兩百年前悠然見山的青蛙，也只是單純地想要悠然望山。（北小安〈蛙〉）

跟海湧伯學討海這許多年，我一直懷疑，他體內流著的不是溫紅腥熱的血液，而是藍澄澄的冰涼潮水。跟海湧伯在海上捕魚，只要稍有疏失，海湧伯必然破口大罵。罵過後，也總是這樣一句話：「千萬不要跟海湧開玩笑！」（廖鴻基〈丁挽〉）

楊過本來心感害怕，這時見連本來疼愛自己的郭伯伯也如此疾言厲色，把心橫了，暗想：「除死無大事，最多你們將我殺了。」於是朗聲說道：「我本性原來是不好，可也沒求你們傳授武藝。你們都是武林中大有來頭的人物，何必使詭計損我一個沒爹沒娘的孩子？」（金庸《神鵰俠侶》）

喧鬧

【七嘴八舌】形容人多口雜，議論紛亂。

【喋喋不休】形容話多，沒完沒了。

【甚囂塵上】形容傳聞四起，議論紛紛；或指極為猖狂、囂張。

【人聲鼎沸】形容人眾會聚，喧嘩熱烈，像水在鼎裡煮沸一般。

【沸反盈天】形容人聲喧鬧，亂成一團。

我一進去，裡面的人便七嘴八舌告訴我：朱青剛才一得到消息，便抱了郭軫一套制服，往村外跑去，一邊跑一邊嚎哭，口口聲聲要去找郭軫。有人攔她，她便亂踢亂打，剛跑出村口，便一頭撞在一根鐵電線桿上，額頭上碰了一個大洞，剛才抬回來，連聲音都沒有了。（白先勇〈一把青〉）

小孩子臉上還沾著米粒，丟下碗筷，飛步跟著大人腳步，隨著大人穿出黑暗，再蹿入一家人聲鼎沸的屋子；屋子內一桌一桌的，桌上有著五彩的牌和黑白紅三色的骰子與鈔票，幾雙手幾隻眼就專注在那上頭，彼此對喝著。（鍾文音〈漫漫洪荒〉）

健談

【妙語如珠】形容說話風趣。

【舌粲蓮花】形容人口才好。

【口若懸河】說起話來像瀑布一樣滔滔不絕，比喻能言善辯。

【談笑風生】談笑興致高昂，言辭風趣。

【有聲有色】原指人擁有美好的名聲和榮顯的地位。後形容言語、文章表達意見或描述生動感人。

【俐齒伶牙】形容人的口才好，能言善道。

場合當然是雞尾酒會中，衣香鬢影依舊，談笑風生依舊，我的心情當然也依舊。有誰忽然在我肩上拍了兩下，幸得賤軀頑健，但是那分量還是夠受的，我心中暗自忖度，莫非這就是「天之將降大任於斯人」的初步？（吳魯芹〈雞尾酒會〉）

「凌小姐，您好！你的名字好極了，就像你的人一樣，玉潔冰清。」葉一舟似乎是個相當風趣的人，才一見面，便開始妙語如珠。「葉老先生，謝謝您的誇獎。您是不是住在賓館裡？」雖然她在這裡只

有一天一夜的停留，她已決心要跟他交朋友。（畢璞〈出岫雲〉）

話少

【惜字如金】言語或文章精煉節省，不多費筆墨或唇舌。

【言簡意賅】言辭簡單而意思完備。

【片言隻字】零碎、簡短的言語或文字。

【要言不煩】說話精要，不囉嗦。

【三言兩語】三兩句話就說完了，形容言語簡短。

「你別叫他們騙了，我可是你親媽！」「沒誰騙我。你自個兒心底有數。」阿童言簡意賅，言語交鋒間沒使力戳人際敏感點，真叫她名義上的爸媽叔伯嬸娘看了既慚愧又開眼界。當初就少這麼個人辦交涉，朱愛倫算得上有個性，但總是媳婦。（蘇偉貞〈日曆日曆掛在牆壁〉）

鏡光倒是不願意，他跑外埠慣了，困在麵攤，確實為難他了。桂成後來就讓玉展接手，拾鳳在攤檔忙不過來，連人客的先來後到皆弄不清，卻也不敢在父親跟前埋怨片言隻字。（李天葆〈九燕春——茶陽娘子從前事〉）

下課鐘響時，我像這幾十張仰起的年輕的臉道別，祝福他們一生因讀書而快樂。三言兩語，平靜地走下講台。（齊邦媛〈一生中的一天〉）

直言

【一針見血】比喻言論簡潔透澈，深入中肯。

【一語道破】一句話就把事理的真相說穿。

【一語中的】一句話就說中事情的重點。

【口無遮攔】說話沒有顧忌，有什麼說什麼。

【言無不盡】毫無保留的說出自己的看法。

【暢所欲言】痛痛快快、毫無顧忌地把想說的話全部講出來。

【直言讜議】讜，ㄉㄤˇ。正直的議論。

今天我知道了口無遮攔的代價，知道了年少輕狂的代價，知道了直來直去的代價，知道了不設城府的代價，但明天我還會這樣說話，外交辭令永遠不會出現在我的嘴裡。（韓寒〈寫給每一個自己〉）

那次，就是夫人對白宮的最後一瞥。夫人的時日有限，因此她必須言無不盡，坦承說出很快就會讓世人後悔莫及的警語。（平路〈百齡箋〉）

吞吐

【期期艾艾】口吃結巴的樣子。

【支支吾吾】說話含混不清，搪塞了事。

【支吾其詞】形容以含混牽強的言語，搪塞應付他人。

【唯唯諾諾】連聲稱是。比喻順從而無所違逆。

【欲言又止】想要說話，卻因遲疑或其他思量而未能說出口。

李奧，你還記得我們這樣的疑問嗎？山鬼默默，欲言又止。她想說什麼？她又不想說什麼？假如，追尋、失落、阻隔、等待，是一切珍愛宿命的歷程，那就只能自己沉默地承擔，言語終究無法訴說什

麼。（顏崑陽〈山鬼戀〉）

第二進除過廳外前後四間正房，有三間空著，原是在日本學獸醫秉三先生的四弟住房。四老爺口中雖期期艾艾，心胸俊邁不群。生平歡喜騎怒馬，喝烈酒，尚氣任俠，不幸壯年早逝。（沈從文〈芷江縣的熊公館〉）

慌張地打了電話問了一些之前工作上的朋友，他們也都支支吾吾地談起，原來我離職之後，許多新人都受不了不定期熬夜的日子而紛紛離職，而這次要出貨的歐洲單子很急，老王一個人扛了兩人份的工作，因為連續熬夜，感冒併發心肌炎。（張英珉〈有塵室〉）

誇口

【夸夸其談】文章或言語浮誇，不切實際。

【大放厥詞】發表誇張的言詞。

【大言不慚】不顧事實，妄言誇大卻不知羞慚。

【譁眾取寵】以浮誇的言論博取眾人注意。

【天花亂墜】原指佛祖講經感動天神，引得各色香花從空中落下。後形容說話動聽，但多浮誇不切實際。

【彈空說嘴】憑空誇口，說大話。

劉墨林嬉皮笑臉地說：「我這個探花乃是當今聖上欽點，御花園裡簪過花，瓊林宴上吃過酒，長安街誇官時觀者如潮，大和尚說你能認出我來，又何足為奇？剛才聽你講經，上不見天花亂墜，下不見頑石低頭，怎麼就敢大言不慚地說什麼三乘真味？學生只不過是有點不明白，才出來問問的，『見教』二字卻是不敢當。」（二月河《雍正皇帝》）

一般而言，談喫之人喜言材料、火候與調味，很少研究刀工，這不是沒道理的。講材料，須見多而識廣，山珍海味，葷素醬料，博通者當世已是幾希，略知一二足可夸夸其談，是為「權威」。（徐國能〈刀工〉）

剛開始，她一直扮演沉默的聽眾，大堂哥則發表他的稀奇古怪長篇大論，內容當然是她不懂的，但她總企圖從聲音中捕捉到一些什麼，她聽得出他在自我吹噓，他要讓她降伏於他的優越。（周芬伶〈穿牆的孩子〉）

我無意編一些神祕兮兮的故事來嘩眾取寵，但我相信自己真是有故事的，雖然自己也不全信，卻又不能不信。（張瀛太〈夜夜盜取你的美麗〉）

巴萬沒有理會小島妻子的哀求，反而瞪著她懷中的大兒子，那男孩曾在打獵時當著莫那的面大放厥詞，巴萬記得很清楚，只是他現在臉上帶著淚痕，完全沒有當時的傲氣。（嚴云農《賽德克・巴萊》）

說謊

【信口雌黃】 雌黃，古代用於塗改文字。本指有如口中含著雌黃，能隨時改正不合意的語句。後比喻不顧事實真相，隨口亂說或妄加批評。

【指鹿為馬】 將鹿指稱是馬，藉以展現自己的威權。比喻人刻意顛倒是非。

【指皂為白】 混淆黑白，顛倒是非。

【無的放矢】 毫無事實根據而胡亂地指責、攻擊別人。

【造謠生事】 興造謠言，挑起事端。

別相信清水芙蓉的謊言／那是男人的信口雌黃／樹長得越高，離太陽愈近／根就扎得越深越暗／花兒可以有一萬種顏色／每一種，都來自汙泥／那個夏天，還有那個冬天的故事／你忘了也挺好／就是記得，也無妨／就像任何一個夏天和冬天一樣／其實，都不過是／你棲身的土壤（張翎〈何處藏詩〉）

埋頭讀書時，不妨考慮用點迷迭香。這個習俗有幾千年的傳統。古希臘學子將迷迭香編結在髮辮中，因為他們相信迷迭香可以幫助記憶，增強注意力，讓他們在考場一舉成功。這或許並非無的放矢。當今歐美醫學界正在研究如何用它來預防及治療老年痴呆症。（奚密〈迷迭香〉）

稱讚

【讚不絕口】口中不停的稱讚。

【口碑載道】眾人稱頌的話語，就像鐫刻在記功碑上一樣，到處流傳。比喻廣受好評。

【有口皆碑】眾人稱讚如同刻功於石碑上，比喻評價很好。

【拍案叫絕】拍桌子叫好，形容非常讚賞。

魯迅先生愛吃荔枝。他吃過乾荔枝、罐頭荔枝、陳年荔枝等等，可是沒有吃過鮮荔枝。後來到了廣州，吃了鮮荔枝，其味迥然不同，曾讚不絕口。當年冷藏設備差，不宜遠運。（曹靖華〈從化溫泉散記〉）

尤其臺伯對於宋代書畫大家米芾所書的《離騷經》，知悉被現代出版商任意將「龍驤虎步的真跡」原本，改印成了淪為「案頭傀儡式縮本」的做法，顯然大有意見，而且立刻就用最直白的通俗口語痛加撻伐；讀來除了令人拍案叫絕，更讓人見識到臺老的真性情！（莊靈〈賊不空過〉）

詆毀

【讒言佞語】毀謗他人和奉承取悅他人的話。

【含血噴人】嘴裡含著血噴人，比喻捏造事實，誣賴他人。

【無的放矢】毫無事實根據而胡亂地指責、攻擊別人。

【含沙射影】比喻間接地詆毀、陷害別人。

【邑犬群吠】鄉里的狗聚在一起吠叫。比喻小人群聚以詆毀賢人。

莫聲谷道：「在下先前聽說各位來到武當，是來給家師拜壽，但見各位身上暗藏兵刃，心下好生奇怪，難道大家帶了寶刀寶劍，來送給家師作壽禮嗎？這時候方才明白，送的竟是這樣一份壽禮。」西華子一拍身子，跟著解開道袍，大聲道：「莫七俠瞧清楚些，小小年紀，莫要含血噴人。我們身上誰暗藏兵刃來著。」（金庸《倚天屠龍記》）

聽到呂不韋玩的把戲時，王齕勃然大怒道：「這麼說以前鹿公和徐先指責呂賊毒害先王之事，非是無的放矢了。現在竟敢故技重施，不若我們先發制人，把呂賊和奸黨殺個半個不剩，請儲君賜准。」

（黃易《尋秦記》）

奉承

【低聲下氣】形容說話恭順小心的樣子。

【下氣怡聲】低隱氣息，柔和其聲音，表示態度恭順。

【阿諛奉承】曲意奉承，討好他人。

【花言巧語】形容虛假而動聽的言語。

【讒言佞語】毀謗他人和奉承取悅他人的話。

【歌功頌德】歌頌、讚揚功績和恩德。

【卑躬屈膝】低身下跪去奉承別人。形容對人諂媚阿諛。

秋姑娘做著這些事的時候，緊抿著嘴，一聲不響，是很低聲下氣甘心情願的樣子。（林海音〈燭〉）

一箱一箱的衣物被搬出屋外。搶奪的人貪婪地滿懷抱著、雙手提著。他們吆喝著、尖叫著，互相拉扯個不清，終於彼此叫罵，扭打起來。從前看不起支那人的日本人，一個個低聲下氣，連討饒都不敢，全家人蜷縮在一隅，眼睜睜看著自家的財物被人搬走。（林文月〈江灣路憶往〉）

祝壽婚慶場合上的致詞，最難討好，不是淪為阿諛奉承、歌功頌德，就是陷於如此這般、陳腔無趣；講話不宜過長，長則聽眾食客耐心消磨殆盡，場面失控；不宜太短，短則顯得致詞誠意才情不夠，賓主掃興；不宜太深，深則各色來賓難以及時消化，不宜太淺，淺則高朋俊彥難免哂然訕笑。（羅青〈半個文壇在夏府〉）

「寡言」雖是美德，可是「健談」、「談笑風生」，自來也不失為稱讚人的語句。這些可以說是美才，和美德是兩回事，卻並不互相矛盾，只是從另一角度看人罷了。只有「花言巧語」才真是要不得的。（朱自清〈撩天兒〉）

嘲諷

【冷嘲熱諷】 形容尖酸、刻薄的嘲笑和諷刺。

【指桑罵槐】 指著桑樹罵槐樹，比喻拐彎抹角地罵人。

【冷言冷語】 含有譏諷意味的冷冰冰的話。

【浪聲顙氣】 顙，ㄙㄤˇ。刁鑽譏諷的語氣。

阿罔官泰然坐著，一一招呼，直到看見不遠處走來她的媳婦和彩，才著意將頭偏向一邊，絮絮的同林市冷言冷語的數說現在做媳婦的如何如何大模大樣，還著意將聲音提高，彷若生怕別人聽不到似的。

（李昂〈殺夫〉）

我看看，又沒說要買。程太太被女兒的冷嘲熱諷攪得心虛又懊喪，賭氣不逛了，拖著大包小包走出去。佳瑋跟後面拉著轆轆滾走的一袋子毛衣，為母親如此搞不清楚而感到十分灰心。（朱天文〈帶我去吧！月光〉）

聲音

【鑼鼓喧天】敲鑼打鼓的聲音響徹雲霄。形容氣氛熱鬧非凡。

【書聲琅琅】形容讀書的聲音清脆響亮。

【響徹雲霄】形容聲音響亮。

【震耳欲聾】形容聲音很大，幾乎要將耳朵震聾。

【響遏行雲】形容聲音響亮高妙，彷彿能止住行雲。

【發喊連天】形容叫喊的聲音響亮，響徹雲霄。

【穿雲裂石】聲音清亮高亢，彷彿直透雲霄，震裂石頭。

【敲冰戛玉】形容聲音如敲擊冰塊、石玉般的清脆響亮。

【氣咽聲絲】呼吸阻塞，聲音微弱。形容人很虛弱，連說話都困難。

【鼾聲雷動】形容鼾聲很大，如雷一般震動大地。

她們原本就在戲劇味道濃厚的空氣活著，將人生跌宕的情節誇張，根本就是生活所需，彷彿不是這樣，就不屬於他們的節奏……故玉笙所言，丁香影最好的談話對象李應是這個妹妹，只因來自同一個鑼鼓喧天舞臺光豔照人、後臺是卑微瑣碎的世界，對比落差極大。（李天葆〈杏花天影〉）

那個模樣實在太滑稽了，與方才那種緊張火爆的氣氛也完全不調和；大家先是一愣，繼而大笑起來。在場的體育老師趕快跑過來替他把眼鏡調整好，繼續開始比賽，球場又再度恢復震耳欲聾的喧嘩，地理老師又生龍活虎地活躍全場了。（陳幸蕙〈青果〉）

沉默

【沉默寡言】性情沉靜，很少說話。

【鴉雀無聲】形容非常寂靜。

【守口如瓶】嘴像瓶口一樣封得嚴緊，比喻嚴守祕密。

【默不作聲】悶不吭聲，不說一句話。

【諱莫如深】比喻將事情隱瞞得非常嚴密，不為外人所知。

【三緘其口】嘴巴加了三道封條。形容說話謹慎或不說話。

【噤若寒蟬】指像寒冷季節時的蟬，一聲不響。比喻不敢說話。

【無言以對】沒有話語可以回應。

【啞口無言】與人對話時沉默不語或無言以對。

【一語不發】一句話都沒說。

【一言不發】一句話也不說。

【無聲無息】沉寂沒有聲音。

【萬籟俱寂】萬物無聲，一片寂靜。

【鴉雀無聲】形容非常寂靜。

【嘿嘿無言】默不作聲，不說一句話。

【萬馬齊瘖】瘖，ㄧㄣ。形容眾人沉默，沒有異議。

鈴聲響，我一走進教室，就感覺到一股不尋常的氣氛，教室裡鴉雀無聲，整齊畫一的行禮問好聲取代了平日的人馬雜沓。（廖玉蕙〈人情味兒〉）

站在小店外的人一看這綠面白髮的黃衫客，就好像看到了鬼似的，都不覺倒抽了口涼氣，有的人甚至已在發抖。還不到半個時辰，巷堂裡地上畫的幾十個圓圈都已站滿了人，每個人都屏息靜氣，噤若寒蟬，既不敢動，也不敢說話。（古龍《多情劍客無情劍》）

我相信無言以對、熱淚盈眶，都是生命最美好的時刻，因為你開始懂得：如何去跟自己生命最深處的部分……對話。（蔣勳〈品酒師的考驗〉）

苔蘚色的涼水從陡峭的崖壁上涔滲而下，這無聲無息的，淹沒過一切史前生物的涼水，如今淹到我削瘦的下巴了，水面上影影綽綽，依稀有些物事在奔動，一忽在東驀地又在西，彼等撥弄起的大大小小的漣漪，圈破圈圓破圓，生出許多抖動如弦的弧線，全在我眼皮下盪來盪去，盪得人目眩心悸。（黃仁達〈網中人50's〉）

記得我總是默不作聲地吃著甜滋滋的圓仔湯，一邊想著，外婆明明是基督徒，怎麼還有這種迷信觀念，不過吃個湯圓而已，跟一年的運氣有什麼關連？儘管心裡這麼嘀咕著，還是吃得津津有味。（韓良憶〈圓滿過冬至〉）

我在一旁啞口無言，連笑也不敢，心中一時間充滿了罪惡感。可不是嗎？「家」對孩子的象徵，原該就是有一在胖胖白白又香香的包子後面微笑的母親的啊！而我不就是那個讓她缺少了幸福感的罪魁禍首嗎？（席慕蓉〈劉家炸醬麵〉）

這些話，以前寧靜逢上相親，要是對方是玉芝舉薦的，玉芝就得重複一遍，因此寧靜根本置若罔聞。她只是氣，氣得發麻，畢竟憋不住，讓眼淚流了下來。她一言不發的出去了。（鍾曉陽《停車暫借問》）

2 文字

寫字

【入木三分】 墨跡深透木板三分，形容筆力遒勁。

【惜墨如金】 比喻寫字、作畫態度謹慎，不輕易下筆。

【龍飛鳳舞】 形容書法筆勢飄逸多姿。

【行雲流水】 形容待人處事或文章字畫飄逸自然，無拘無束。

【筆走龍蛇】 形容書法十分優美熟練。

【力透紙背】形容人的書法遒勁有力。或形容文章立意深刻有力。

【魯魚亥豕】典出《呂氏春秋》。指因文字形似以致傳寫或刊刻錯誤。

【顏筋柳骨】唐代顏真卿、柳公權的書法，筆力遒勁。

愁予酒後喜談詩壇掌故，五斗卓然驚四筵；有時也發為詩學理論，禪意悠然，可是他惜墨如金，從來不把這些掌故和理論寫下來，大概也屬於「勿為醒者傳」一道。有時酒後任意出口，能得妙句一二，輒曰「明天將這個句子寫進詩裡」，但明天大家都忘了。（楊牧〈六朝之後酒中仙〉）

長日無俚，展開畫案最普通的是寫一筆龍虎、福壽字，或者四字的春條，有的用筆矯健清勁，有的筆勢凝厚雄奇，其實那字不管行草都是如意館供奉們把字寫好，做成漏斗，用細粉漏在紙上，寫字的人，只要筆濃墨酣像描紅摹字描下來，自然龍飛鳳舞，躍然紙上。（唐魯孫〈清代的宮廷女子生活〉）

韓文沖心中一寒，哪裡還敢多言？說道：「一切全憑公子吩咐。」陳家洛道：「這才是拿得起放得下的好漢。」叫心硯取出文房四寶，筆走龍蛇，寫了一封書信。（金庸《書劍恩仇錄》）

作文

【奮筆疾書】提起筆快速書寫。

【大書特書】將值得書寫的事蹟，鄭重地記錄下來。

【妙筆生花】文思俊逸，寫作能力特強。或稱譽文章佳妙。

【下筆成章】一揮筆即寫成文章。比喻才思敏捷，且具文采。

【一氣呵成】一口氣完成。比喻文章的氣勢流暢，首尾貫通。或比喻事情進行得順暢緊湊而不間斷。

【一揮而就】一動筆，文章就寫成了。形容才思敏捷，落筆成章。

【援筆立成】拿起筆來立刻寫成文章。形容才思敏捷。

【文思泉湧】比喻行文時，思路迅速豐暢。

【下筆成章】一揮筆即寫成文章。比喻才思敏捷，且具文采。

【文不加點】形容文思敏捷、下筆成章，通篇無所塗改。

【江郎才盡】比喻文人的才思枯竭，無法再創佳作。

高一上換過幾次座位，那些連號都被分開了，在亂數抽籤中，我跟小旻各自飄散到教室的不同角落，但是不管在哪裡，即使我已經把自己收納進空間的邊緣，在課堂板書的空隙，在旁若無人的自習課，或是在十分鐘的雜沓休息裡，我依然不斷感覺到小旻的目光，那是一條持續的視線，安安靜靜地，卻跨越身後那些**奮筆疾書**的肩膀，筆直的指向我。（李屏瑤《向光植物》）

印象深刻，因為一般詩人會把「告別」形容為「藝術」，並因此沾沾自喜，覺得自己**妙筆生花**。曼德斯坦可不。他大膽地選擇了一種以精密準確為名、與情感憂傷勢不兩立、執拗於冰冷理性和堅實證據的智力活動。（李煒〈告別的藝術〉）

你猶豫著，彷彿在進行一次艱難的心算，最後才說我只有一個老母親。考官問你識字嗎？你說差一個學期就中學畢業。考官說那你寫幾個字我看看。你將毛筆蘸滿了墨水，俯在桌子上，在一張品質不怎麼好的米紙上，**一氣呵成**地默寫了〈國父遺訓〉。（畢璞《勞燕》）

文章

【味如嚼蠟】比喻沒有味道。亦可用於指文章無味。亦作「味同嚼蠟」。

【連篇累牘】寫字用的竹簡、木片編串堆積在一起。形容文章篇幅冗長。

【長篇大論】滔滔不絕的言論或篇幅極長的文章。

【夸夸其談】 文章或言語浮誇，不切實際。

【洛陽紙貴】 形容著作風行一時，流傳甚廣。

【風花雪月】 四時美好的景色。亦用於比喻浮華空泛的言情詩文。

【一瀉千里】 比喻文筆流暢，氣勢奔放。

【行雲流水】 形容待人處事或文章字畫飄逸自然，無拘無束。

【老嫗能解】 形容文字通俗明白，淺顯易懂。

【惜字如金】 言語或文章精煉節省，不多費筆墨或唇舌。

【有聲有色】 原指人擁有美好的名聲和榮顯的地位。後形容言語、文章表達意見或描述生動感人。

【一字千金】 形容文辭精妙，作品價值極高。

【不易一字】 落筆後不需更改一字。形容人才性橫溢、才思精敏。

【力透紙背】 形容人的書法遒勁有力。或形容文章立意深刻有力。

【官樣文章】 比喻徒具形式的例行公事，或空洞不求實際的文章、空話。

這人應該就是早年一個渡大西洋到美洲尋覓新天地的清教僧正，時間當即五月花前後。他作詩，一概與上帝有關。我記得我曾經花了幾天時間讀畢他一巨冊詩全集，書名《聖儀十四行詩》，味同嚼蠟。（楊牧〈疑神〉）

這本稿子的到了我的桌上，已是今年的春天，我早重回閘北，周圍又復熙熙攘攘的時候了，但卻看見了五年以前，以及更早的哈爾濱。這自然還不過是略圖，敘事和寫景，勝於人物的描寫，然而北方人民的對於生的堅強，對於死的掙扎，卻往往已經力透紙背；女性作者的細緻的觀察和越軌的筆致，又增加了不少明麗和新鮮。（魯迅〈生死場．序〉）

那個時候，魯迅剛去日本留學，受流亡海外的民族主義文化影響，對官樣文章不太喜歡。他受到梁啟超的影響，閱讀興趣在悄悄變化。留學生崇尚漢唐氣魄的文體，陽剛之氣的文字頗受歡迎。（孫郁〈清末民初的文學生態〉）

閱讀

【一目十行】一次可同時閱讀十行文字。形容閱讀速度快。

【倒背如流】把文章倒著背誦，仍然能像流水一樣的順暢。比喻將書或詩文讀得滾瓜爛熟。

【開卷有益】打開書冊閱讀，必有所領悟獲得。

【皓首窮經】年老而仍持續地鑽研經書。

在那種情形之下，女人能同時聽見兩個人說話，同時看見別的女人的衣服，鞋，耳環，從頭看到腳，完全和富有才智的學者能一目十行一樣。這就是婚喪典禮對女人的天性特別富有刺激性的緣故。（林語堂《京華煙雲》）

拉普蘭人捨棄飼養馴鹿的傳統生活，南下波的尼亞灣大都會追尋摩登新世界之際，洛芳伊密意外吸引一批文化精英。這些人看上洛芳伊密封閉的地理，可以提供安靜不被打擾的環境，也許綿長黑暗的無盡冬夜，正是皓首窮經的最佳氣氛。（莊裕安〈夏夜微笑〉）

寫作技巧

【開門見山】比喻說話或寫文章直接了當，一開始就進入正題。

【神乎其技】形容手法、技巧極為高明巧妙。

【輕描淡寫】形容言論或寫作時，避開關鍵，將重點輕輕帶過。

【鉤心鬥角】比喻詩文的布局結構精心巧製，爭奇鬥勝。亦用於比喻競鬥心機，刻意經營。

【得意忘形】因心意志趣獲得滿足而物我兩忘。或指創作上取其精神而捨其形式。

【歷歷如繪】描寫、陳述得清楚，就像畫面呈現眼前一般。

【淋漓盡致】形容語言或文章表達得非常透徹。

文字裡對視覺的描寫隨手都是，景象則在意山水草木，人物更偏重長相穿著動作，甚至到歷歷如繪，讓人親眼看見的程度。（張讓〈文字乾燥花〉）

一九九一行寫法斯塔夫，與其說是亨利四世的悲劇，不如說是法斯塔夫的喜劇。所以亨利五世登基後，就必須放棄這個喧賓奪主的角色，也有認為法斯塔夫的趣味已在哈利王子時代發揮得淋漓盡致，再寫下去就無以為繼。（莊裕安〈膽固醇與法斯塔夫〉）

寫作語彙

【字字珠璣】形容句子或文章中遣詞用字非常優美。

【摛藻雕章】鋪陳辭藻，雕琢文章。

【花團錦簇】花朵錦繡聚集在一起。形容繁花茂盛。或形容文章或事物繁複華麗。

【尋章摘句】讀書時著重搜求、摘取漂亮詞句，而少深入研究。後亦用以指寫作時，多套用前人的章法、語句，而不講究創意。

【絕妙好辭】形容極為佳妙的文辭。

【望文生義】從字面上的理解它的意思。

卻是姚先生精心撰製的一段花團錦簇的四六文章。為篇幅所限，他未能暢所欲言，因此又單獨登了一條「姚源甫為長女于歸山陰熊氏敬告親友」。（張愛玲〈琉璃瓦〉）

中文地名的好處是讓人望文生義，原本平淡無奇的景點入了詩句就令讀者悠然嚮往。但地名不對，想要望文生義也不可得。如果把寒山換成熱海，詩人恐怕不會寫出「姑蘇城外熱海寺，夜半鐘聲到客船」的句子，因為熱海和詩人冰涼的心境不稱。（張系國〈我所沒想過的蘇州〉）

國家圖書館出版品預行編目資料

如何捷進寫作詞彙——成語應用篇／馮昭翔 編著. -- 二版. --
臺北市：商周出版, 城邦文化事業股份有限公司出版：英屬
蓋曼群島商家庭傳媒股份有限公司城邦分公司發行, 2023.12
面： 公分. --（中文可以更好；47）
ISBN 978-626-318-961-4（平裝）
1.CST：漢語 2.CST：寫作法 3.CST：詞彙
802.7 112019727

中文可以更好 47

如何捷進寫作詞彙——成語應用篇

編著者／馮昭翔
企畫選書人／陳名珉
責任編輯／陳名珉（初版）、林瑾俐（二版）

版權／吳亭儀
行銷業務／周丹蘋、賴正祐
總編輯／楊如玉
總經理／彭之琬
事業群總經理／黃淑貞
發行人／何飛鵬
法律顧問／元禾法律事務所 王子文律師
出版／商周出版
城邦文化事業股份有限公司
台北市民生東路二段 141 號 9 樓
電話：(02) 25007008 傳真：(02) 25007759
Blog：http://bwp25007008.pixnet.net/blog
E-mail：bwp.service@cite.com.tw
發行／英屬蓋曼群島商家庭傳媒股份有限公司城邦分公司
台北市民生東路二段 141 號 11 樓
書虫客服服務專線：(02) 25007718、(02) 25007719
服務時間：週一至週五上午09:30-12:00；下午13:30-17:00
24 小時傳真專線：(02) 25001990、(02) 25001991
劃撥帳號：19863813；戶名：書虫股份有限公司
讀者服務信箱：service@readingclub.com.tw
城邦讀書花園：www.cite.com.tw
香港發行所／城邦（香港）出版集團有限公司
香港九龍九龍城土瓜灣道86號順聯工業大廈6樓A室
E-mail：hkcite@biznetvigator.com
電話：(852)25086231 傳真：(852) 25789337
馬新發行所／城邦（馬新）出版集團【Cité (M) Sdn. Bhd.】
41, Jalan Radin Anum, Bandar Baru Sri Petaling,
57000 Kuala Lumpur, Malaysia.
Tel: (603) 90578822 Fax:(603) 90576622
email:cite@cite.com.my

封面設計／杜浩瑋
插畫／陳婷衣
排版／新鑫電腦排版工作室
印刷／韋懋實業有限公司
經銷商／聯合發行股份有限公司
電話：(02) 2917-8022 傳真：(02) 2911-0053
地址：新北市231新店區寶橋路235巷6弄6號2樓

■ 2023年12月二版 Printed in Taiwan

定價350元

 ISBN 978-626-318-961-4

城邦讀書花園
www.cite.com.tw

廣　告　回
北區郵政管理登記
台北廣字第000791
郵資已付，免貼郵

104台北市民生東路二段141號11樓

英屬蓋曼群島商家庭傳媒股份有限公司　城邦分公司

請沿虛線對摺，謝謝！

書號： BK6047X　　**書名：** 如何捷進寫作詞彙──成語應用篇

請於此處用膠水黏貼

商周出版

讀者回函卡

線上版讀者回函卡

感謝您購買我們出版的書籍！請費心填寫此回函卡，我們將不定期寄上城邦集團最新的出版訊息。

姓名：________________ 性別：□男 □女

生日：西元________年________月________日

地址：________________

聯絡電話：________________ 傳真：________________

E-mail ：

學歷：□ 1. 小學 □ 2. 國中 □ 3. 高中 □ 4. 大學 □ 5. 研究所以上

職業：□ 1. 學生 □ 2. 軍公教 □ 3. 服務 □ 4. 金融 □ 5. 製造 □ 6. 資訊

□ 7. 傳播 □ 8. 自由業 □ 9. 農漁牧 □ 10. 家管 □ 11. 退休

□ 12. 其他________________

您從何種方式得知本書消息？

□ 1. 書店 □ 2. 網路 □ 3. 報紙 □ 4. 雜誌 □ 5. 廣播 □ 6. 電視

□ 7. 親友推薦 □ 8. 其他________________

您通常以何種方式購書？

□ 1. 書店 □ 2. 網路 □ 3. 傳真訂購 □ 4. 郵局劃撥 □ 5. 其他________

您喜歡閱讀那些類別的書籍？

□ 1. 財經商業 □ 2. 自然科學 □ 3. 歷史 □ 4. 法律 □ 5. 文學

□ 6. 休閒旅遊 □ 7. 小說 □ 8. 人物傳記 □ 9. 生活、勵志 □ 10. 其他

對我們的建議：________________

____

____

【為提供訂購、行銷、客戶管理或其他合於營業登記項目或章程所定業務之目的，城邦出版人集團（即英屬蓋曼群島商家庭傳媒（股）公司城邦分公司、城邦文化事業（股）公司），於本集團之營運期間及地區內，將以電郵、傳真、電話、簡訊、郵寄或其他公告方式利用您提供之資料（資料類別：C001、C002、C003、C011 等）。利用對象除本集團外，亦可能包括相關服務的協力機構。如您有依個資法第三條或其他需服務之處，得致電本公司客服中心電話 02-25007718 請求協助。相關資料如為非必要項目，不提供亦不影響您的權益。】

1.C001 辨識個人者：如消費者之姓名、地址、電話、電子郵件等資訊。

2.C002 辨識財務者：如信用卡或轉帳帳戶資訊。

3.C003 政府資料中之辨識者：如身分證字號或護照號碼（外國人）。

4.C011 個人描述：如性別、國籍、出生年月日。

請於此處用膠水黏貼